予你眠缠终老

爱吃土豆丝 著

中國華僑出版社

图书在版编目（CIP）数据

予你眠缠终老 / 爱吃土豆丝著. —北京：中国华侨出版社，2015.10

ISBN 978-7-5113-5704-5

Ⅰ. ①予… Ⅱ. ①爱… Ⅲ. ①言情小说－中国－当代 Ⅳ. ①I247.5

中国版本图书馆CIP数据核字（2015）第238351号

予你眠缠终老

著　　者：爱吃土豆丝
出 版 人：方　鸣
责任编辑：紫　夜
装帧设计：轩辕喵设计
版式设计：刘碧微
经　　销：新华书店
开　　本：880mm×1230mm 1/32　印张：10　字数：310千字
印　　刷：三河市嘉科万达彩色印刷有限公司
版　　次：2015年12月第1版　2015年12月第1次印刷
书　　号：ISBN 978-7-5113-5704-5
定　　价：32.80元

中国华侨出版社 北京市朝阳区静安里26号通成达大厦3层 邮编：100028
法律顾问：陈鹰律师事务所
发 行 部：（010）82068999　传真：（010）82069000
网　　址：www.oveaschin.com
E-mail：oveaschin@sina.com

如发现图书质量问题，可联系调换。质量投诉电话：010-82069336

目录

contents

第一章

如果我先遇到你，故事会不会不一样

遇见石磊的时候，我20岁，他21岁。

他是系里面的绩优股，我是他的小跟班。

在一个烟火盛开的情人节夜晚，我们牵了手。

一晃，三年过去了。

校园爱情盛开的多，结果的少，三年的爱情短跑让我们学会了很多，异地恋也让我们更加珍惜彼此。

而意外，则是在情人节的这一天发生的。原本以为这个意外会给这份感情带来巨大的波折，可事实却让我大跌眼镜。

说起来，算是醉酒误事。

情人节，原本和我约定见面的石磊忽然放了我的鸽子，在车站等了五个小时的我失望地走出站台，意外地碰到了石磊的大学同学高子健。两人结伴去喝酒，醒来时，我才察觉到身旁睡着另一人，不是别人，正是石磊的好兄弟高子健。

他翘着嘴角看着我，并没有说话。

我一脸迷茫，低下头一看，身上竟然也没穿衣服。

我迅速转动大脑，回想着昨天的一幕幕：车站，偶遇，喝酒，然后就……

“你故意的？”我咬牙切齿地开口，又怒又恨。

“既然都已经发生了，顺其自然吧。”高子健起身，平静地说。

我惊讶地看着他，像一个怨妇一样抓着他的胳膊，狠狠地咬下去。

毁我清白，我咬死你！

“啊！”高子健疼得龇牙，一巴掌立即甩了过来，到了我的面前，又忽然停下。

我的牙齿越陷越深，齿缝里都有了血腥味。

“疯女人！”高子健忍无可忍，冒出了一句话。

“你！”

“男欢女爱，何必这么过激！”高子健临走前，留下了这么一句话。

我对高子健最主要的印象就只能用四个字来形容——花花公子。长着一副好皮囊，这才让我放松了警惕。没想到，一失足成千古恨。

发生了这种事，我不知道如何跟石磊交代。石磊要是知道他不在我身边时我和他兄弟扯上关系，肯定接受不了这个现实。

兄弟如手足，难不成要他剁手？

石磊打电话过来时，我的心里面却好似堵着一团棉花。

“小佳，这次过去，我有件事情想跟你谈一谈，我们……”石磊的话吞吞吐吐，让我有一种不祥的预感。

电话挂断，我茫然地看着头顶，阳光刺眼。

我需要找人倾诉，思来想去，还是决定去找美婷。

美婷是我大学室友兼闺蜜，在这座城市里，我们关系最为亲密。亲密到我有她家的钥匙。

从电梯出来，我的情绪依然是低落的，刚打开门，就听到了房间里传来的声音。

“现在告诉我，爱我还是她？”是美婷的声音。

谢天谢地，她果然在家。我急忙向卧室走去，却听到了另外一个男人的声音。

“美婷，那还用说吗？我当然爱你！”

上一秒这个熟悉的男声让我以为是幻觉，而这一秒，我真正意义上理解了什么叫作坑姐。

骑在美婷身上的，居然是我的男人——石磊。

我难以置信地站在原地，看着地上散乱的内衣，直接冲向了卧室。

我的目光定格在那个男人的后背，几乎可以百分百地确定，是他。

“小佳！”美婷惊叫了一声，一脸惊慌地看着我。

大学的时候，刘美婷睡在我的上铺，她睡觉喜欢打呼噜，而且声音很大，另外几个室友因为这个问题说过她好几次，最严重的一次，一个东北小胖妹还跟她干了一仗。

小胖妹长得五大三粗，三下五除二就把美婷推倒在地上，顺势甩了一巴掌过来。而那一巴掌，被我挡了下来。

那是我第一次被打脸，可是我却觉得心甘情愿，为了我和美婷之间的友谊，我毫不后悔。

现在，我发现我错了，而且错得很离谱。

我屏住呼吸，告诉自己不要哭，上前一步，走到了石磊的面前，问：“感觉怎么样？毁了我的爱情，还毁了我的友情，这感觉，很不错？”

“小佳！”刘美婷从床上蹿下来，拉着我的手臂，哽咽地说，“不是他的问题，都是我的问题，小佳，怪我，都怪我……”

我推开她的手，问：“猫哭耗子呢？”

“小佳……”

“别喊我！”我瞪了石磊一眼，说，“给你们一分钟，想说什么快点说！”

刘美婷和石磊相互看了一眼，石磊先开口，说：“玉佳，你先出去，让我们把衣服穿上……”

“滚！”我大声喊了一句，“让我出去？出去后就能掩饰你们俩背着我干的好事？”

目光转向刘美婷，我继续说：“还有你，你告诉我，你的身上我哪一块没有看过？大学四年洗澡全是我给你搓的背，穿衣服？现在知道要脸了？”

“够了！”石磊对我大吼一声，说，“陈玉佳，你清醒一点！”

“我清醒？你告诉我怎么清醒？”我愤怒地看着石磊，眼泪在眼圈里打转。而他们两人相互对视一眼，狠狠地刺痛着我的心。

“小佳……”刘美婷也流下了眼泪，看着我说，“我和石磊是真心的……”

我的眼睛转向石磊，问：“你呢？”

石磊看了我一眼，眼睛里流露出一丝犹豫，吞吞吐吐地没说话，这个神情彻底激怒了我。刘美婷却抓住了我的手，哀求地说：“小佳，你一定要原谅我们，我……”

胸口的怒火燃烧了我全部的理性，我用力一甩，甩开了刘美婷的手。只听见“哎哟”一声响起，刘美婷失去平衡，撞到了床角上，神色悲痛。

“陈玉佳，你够了！”石磊转过脸看着我，说，“要打要骂随你便，能不能不要对美婷下这么重的手？如果要打，就打我吧！”

我惊愕地看着石磊，抬起胳膊，怒火疯狂地滋长，看着面前的他将眼睛缓缓地闭上，我的手臂在颤抖。

“啪！”

我给了自己一巴掌。

迎面一阵冷风吹到我的脸上，火辣辣地疼。

想着刚才两人的表情，我的胃里面就一阵作呕。

这年头，三条腿的蛤蟆难找，两条腿的男人可是遍地都是，没有他们，我乐得自在。

闷着头朝前走，直到两条腿都酸到极点时，我终于停下脚步，原来，我已经走到了站台。

我也不知道自己窜到了哪里，先坐下来，吃饱喝足再说。

看着道路两旁的路灯，我的心里是从未有过的平静。

你不和我牵手，我自己揣兜。可鼻子还是酸酸的，眼泪已不受控制。

真不是我矫情，只是，背叛的感觉，的确很难释怀。

我和石磊，我最珍惜的校园爱情，就这么意外地结束了。

只是让我奇怪的是，石磊既然一直在外地，又是怎么勾搭上刘美婷的？事实证明，两人暗度陈仓已经有段时间了。

只是我想不通，曾经爱我如生命的那个男人，怎么说变就变了呢？

取下脖子上的围巾，用力地抹了一把鼻涕，毫不犹豫地扔进了垃圾桶。

其实我知道，和鼻涕、围巾一起被扔掉的，还有我最为珍惜的大学恋情。

何必呢？既然自己能甩自己一巴掌，就应该挺胸抬头，开开心心地朝前走！

“大河向东流，你有我有全都有！”我哼着歌等车，淡定地坐在站台前，可半个小时过去了，连个鬼影都没有。

转到站台另一边，几个红色的大字暴露在我的面前：此站台暂停使用。

夜色很浓，四周寂静无人，嗖嗖的凉风吹到了我的脸上，我惊慌地捂着胸口。

荒郊野外，不大安全。

忽然，一个身影闪现在我面前，我慌张地看过去，却看到了一张欠扁的脸。

“你怎么在这里？”我愤怒地问。

“这里又不是你家的，你管得着吗？”高子健一脸不屑。

“好，不见！”我冷哼了一声，生气地转过头，抬脚朝前走。

“喂，这么晚了你一个人去哪里？”刚走一步，就听到高子健的声音响起，“我的车就在后面，我送你……”

“不用了！”我恶狠狠地瞪着他，态度果决。

高子健也看着我，目光幽幽，说：“这里距离市中心有30分钟的车程，上个月发生过两起抢劫杀人案，凶手至今未被抓获！”

两起抢劫杀人案？还有30分钟的车程？

我轻轻地咽了咽口水，越想越怕，急忙转过脸，说：“喂，真那么远啊？”

有句话叫什么来着，好汉不吃眼前亏，我就是好汉，最懂得变通！

上了高子健的车之后我才忽然感到人与人之间的差距，高子健和我年龄相仿，可他的座驾却是一辆奔驰。

奔驰S65AMG，够我买一套三室两厅的房子了。

想到三室两厅，刚刚平静的心绪又是波涛汹涌。我和石磊的家庭都属于小康水平，大学恋爱三年，石磊一次都没有带我回过他的老家，从日常生活来看，我们想要拥有一套自己的房子，必须脚踏实地，努力工作。

不像某些人，生下来就含着金汤匙。

三室两厅，曾经是我和石磊的最大目标。

“你左手旁边有抽纸，先解决你的鼻涕！”高子健似乎察觉到了我的眼泪，声音平静地说。

我别过脸，扯出一团纸，朝自己的脸上擦去。

手机忽然响起，屏幕上显示“亲爱的”三个字。我又狠又准地按下拒听键，转脸看向别处。

老子不是马桶，可以让你们乱倒！

“喂，生气容易长皱纹！”高子健讽刺地看着我，笑意不明。

手机再响，屏幕上“老公”两个大字刺痛我的双眼，我也按下了拒听键。

果然是一对不要脸，打个电话都要一个接一个。

“怎么啦？一个电话而已，表情那么难看？”高子健继续嘲笑我。

“开你的车吧！”我懒得搭理他，可手机又一次响起，心底的怒火不断地燃烧，按下接听键，却一个字都说不出口。

电话那头，石磊担心的语气传了过来，让我心情烦躁。

恋爱这么多年，我们吵过、闹过，只要他一句道歉，一切都能过去。只是这一次，不同了。

“又当婊子还想立牌坊，你当观音姐姐是你妈？我告诉你，我有男人了，我现在就正式跟你提出分手！记住，是我甩了你，别再给我打电话！”朝电话怒吼一声，所有的愤怒顿时爆炸，忽然察觉到车子猛地刹住，停在了路旁。

我疑惑地看着高子健，他也看着我，四周很安静，还能听到电话里石磊的声音。

“小佳，我知道你是在对我怄气，别做傻事，快点回去吧。”

忽然，高子健夺走了我的手机，我听见他大吼：“陈玉佳，今晚，去我家！”

我疑惑地看着高子健，想到今早的事儿，心里面一阵担忧。

但是，看着他拿着我的电话帮我，又莫名其妙地升起一种感激之情。

高子健骂完之后，电话那头果然没人说话了，我抬手去拿我的手机，却看到了高子健无比优雅地滑了拒听键。

电话被挂了，他干了我想干的事情。

“今晚电话不许接听，有什么大不了的，不就是失恋了吗？”高子健一脸不悦，声线沙哑。

拜托，你没失恋，你知道失恋的苦吗？

“高子健，麻烦你把手机还给我。”

“不行，我说了。”高子健看了我一眼，伸手就去解他的腰带，下一刻，我的手机被他塞到了裤子里。

“高子健，你！”

“我说算你狠，善用无辜的眼神，谎话说了两次我还当真！”我一边摇着脑袋一边大声号叫，石磊是谁呀，刘美婷是谁呀，不就是那路人甲！

“我说……你能不能稍微安静一会儿？”正在开车的高子健终于对我表示了不满，“我的耳朵已经被你强暴了数万次，拜托大姐，失恋真的没什么！”

大姐？高子健居然叫我大姐？

我转过脸看着高子健，大吼：“高子健，你这个贱人，你叫谁大姐，谁是你大姐，我有那么老吗？我现在才多大，你就叫我大姐！”

“我错了，我错了……”高子健无奈地皱着眉头，一副认错态度。

“这还差不多，”我瞥了高子健一眼，说，“把我的手机还给我，现在！”

“我在开车！”高子健不耐烦地说。

“我不管，开车就停下来，我要我的手机，我要把那个贱人的号码给删除！必须删除！”

“你的安全带系好了吗？”高子健忽然转移话题，淡淡地问。

我看了一眼身前，说：“当然啦，我可是守法公民……喂！高子健，你在干吗！喂！”

高子健忽然提高了车速，我只觉得两旁的树木在耳边一闪而过，车窗外是呼呼的风声，我紧张地抓着扶手，立即保持沉默。

威胁，赤裸裸的威胁。

“可以睁开眼了。”

得意的声音传到了我的耳中，我才紧张地睁开眼，一瞬间我明白了一件事，车子停下来了，而我，没死。

将车开到180迈居然还能这么淡定的男人，高子健算是第一个。可是这个不是我最关心的，我比较关心的是……我的手机呢？

想到这里，我立即从车上爬了下来，绕到高子健面前，伸手拦住他，问：“我的手机呢？”

高子健指了指胯下，说：“这里。”

我立即伸出手去拿，可是伸到一半又缩了回来，高子健那厮居然抬起了腰部，好像在跟我示威。

有没有同情心？我失恋了，我想要安慰呀！

“我要到里面发泄发泄，你要不要一起过来？”高子健指着面前的一家酒吧，平静地说。

“去！”我像扛着炸药包的董存瑞一样冲上前去，说，“你给我等着，要是个男人，就陪我喝到死！”

酒吧内灯红酒绿，热闹非凡。

我惦记着我的手机，紧紧地跟在高子健身后，他貌似今天有场子，带我过去的时候已经有四五个男女坐在那里等着了，见我们过来，对方露出了不怀好意的笑容。

“哟，大帅，今天又换了？”其中一个染着黄毛的男人最先开口，目光在我身上瞟了两眼，站起来在高子健的耳旁说了两句，又坐回了原位。

高子健转过脸来看着我，眼睛停留在我的胸口几秒，笑着说：“还不错。”

我恶狠狠地瞥了一眼高子健，又看向了笑得最欢的黄毛，上前一步，问：“你刚才说什么？”

老娘今天失恋，谁惹我，我就咬谁！

“你真的想知道？”

“少废话，是个男人就别磨磨叽叽，说！”我瞪着黄毛，不能因为我没有染过头发就输给他吧？

“我说你的小白兔挺大，哈哈哈哈。”黄毛笑得猖狂，一双眼睛却盯着我的胸前。

我恼怒地看着他，说：“我想跟你拼酒，敢吗？”

我的话音刚落，周围就响起起哄声。高子健拉了拉我的胳膊，淡淡地说：“陈玉佳，别闹了。”

我甩开了他的胳膊，说：“我没闹，我说的是真的！”

黄毛逗我，说：“拼酒可以，可是有个规矩，咱输一次，脱一件，脱到光为止！你敢吗？”

“敢！”我脾气上来，直接同意。

“脱光！脱光！”

起哄声越来越大，高子健生气地扯着我的胳膊，说：“想玩脱光我去给你找个房间，别闹了！”

我看了一眼高子健，笑着说：“你看我像是在闹吗？”

不等高子健把话说完，我就拿起桌上的啤酒瓶，塞到嘴里猛灌。

啤酒顺着我的嗓子迅速地下滑，冰冷的液体在我的咽喉中沸腾，我强忍着泪水，终于喝完了一整瓶。

我抬起头看着黄毛，看着他脸上露出的惊讶，笑着问：“你呢？喝吗？”

黄毛悻悻地看了一眼高子健，保持沉默。

“陈玉佳，我给你最后一次机会，现在，立刻给我放下酒瓶！”高子健瞪着我，立即下了命令。

我不以为然：“你凭什么管我？”

高子健脸上一愣，周围也安静下来，我听到有男女小声地议论，隐隐约约听到“不要脸”几个字，我恼怒地转过脸，顺着那个声源看去，大吼：“你才是个贱人！！”

“你骂谁啊？你骂谁呢？”一个长得高挑的美女朝我走了过来，后面跟着一行男人，看这个气势，是想人多欺负人少。我双眼模糊，感觉那个美女就是刘美婷，顿时怒火中烧，骂道：“贱人，我说的就是你！”

“刘美婷”冲上来想打我，我这才看清，对方并非刘美婷。可是我也不是吃素的，一米六八外加耐克运动鞋，灵活度百分之百，想要抓我，想得美。

美女的一巴掌没有甩到我的脸上，脸色难看，她转过脸去叫人，立即冲上来几人。

我被对方围在其中，个个虎视眈眈地看着我。我知道，我惨了。

忽然，“哗”的一声响起，现场立即安静了。

“呀！出人命了！”不知道谁喊了一句，我懵懂地转过脸，就看到了一个男人满头是血地倒了下去。

“不好意思，我手痒。”一个淡漠的声音传了过来，我呆愣地看着高子健，顿时心跳加速。

他手痒，所以……人家的头就要被爆开吗？

高子健的目光一转看向我，他的手轻轻地放在黄毛的肩上，说：“不好意思，她大姨妈来了。”

黄毛一脸惊慌，张了张嘴，没说出一个字。

我还没有反应过来，高子健就拉着我的手走了出去，我看着他那挺拔的背影，忽然明白了一件事——我是不是，惹了一个不该惹的人？

我以为我们是要出酒吧，可是高子健却拉着我走进了电梯。我瞪着眼睛看着他，却见他浓眉紧锁，表情冷漠。

失恋的人是我，他这么凶是做什么？

电梯一节一节地上升，可是高子健居然出奇地沉默。

我偷偷地瞥了一眼，发现高子健的外套不知道什么时候脱掉了，此时此刻，他只穿了一件白色的衬衫，袖口微微上卷，贴身的白色质地下能够看到坚挺的肌肉，手臂上还冒着青筋，看上去……很MAN。

等我意识到自己要倒霉的时候，高子健的魔爪已经伸到了我的身上，他拉着我就朝电梯外走，迎面而来的侍者跟他打了招呼，他目不斜视地继续朝前走，直到停在一个房间门口，房卡一刷，就拖着我走了进去。

“我不玩了，高子健，我要出去！”我害怕了，所以声音颤抖。

“不玩？”高子健瞪着我，“为什么不玩？刚才不是玩得很开心吗？陈玉佳，来，想要脱衣服是吧？现在脱，我看着你脱！！”

高子健一声大吼顿时让我心惊胆战，不对，失恋的是我，他愤怒个毛啊？

我翻着白眼走向高子健，抬起头看着他坚硬的侧脸，小声地问："高子健，你来大姨妈了？"

高子健不理我，我趁机问道："高子健，我的手机，你是不是能给我了？"

"要手机？"高子健靠近了我，"我可以……给你。"

滚烫的气息在我的耳边吹起，我趁他不备，正准备逃跑，他的手居然抓在了我的后背上！

"高子健，你松开！"我伸着手朝前跑，最上面的纽扣却勒得我喘不过气来。

"陈玉佳，我刚才怎么跟你说的？不要叫，你越叫，我越兴奋！"高子健大喊之后，我只觉得天旋地转，顿时倒在了床上。

他的身体迅速地压到我的身上，笑着说："刚才那么想要脱，脾气那么大，现在，我们再玩玩？"

高子健嘴角勾起，手指在我的脸上轻轻触碰，我嫌弃地甩过脸，却发现他的手在我的身上慢慢游走，居然解开了我的衬衣。

"高子健，拿走你的猪蹄！"

"老实说，你高中的时候胸围是不是就这么大？"

"高子健！"我怒斥一声，看着高子健的眼睛瞟着我的胸，抬起腿挣扎，却被他压得紧紧的，动弹不得。

高子健笑着看着我，手指轻轻地放向了我的胸口，解开了我的第一个扣子。

"高子健！"我急得要哭了，想着高子健在我们系里的种种，我的小腿忍不住抖了起来，冰凉的指尖触碰到我的肌肤上，我的呼吸越来越急促，直到门被"嘭嘭嘭"地砸响。

高子健的眼中闪过一丝丝的疑惑，微微侧过脸看着身后，我抓住机会，连滚带爬地朝门口奔去。

手指迅速地扣在包厢的门上，抬起眼一看，站在门口的两人让我惊住了。

"小佳！"石磊一脸紧张地看着我，问，"你没事吧？"

不对，我们不是已经分手了吗？他来找我做什么？还有他身后的刘美婷，怎么也来了？

“谁坏了老子的好事？”高子健从房内走了出来，脸上顿时一愣，瞬间又被掩去。

“高子健，怎么是你？”石磊看着高子健，又转过脸看着我，问，“你什么时候跟他混在一起的？”

石磊的表现让我十分不解，早上还和别的女人云雨的男人，这个时候又表现出对我的关心，这未免太不正常了！

我稍微后退了一步，却听到刘美婷说：“小佳，我和石磊来找你，说明我们还关心你，你不能这么作践自己！”

刘美婷的话更是让我惊讶，作践自己？她居然说我作践自己？抢了我的男人还哭着说他们是真爱？居然说我作践自己？

“美婷，你这么说就不对了。”高子健从我的身后走了出来，一只手臂搭在我的肩上，笑着说，“小佳没有胡来，你们没必要这么激动。”

石磊的目光落在我的领口，我也低下头看看自己，领口太低。还没来得及把衣服理好，一只手就伸到了我的面前，淡淡的声音传了过来：“关了门再脱，现在不合适！”

我瞪大眼睛看着高子健，这家伙脑抽是吧？什么关了门再脱？他脑子有病是不是？

“小佳，你跟我出去，我有事要跟你说。”石磊伸出手拉着我的手，不由分说地拉着我朝门外走。

我的另外一只手被高子健拉着，我就像一个木偶一样愣在原地，石磊转过脸看着我，又看向高子健，说：“子健，你先松手。”

高子健翘起嘴角，说：“石磊，这件事我不能听你的，因为……小佳，已经是我的女朋友了。”

我能感觉到石磊握着我的手缓缓地放下，不仅仅是他惊呆了，连我也觉得不可思议，急忙说：“高子健，我什么时候……”

我的话还没有说完，只觉得胳膊被用力一扯，高子健一个巨大的拉扯将我扯到了他的怀中，捧着我的脸就吻了下来。

我瞪着大眼看着高子健，两只手用力地推着他，可是他不理我，撬开我的唇舌就吻了下来，顺滑的舌尖在我的口腔里霸道地掠夺，我吃惊地看着闭着双眼看似热情吻着我的人，顿时感觉自己好像在做梦。

的确，我不仅仅像是在做梦，而且，是一个春梦。

在我觉得自己的推脱实在无用时，右侧忽然一股巨大的力气传来，我的身体猛的一个震动，就看到了高子健脸上重重地挨了一拳。

打他的不是别人，是石磊。

高子健哪里是肯吃亏的人，他一个转身就扑了过来，一个拳头就砸在了石磊的嘴角上，两人怒目而视，眼神里带着吓人的火焰。

眼看又要打起来，我顿时怒吼一声，看着石磊说："要打给我滚出去打，你们爱怎么打就怎么打，别在这里碍我的眼！"

"跟我出去……"

"石磊，"我瞪着眼看着石磊，说，"你是我什么人？你有什么资格让我出去？你既然已经做了选择，就不要再做让自己后悔的事情！"

刘美婷站在门口没有说话，我看了她一眼，淡淡地说："你们走吧，不过请放心，我一定会过得比你们好！"

石磊看着我，双唇紧紧地抿在一起，毅然转身离开，我看着刘美婷跟在他的身后，忽然想到大学里那个跟在石磊屁股后面的我，眼泪在一瞬间决堤。

房间再一次恢复了平静，我转过脸看向高子健，他的嘴角还有淤血，刚准备说话，就听见他说："不错呀，勇气可嘉。"

他的语气中带着轻蔑，顿时让我刚刚升起的同情又被压了回去，看着他的嘴角，我说："你也好不到哪里去，我有种预感，你这一个星期都别想法式舌吻了。"

"看样子刚才那个热吻还没有体现我的水平，要不，咱们再试一试？"高子健笑着走向我，一脸的挑衅。

换作是刚才，我还是有力气跟他来一个大反转什么的，但是现在……想着刚才走开的两人，我好像泄了气的皮球一样，顿时没有了任何的兴致。

接吻需要兴致，吵架也是一样，想着石磊刚才的表情，我甚至怀疑，他还是喜欢我的。

“喂，怎么没有声音了？”高子健见我坐在床边一声不吭，淡淡地说，“貌似刚才我还因为帮某人挨了一拳，某人貌似一点同情心都没有！”

我转过脸看着高子健，他嘴角的淤青已经肿得很高，转过身走到门外，扫了一眼室内，没有发现冰箱。

“你找什么？”

“冰块。”我淡淡地说。

“这里有。”高子健指了指房间里的吧台。我瞥了一眼，去卫生间里取了一块毛巾，抓了两块冰放在手上，说：“坐下。”

高子健俯下身看着我，顿时老实地坐在我面前的凳子上，他身材高大，坐下来稍微抬头，就能与我平视。看着他肿起来的嘴角，我拿着冰块轻轻地敷上去。

“嗯……”高子健疼得皱眉，翻着白眼看着我，说，“大姐，你能不能轻一点？”

我瞪了他一眼，依然没有说话，只是自觉地将手放松，朝他的脸上贴去。高子健总算老实了，也没有多说一句话，安静的空间内，我再一次想到了刚才石磊的表现。

我们从大二开始恋爱，到今天为止，石磊给我的印象是沉稳的，他虽然面上看上去有些冷，但是以我的了解，今天动手打高子健，也是这几年我第一次见他动手。

朝好处想，我觉得石磊对我还有感情，毕竟我们有三年多的感情，不是那么轻易就能抛开的。

朝坏处想，就是自己吃厌了的，别人过来吃一口，他都不允许。

无论是哪一种，我的心里面都不好受。如果我没有目睹石磊和刘美婷躺在一张床上也就算了，偏偏……我看得那么清楚。

“喂！”高子健尖叫了一声，“大姐，我痛死了，你在想什么？”

我一脸平静地看着高子健，问：“高子健，你还能陪我喝酒吗？”

高子健的眼里带着嫌弃，我觉得我现在的样子一定是丢死人了，反正石磊和刘美婷都不在，高子健和我又没有多少关系，所以我不想装了。

我想喝酒，只是因为，关于石磊，我没有理由不忘记。

“好，爷今天心情好，就陪你喝一点。”高子健声音淡淡地说。我听到他的回复，抬脚就要朝门口走，却被他叫住，他说让侍者把啤酒弄到房间来喝。

高子健说到做到，不到五分钟，门铃就响了，侍者扛着两箱啤酒走了进来，我的心情稍微平复了一点。

和高子健坐在客厅的沙发上，啤酒瓶摆满了整个桌子，他坐在我的身旁，刚准备拿着杯子给我倒酒，我抬手阻止了，拿起桌上的酒瓶就朝嘴里猛灌。

“大姐，你喝这么快，很容易醉的，不如，我们玩个游戏？”

我转过脸看着高子健，有些恼火地说：“高子健，你能别那么不要脸吗？你和石磊一个寝室，就算年龄有差距，但是也不可能比我小，叫我大姐？信不信我拿着酒瓶砸你脑袋上？”

高子健瞥了我一眼，拿着酒瓶就朝嘴里送，我看他喝得很急，顿时没有说话，也举起瓶子喝了起来，却听到高子健问：“陈玉佳，你说，你喜欢石磊什么？”

我看着高子健，轻轻地皱起眉头，这个时候他居然这么不识相地提到石磊，他难道就不能顾及一下我此刻的感受吗？

“别瞪我，你还没有那种杀死人的目光。”高子健见我不说话，又说了一句。

我举起酒瓶，朝他手中的酒瓶重重地撞了一下，自己猛灌了几口。等我面前多了几个空酒瓶时，我的思绪顿时打开了，记忆忽然停留在大学里的那段时光。

我们的第一次见面是在学生会招新的一个晚上，几个女生一起，从学校的商业街这头跑到那头，学校的社团很多，可以选择性参加。

学校有个棋社，对于会下象棋的我而言是有一定的吸引力的，美婷知道这一点，拉着我朝棋社奔去。也是在那个时候，我看到了石磊。

他一脸沉稳地坐在那里，干净利落的短发配着白衬衫，顿时夺得了我的眼球，我走过去，看着他，问：“你在做什么？”

石磊抬起眼睛看着我，说：“社团记录。”

我的双眼触碰到他的双眼，顿时惊呆了，这是一双多么漂亮的眼睛，双眼乌黑透亮，干净澄澈，不是我一直想找的男生吗？

拥有这么一双漂亮的眼睛的男生，怎么会说背叛就背叛呢？

轻轻地咽了一口啤酒，烦躁地看着天花板，喃喃自语道：“你说男人是不是都这样，和一个女人在一起久了，就自然而然地会反感，想要新的刺激了？”

室内安静了一会儿，我有些好奇地抬起头，看着坐在一旁的高子健，他拿着酒瓶发呆，并没有理会我。

“喂，高子健，听说你恋爱过无数次，给我讲讲心得呗？”

“你现在的语气是在虚心讨教吗？”高子健站了起来，走到了我的身边，看了我一眼，“你不如直接问我，石磊为什么会不喜欢你了！”

可恶！这个男人说话不呛人心里难受是吧？

我冷哼了一声，带着微微的乞求，问：“那你告诉我，石磊为什么不喜欢我了？”

高子健沉默了半晌，我以为他要告诉我他这个采花大盗的经验，不料他忽然靠近我，说：“既然石磊不喜欢你，不如，我来喜欢你怎么样？”

“去你二大爷的！”我有些生气地看着高子健，转过脸去拿酒瓶，“你至于这么寒碜我吗？我告诉你高子健，你叫我大姐我能够原谅，但是你要是再这么寒碜我，信不信我一巴掌扇死你！”

一只手从我的侧面伸了过来，压在了我的手上，我抬起头，高子健一双墨黑的眼睛看着我，问：“小佳，如果我说让你当我的女朋友，你同意吗？”

我愣了一秒，顿时忍不住笑了出来，说：“高子健，你的嘴肿得好厉害，不过……我觉得头晕，估计，我是回不去了。”

高子健的面孔在我的眼前变得越来越模糊，我觉得我的双眼进入了天旋地转的状态，直到一双手抱着我从沙发上下来，朝卧室的大床上走去时，我还在想，石磊，如果上天再给你一次机会，你还会做一样的选择吗？

后来，我渐渐明白，所有的问题，时间他老人家，都会慢慢告诉我答案。

我醒了。

是在一个陌生的房间醒来的，我的额头有着微微的疼痛，环视了一眼四周，我几乎可以确定，我还睡在昨天晚上的那家酒吧。是谁带我来的？高子健！

想到这三个字的时候我瞬间从床上坐了起来，掀开被子一看，身上还穿着昨天穿的内裤和内衣，只不过……其他衣服呢?

扫了一眼室内，终于在窗前的桌子上看到了我的衣服，刚走一步，就看到高子健拿着牙刷和水杯很自然地朝我走来。

“禽兽！”我看着高子健，生气地骂道。

“拜托，我什么都没做！”高子健满嘴泡沫地看着我，淡定地扫了我一眼。

“你什么都没做，我的衣服怎么脱掉的？”我瞪着高子健问。

高子健将水杯放在一旁，抹了一把嘴角的泡沫，指着大床说：“昨天晚上你喝多了，拉着我的手要我陪你睡觉，我不同意，你就咬我，最后我实在没办法，就把你的衣服脱了，你才老老实实地睡觉的！”

听着高子健滔滔不绝的辩解，我急忙拿着衣服放在身前，不耐烦地说：“反正我喝醉了，谁知道你会不会乘人之危！”

“陈玉佳，你给我搞清楚。”高子健走到我的面前，我本能地后退两步，却看到他迅速地去解衣扣，我紧张地骂道：“高子健，你要是敢动我……”

“麻烦你看清楚，到底谁动的谁！”高子健一声大吼传到了我的耳旁，我好奇地睁开眼，就看到了他脖子上的一片紫红，以及紫红的痕迹上透露着的一抹暧昧。

“像狗一样趴在我的身上非要我脱你衣服，还没脱完就爬到我身上想要咬我，陈玉佳，看到了没有？现在我脖子上这个伟大而深刻的作品，就是出自你的狗嘴！”高子健瞪着那双桃花眼看着我，顿时让我的气焰灭了一半。

昨天晚上明明只是喝酒，怎么可能发生这么多的事情？但是高子健不可能自己咬自己吧？脖子就算能360度大旋转，也不可能旋转到这个位置呀！

所以我信了。

“叫什么叫？就算我的狗嘴咬了你，现在你不是也骂过了吗？你现在去刷牙，我要穿衣服！”我死活不肯低头。

“又不是没看过……”高子健的眼睛又瞥向了我，被我瞪了回去，他转过身自言自语道，“胸大无脑，说的就是某些人吧！”

我冷哼一声，伸出手去拿衣服，看到桌上的手机响了起来，拿起来一看，糟糕，上班要迟到了！

我怎么忘了，我还要上班！

匆忙地套上外套，抓着头发就朝门外走，高子健的声音又传了过来："大姐，这里距离你上班的地方多远你还不知道吧？"

我转过脸看着高子健，问："你知道？"

高子健从卫生间里走出来，上身赤裸，健壮的胸肌顿时出现在我的眼前，我猛地吸了一口气，听见他说："地点我不知道，但是你别忘了，传说中的赛车手，可就在你的面前！"

赛车手的胸肌都这么大吗？我很想问这个白痴的问题，却还是生生地咽了下去。

"看什么看？口水都要流出来了！"高子健伸出手，一条毛巾就甩到了我的肩上，"先去洗个脸，挂着猫屎去上班，我要是boss，早让你滚蛋了！"

"时间……"

"少废话，快去洗脸！"

高子健瞪了我一眼，那么高的个子，我哪里敢反抗，顿时萎了一大截，屁颠屁颠地滚进了洗手间。

看着镜子里的自己，双眼无神，黑眼圈，头发凌乱，简直……惨不忍睹！拿别人的错误来惩罚自己？他们还真把自己当回事了，陈玉佳，你给我笑起来，就把他当个屁放了，臭，也只臭一会儿。

高子健开车真的不要命，一阵风呼呼吹过，我们就到了公司楼下，他准确无误甚至连后门的点都给我踩好，终于在最后一分钟，我到了公司。

打开电脑，就看到了桌面上那张我和石磊的合影。

那是我们一起度过的第一个情人节。情人节的礼物有很多种，但是这张大头贴，却有着非比寻常的意义。

那个时候学校里流行情侣一起去拍写真，美婷的男朋友还是高我们一届的艺术家帅哥。两个人去了一趟三亚，带回来了一套豪华版的情侣艺术写真。

我讲给石磊听，他拉着我的手跑到了校外的一个小商店里，那里有个拍大头贴的相机，我心里面不高兴，吵着自己脸大不愿意拍，悻悻地出了商店。

拍一次大头贴只要15块钱，可是拍一次写真，最便宜的也要三四百块钱。三四百，都够我们两人半个月的伙食费了。

我们没有关系不能拼爹，所以豪华版统统与我们无关。

那段时间我因为写真的事情一直闷闷不乐，石磊一直借口忙着考试，很多天我们才见一面，见面的那天是周末，他拉着我走到学校站台，非要带着我去市里。

我们绕过大街小巷，到了一家中档的影楼前，他说，拍写真。

我永远无法忘记那一天的一切，头顶的阳光，明媚的春风，以及胳膊上有着针孔的石磊。

他没有告诉我拍写真的钱是哪里来的，可是我不傻，随口一问，就知道他这些天去做了什么。

石磊站在影楼里选礼服，黑子发来短信：磊子昨天去了医院，抽了300毫升血，嫂子，你可一定要永远跟磊子在一起。

我假装不知，拉着石磊走出影楼，石磊满脸不悦，我却告诉他，我改变主意了，我想吃甲鱼，吃大餐。

情侣写真直到我们毕业那一年都没有拍过，吃完大餐后我拉着石磊去了学校外面的小商店，拍了这张大头贴。

或许到现在，他都不知道黑子的那条信息。

“小佳，外面有个男人找你。”一个声音打断了我的思绪，吸了吸鼻子，抬起头，就看到了我最不想看到的面孔。

怒火在心口燃烧，我毫不犹豫地走了出去。

“小佳……”

“有什么话就直说，我没时间跟你唠嗑。”我没有看他，语气冷漠地说。

“小佳，我知道有些事情你很难接受，但是你能不能答应我，不要和高子健扯到一起？”

石磊叫我的名字时还是先前的语调，只是我们都很清楚，有些事情，再也回不到从前。

“你凭什么管我？我不骂你，你就把自己当个人了是吧？早知道你是一条狗，真的应该给你系上一条链子！”我怒视着石磊，破口大骂。

石磊看着我，轻轻地低下头，说：“我知道你恨我，但是……”

“别但是了，你再说两句，我都替你脸红，你抬着腰杆朝前冲的时候，石磊，告诉我，你想过我们三年的感情没有？”

“小佳……”

“别叫我名字！情到深处腿自开，你们有本事，算我瞎了狗眼，滚！”

“小佳……”

“滚！”

换了桌面，申请了新的QQ号，扔掉了用了三年的笔筒，我暗暗告诫自己，骄傲地活着。

都说人倒霉喝凉水都塞牙，我这边还没骄傲起来，那边房东的电话就打了过来，房东打电话过来的原因很简单，我的票票又要飞走了。

可怜前两天为了和某人过情人节，银行卡余额已经严重不足，想着以前这个时候都有美婷来帮我解决，我的鼻子就酸酸的。

“小佳啊，其实阿姨也知道你的情况，但是阿姨家也不富裕，就靠这些房租生活，你这样一拖再拖，阿姨也很为难的，你看……要不，你就再找个便宜点的房子？”

我顿时一愣，想着收租婆身上穿的香奈儿的新款，顿时火冒三丈，说：“既然你家那么穷，我也不好意思赖着不走，今天晚上我就搬走！”

“小佳，那多不好意思呀，你走之前，记得把欠下的房租交给我哦！”

看样子，我真的要露宿街头了。

午休时我浏览了一番租房信息，记下了一些合租的号码，答应其中一个男生下班过去看房。

我没有想到在楼下会碰到高子健，我当然不想跟他打招呼，缩着脑袋朝前走，他一声“陈玉佳”，立即让我停下脚步。

都说女人失身必须索要赔偿，可是高子健这个人，想想都觉得恐怖，我怕我的赔偿要求还没有说出口，他就把我告到法院，让我陪睡个三年五载的，那岂不是偷鸡不成蚀把米？

他就是这么一个人，我也只敢醉酒的时候对他发发脾气。

“这么巧啊，你下班啦！”高子健从我的身后绕到了身前，取下黑色的墨镜，笑着看着我。

我真的很想说一句，我叫你高大爷，你别笑行吗？但是事实——

“哈哈，挺巧的，不过我还有事，先走了……”对于前几天的事情，我只能假装毫不知情，可这腿还没有迈出去，高子健的话就冒了出来。

“昨天是谁让我帮她查关于磊子的事情，看样子，你对答案一点都不感兴趣呀！”

高子健果然是个贱人，居然掐中了我的软肋。

那么，石磊对美婷，是真心的吗？

“哈哈哈，我就说嘛，怎么这么巧，高先生，我今天有点事情，要不改天我请你喝酒……不不不不，我请你吃饭，你再告诉我？”我几乎可以肯定，在我这么标准善良的笑意之下，高先生绝对不会拒绝我。

可是……我怎么忘了，采花大盗和常人，那是很不一样的！

“择日不如撞日，先上车，我们慢慢聊？”高子健指了指身后，扯起嘴角。

高子健笑起来，真够贱！

我的口袋里，最多还剩下2500块钱，但是……高子健带我来的地方，可能会花掉我两个2500块，想着待会儿结账可能会有的尴尬，我是一点胃口都没有。

另外，现在是北京时间七点半，如果我没有猜错，还有一个半小时，房东大姐就可能用夺命连环call把我召唤回去，到时候……

“怎么不吃？”高子健优雅地切了一块牛排，放在口中咀嚼，懒懒地问我。

男人没了，闺蜜没了，外加住处也没了，高子健，换作是你，变成了三无女屌丝，你能吃得下去吗？

“我……不饿。”我摇了摇头，问，“告诉我你发现了什么？”

高子健瞥了我一眼，端起手边的郁金香杯，轻轻地晃动着红色液体，看着我说：“你一直都是这么直接的吗？”

“嗯？”

“相比饿着肚子，在你看来，最为重要的，还是你想知道的原因？”高子健见我不解，立即解释道。

我承认我十分好奇石磊为什么会玩劈腿，或许这件事情在别人看来十分无聊，作为有强迫症的我而言，这个理由，我必须知道。

“那……现在，你能告诉我了吗？”我伸着脖子看着高子健，尽量让自己的眼睛里饱含悲痛，也好博取狐狸的一点同情。

“没有理由。”

高子健淡淡的一句话飘到了我的耳朵里，我疑惑地开口：“什么意思？”

“意思就是，磊子觉得吃腻了，不喜欢了，所以就想尝尝鲜了。”

高子健的话刚说完，我整张脸都黑了，这么说来，高子健也是什么都没有查到。既然如此，多吃一分钟的饭都是多余，于是我站起来，笑着说：“高先生，谢谢你呀，不过我现在真的有急事，要先走了，再见！”

没等高子健回我，我就抬起脚朝前走，听到身后的他喊着我的名字，可是我不想停下来，我讨厌高子健，讨厌他自以为是的样子，他的话都是狗屁，石磊绝对不可能没有理由就离开我！

只是高子健和我一样，压根不知道而已。

走到西餐厅的门口，我黑着脸朝门外冲，我听见身后的侍者拦着高子健要求结账，忽然觉得有些抱歉；躲在大理石柱后面，看着侍者拦着高子健的样子，忽然觉得有些解恨。

只是接下来，高子健的反应让我惊住了，他居然举起拳头就朝那个拦着他的侍者脸上抡了一拳，直接将那人撂到了地上。

另外几人见高子健的气势，也吓了一跳。他大摇大摆地从西餐厅里走出来，眼光扫向了四周，我立即缩回脑袋。只听到“砰”的一声，让我心跳加速到180码。

接下来又传来了一阵道歉声，我伸出脑袋一看，居然是餐厅的管理人员弯着身子给高子健道歉，而刚才的声音，是他把酒店门口的花盆给摔了。

我早就说过，高子健这个人，能够把人吞下去，一根骨头都不剩，我这种人，惹不起他。

看着地上残留的花盆，我立即马不停蹄地奔向远处，打的回去。可是让我没有想到的是，现实没有给我一点点喘息的机会，反而变本加厉地考验我。

刚下了电梯，就听到了喧闹的争吵声，转过脸看去，就看到了自己居住的房间门口杂乱无章地摆放着各种物品，蓝色的拖鞋、白色的电脑显示器，还有刺猬熊……这些东西怎么看上去这么眼熟？

不对，这些东西就是我的！

我急忙走到门口，抬眼朝室内看去，房东居然正在命令两个大汉往外搬着我的东西，我急忙走过去，问："房东，你在做什么？"

房东看着我，惊讶的面孔上立即露出了笑容，说："小佳呀，你可算回来了，你不是说今天晚上要搬走吗？正好下午有个房客说要搬过来，我就帮忙把你的东西整理好了，你看……"

房东的话还没说完，我就直接冲向了自己的房间，顿时被眼前的景象惊呆了——大床上躺着一家三口，女的衣衫不整，男的还赤着脚，最小的那个，含着奶嘴在床上爬，这就是房东说的，新的房客吗？

"小佳呀，这是我给你买的蛇皮袋，装东西很方便，待会儿你把东西整理整理，装在里面吧！"房东的声音打断了我的思绪，我转过脸看着她，顿时火冒三丈，吼道："你太厉害了，表面一套，背后一套！"

房东见我如此火大，也没有立即回我话，我扯过她手中的蛇皮袋，说："你这样没有经过我的同意进入我的房间是违法的，鉴于你之前允许我拖欠房租的分儿上，我就不跟你计较了，但是……"

我抬起头看着房东脸上涂抹的厚厚粉底，笑着说："我不是裤衩，谁的屁都要受着，在我没有清点完我的东西前，谁都不能进来！"

我以为自己东西不多，可是整理好之后已经晚上十点多了，在电梯口将最后的余额交给房东，我满身疲倦地按下了底层的数字。

口袋里只剩下了五百块钱，我现在唯一能够做的，就是祈祷那个即将跟我合租的男人还没有休息。

我拖着大包小包走出了电梯口，迎面一阵冷风吹来，夹杂着细细的雨丝，顿时让我打了个冷战。

屋漏偏逢连夜雨，我无助地站在门口，看着大包小包的东西，忽然觉得精神崩溃，眼泪忍不住朝外涌。

爸爸妈妈一直希望我能待在他们的身边，反对我留在这里，如果他们知道我现在兜里只揣着五百块、连住的地方都没有，不知道会有多心疼。

原本以为这一次石磊回来，一切都能改变，没有想到……改变是有的，只是变得更加糟糕而已。

我想哭，但号啕大哭是十分消耗体力的事情，雨停之后我还要找房子，暂且让我偷偷地，哭一次吧！

我不抱怨生活，哭什么？谁的生活是如意的？老美物质生活水平那么高，照样各种恐怖袭击，我能从娘胎里出来，长这么大，就已经证明，我比那些没有受精成功的失败者要强大很多。

可是，为什么思绪忽然停留在早上石磊被我骂走的那一刻，想着人家女孩子分手还有个分手费，我咋就不知道要一点呢？五百块，够干吗的？

鼻涕流到了嘴边，我吸了一下，想着现在自己的处境，顿时心生悲凉，如果我没有记错，我们伟大的浪漫主义诗人李白似乎也是生活不如意跑去喝酒，然后……

一只手伸到了我的面前，我还没有来得及抬起眼，就感觉一块白色的布料擦到了我的鼻尖，鼻涕被拧了下去，我忽然也觉得鼻子难受，用力将鼻涕擤出去，擤到了那柔软的布料上。

“大姐，能不这么恶心吗？”

一个声音传到了我的耳中，原本以为刚才的一切都是幻觉，没想到一抬头，就看到了高子健拧着眉头一脸嫌弃的样子。

刚才那个用上去不错的布料，竟然是某人的衣襟，我就这么堂而皇之地擦鼻涕，是不是太不讲究了？

只是，高子健怎么会找到这里？

“没看出来啊陈玉佳，难得看到你女人的一面，梨花带雨，怎么了？这又是闹哪一出啊？”高子健瞅了一眼我的行李，目光停留在那大包小包上，“你不是准备回老家吧？”

“我现在这个样子怎么回去？”我声音低沉，像是失去斗志的疯狗，顿时没有了杀气。

“那就好。”

“我现在这个样子你还说好？滚滚滚，别在我面前瞎晃悠！”火上浇油，就是这么来的。

“看样子是无处可去喽！”高子健不理会我，站在一旁自言自语道，“如果我没有猜错，陈玉佳，告诉我，你是不是被房东赶出来了？”

这个都能猜到，高子健，你妖精啊？

“现在怎么办？”他看我不说话，俯下身在我面前晃悠，问。

还能怎么办？等着雨停去找那个男同志合租呗，实在不行，只能去旅馆过一晚了，只是囊中羞涩，难以启齿而已。

“看样子你是无处可去了，不如这样吧，我帮你打个电话给磊子，让他来接你……”

“你敢！”疯狗模式迅速开启，我立即从石阶上站了起来，两只眼睛盯着高子健，“高子健，你要是敢打电话，信不信我直接……”

“废了你”三个字还没有说出口，高子健的冷箭就放了过来，他将手机放回口袋中，淡淡地说：“直接做什么？来，告诉我，你要直接做什么？”

威胁人都要用这种语气，高子健，咱们能不能换个语气？

“我的意思是……你不也是个男人吗？看到一个弱女子现在无家可归，你是不是要高抬贵手，帮我一把？”见人说人话，见鬼说鬼话，见了高子健，我只能一边说人话，一边说鬼话。

“看在你这么诚恳的分儿上，我决定帮你一把，不过……”高子健的冷眼扫了过来，“我女朋友下个月就要回国，你住在里面，可得给我爱惜点！”

我惊讶地看着高子健，却见他将身上的风衣脱掉，甩到我的手上，弯腰就去提我的东西："把风衣披在身上，笨蛋！"

笨蛋？像我这样反应灵敏、言语动听的女人，他居然骂我笨蛋？

只是，现在的我，真的要接受他的好心吗？为什么，会有一种隐隐约约的不安呢？可是……我还有别的选择吗？

等大包小包的行李都放到车上时，高子健看着我，说："还站在那里做什么？当电线杆啊？"

我沉默地跟在高子健的身后，看着汗流浃背的他，心里面升起一阵感激。

高子健嘴贱，可还是帮了我，不像石磊，处处疼着我，最后，却给了我一刀。

车子启动了，细细的雨丝洒落在车窗上，看着渐渐模糊的车窗，我忽然觉得，这是一次青春的祭奠，我的爱情，我所有想要珍惜一辈子的东西，都在这场春雨中，慢慢地逝去……

只是我不知道，其实，有些东西才刚刚开始而已。

车子左拐右拐的，终于停了下来。大理石柱子、露天游泳池、草坪露台……细雨蒙蒙中，依然能够感受到脚下的奢华，转过脸去看高子健，他一脸淡定地打开后车门，将东西取下来。

琥珀山庄，本市三大天价小区之一，高子健这么献殷勤，谁知道是奸是盗？

脑子里那种不好的预感越来越强烈，直到进了房间，也没有发生任何的异常。套房和我想象中的差不多，室内的摆设却都透露着奢华。

能把阿玛尼拿来擦鼻涕的男人，在我认识的人里面，高子健是第一个。

"喂，你这么瞪着我干什么？"高子健意外地看着我。

"高子健，我身无分文……"

"所以呢？"

"房租只能晚一点给你。"我实话实说，"但是，一码归一码，你要是敢动手动脚，我一样踹你！"

"陈玉佳，看样子失恋失身外加没房子住没有给你多大打击嘛！现在还头脑清醒，当初怎么没有认清谁是人谁是狗？"高子健不屑地看着我，抬脚朝我走来。

我吓得后退一步，立即抓起沙发上的抱枕，谁知高子健优雅地走到冰箱前，拿了一瓶饮料喝了起来。我知道高子健一定鄙视我，毕竟，对于女人来说，闺蜜和自己的男人躺在一张床上，这种概率小之又小，谁知道我还中了“奖”呢？

“你还愣着做什么？门关上，洗澡睡觉！”高子健一声怒吼，顿时吓得我朝门口奔去，刚走两步，我就察觉到了问题，话说，他怎么没有出去？

“愣在那里做什么？”

“高子健，你今晚，也睡这里？”我鼓起勇气，勉强地挤出一个笑容，假装淡定地问。

“对呀，这里本来就是我家，我睡这里有问题吗？”高子健耸耸肩，表示不满。

“可是……你让我搬过来的时候……”

“陈玉佳，你脑子里装的都是空气吗？”高子健抬脚走向沙发，弯身就坐了下去，一脸不屑地看着我，“我承认我喜欢身材好的女人，但是……你自己照照镜子看看，你觉得哪个男人会对你下得了口？”

说话不呛人能死吗？我承认我是狼狈了一点，但是不至于被列为男人下不了口的行列吧？“砰”的一声关上门，回过头看着高子健，他居然抬起脚，朝另外一个房间走去了。

“右边是客房，你就住那里！今天体力消耗太多，做床上运动是有心无力，你就放心睡吧！”

到了房间，看到了镜子里的自己，别说高子健没兴趣，我自己看了都觉得反胃。

手机忽然响起，居然是刘美婷的电话。

接，那我是不是太没种了？不接，睡朋友男人的又不是我，为什么不接？

考虑了几秒，我还是按下了接听键。

“小佳，房东说你搬走了，你……离开了吗？”与其说是询问的语气，不如说是试探。闺蜜变路人，世事弄人。

“小佳，你路费还够吗？要不要……”

“刘美婷，”我吸了一口气，“你能不能答应我一件事？”

“小佳，你说，你说什么我都答应。”

“美婷，我虽然不算太聪明，但是我也不笨，我能够跟你分享任何一样属于我的东西，只要你开口，我绝对不会说一个不字……”

“小佳，你听我说……”

“你他妈的先听我说！”眼泪从脸上滑落，我大吼道，“老天给我们每个人安排的东西都不同，能够被人抢走的，就不属于我，能够在我和石磊之间割出一条口子，算你厉害，但是请你，以后不要再联系我！”

从小我妈就教我，别人的东西不能拿，就算再喜欢，也要自己努力，我自认为自己在这方面做得非常好，当然，我知道这个世界上很多事情是没有理由的，包括石磊。

避孕套的保质期是五年，避孕药的保质期是三年，它们还没有过期，我和石磊的感情，已经光荣地成为过去，表面上，我们的确是应该再也没有任何联系。

但是刘美婷那么着急地打听我的去向，却让我意外，她下定决心劈开双腿时，就应该明白，我们之间，再也不会存在友谊。直觉告诉我，这和石磊有关。

我抹去脸上的泪水，快速走到门口，可门刚拉开，便看到站在门口的高子健，忍不住破口大骂：“高子健，你玩什么不好？玩躲猫猫？”

高子健右手握拳，靠在嘴边轻咳一声，说：“谁有空儿跟你玩躲猫猫，你不好好睡觉，半夜跑出来做什么？”

见过不要脸的，没见过这么不要脸的，我瞪着高子健，指了指房间，说：“高子健，说得真好，半夜不睡觉，你跑出来做什么？”

“这个……”高子健脸上露出犹豫，“没什么啊，我……我梦游！”

他的话刚说完，就转身朝相反的方向走去。我急忙追上去，拉着他的衣角，说：“别走，我正好有事要问你。”

高子健的脚步停下，说：“怎么？觉得爷还不错，想让爷留下来陪你？”

我果断地摇了摇头，抬起头，忽然看到了高子健穿的带有加菲猫图案的睡衣，问："你也喜欢加菲猫？"

"对呀！"高子健翻着白眼看着我，手臂一伸，就将纸巾贴在了我的鼻子上，"瞧你，鼻涕虫吗？"

我看着眼前的那只手，感到别扭，遂转移话题："高子健，我问你，你和石磊是不是一直都有联系？"

高子健惊讶地看着我，说："你真的是不撞南墙不回头，撞了南墙继续撞。陈玉佳，来，告诉我，头破血流的感觉好吗？"

"高子健，你这个人，就是一点亏都不能吃，我问你一个问题，你反问我一个问题，你能说就说，不说拉倒！我求你不成？"

高子健看着我，我也瞪着他，我现在实在没有心情欣赏他那双桃花眼，除了窝火，还是窝火。

"行，陈玉佳你行，你这么行，别在这儿待着，自己问去，去！"高子健抬起胳膊，指着门口大吼，脸上的肌肉都在跳动。

我知道高子健子骂的是对的，我就是没种，我要是真的厉害，也不至于被他们耍了这么久。

"怎么了？刚才不还昂着头朝前冲吗？现在怎么了？陈玉佳，来，你是想要知道磊子怎么想的是吧？好，我现在就给他打电话，你亲口问，问得一清二楚！"

高子健又大吼一声，从桌上拿起手机，立即按了下去。我急忙上前一步，去夺他手中的手机，可是他手臂举到头顶，我又气又火，扯了两次都扯不到，眼泪又忍不住掉下来，大吼："高子健，你浑蛋！"

"我是浑蛋，我连兄弟的女人都睡了，就是浑蛋，陈玉佳，我他妈的早就想浑蛋了！"高子健甩开胳膊，手机从他的手中飞了出去，"砰"的一声落在地上，忽然间，高子健紧紧地抱着我，最后，将我逼到了墙角。

他的身体紧紧地贴着我，双眼充血，寂静的房间里，他起伏的胸膛在我的心口不断地跳动，最后，他俯下身，强有力地吻住了我。

第二章

原来我知道的偶然，都藏着你爱我的玄机

我惊讶地看着高子健，一秒钟之后撑着手臂用力地推着他，可是他的舌尖迅速地伸到了我的口中，搅动着我的唾液，两只胳膊将我紧紧地按在墙上。我无力反抗，只得抬起脚，朝他的胯下踢了下去。

高子健见我伸出腿，两条腿用力地夹住我，顿时瓦解了我最后的反抗，我瞪着双眼看着他，忽然察觉到他的舌尖还在我的口中游走，眼睛睁大，张嘴去咬。

我咬到了，甚至感觉到嘴里透着浓浓的血腥味，可是高子健却一点都没有松手，我惊讶地抬起头，看着那双桃花眼，甚至看到了泪光，可是，他却那么怔怔地看着我，眼里带着一种我非常熟悉的情绪。

我当然不知道他在坚持什么，看到这个目光，我忽然无力了，牙齿松了，双手松了，身上甚至一点力气都没有了，我和他的僵持变成了我一个人的缴械投降，他见我没有反抗，也松开了手。

“高子健，如果你带我来这里，就是为了跟我睡一觉，我……”

“嘭”的一声，高子健关上了卧室门。

我呆愣地看着紧关的房门，身体迅速瘫软，顺着墙壁滑了下去。

这个世界疯了吗?

我又做了一个冗长的梦，在梦里，我看到了大学里我们最常去的那个食堂，蛋炒饭5元，红烧仔鸡10元，我和石磊最喜欢坐在靠窗的位置，连食堂的阿姨都知道我们最喜欢炒饭。

每天放学，我都像疯子一样闯进食堂，霸占座位，等着石磊过来。

梦境里的时光和那天一样漫长，好像就发生在眼前。

我端着两碗饭朝座位上走去，却发现早已经占下的位置被一个女生占去。放在桌上的教科书被移到了一旁，圆珠笔竟然掉到了地上。

这个女生不是别人，正是艺术系的王婷婷。据说，暗恋石磊大半年了。

王婷婷画着浓妆，衣服穿得也很暴露，一只手搭在桌上，另一只手在摆弄手机。

我走到她面前，将两份炒饭放在了桌子上，说：“不好意思，这个位置是我先占的。”

“你占的？”王婷婷看了我一眼，笑着说，“呵呵，那你知道，这个食堂是谁家的吗？”

“我不好奇食堂是谁开的，我只知道凡事有个先来后到。”我平静地说，“麻烦你让开。”

学校三个食堂，全是王婷婷的爸爸承包的。

“嘭”的一声，饭菜掉到了地上，王婷婷拢了拢头发，笑着说：“不好意思，我没看到。”

我看着地上的蛋炒饭，问：“那现在怎么办？”

“什么怎么办，你再去买一份就是了！”王婷婷拿着手机，对着屏幕照镜子。

周围的人似乎也察觉到了我们两人的异常，围了小半圈。我蹲下身，看着今天我特意给石磊加的火腿，顿时火冒三丈。

“那这个座位，你是让，还是不让？”我再次开口。

她继续照镜子，根本没有看我一眼，我恼火地抓起桌上的教科书，直接朝她的脸上甩去。

印象中，这是我第一次和一个女人打架。场面极其混乱，动作也十分凶狠，王婷婷看上去就是那种经常打架的人，一抓到我的头发就揪住不放。我被她晃得左右摇摆，仍然抓不着她。

女人和女人打架，真是最弱智、愚蠢的方式。等她揪着我的头发晃得实在觉得没意思时，手忽然松开，我就被甩了出去。在这短暂的几秒钟里，我只有一个想法，千万不要毁容。

石磊就是在这个时候出现的，他小心翼翼地扶着我，一巴掌甩了过去，“啪”的一声，打在了王婷婷的脸上。

梦境中，我和石磊坐在教学楼后面的树下，他的手中拿着冰块放在我的脸上，问我疼不疼。

我问石磊：“你怎么打女人？”

“她打你了。”石磊声音平静。

“那如果是我惹事的呢，她打我，你还会帮我吗？”我平静地问。

“当然，”石磊轻轻地抚摸着我的面颊，说，“你是我的，谁都不能碰一下。”

我笑着依偎在石磊的怀中，刚刚抬起头，瞬间被自己的双眼吓到——抱着我的人居然变成了高子健，而且，还龇牙咧嘴地看着我，说：“小佳佳，你别怕！”

“啊！”我惊恐地睁开眼，环视了一眼四周，这才发现，是一个梦。

明明是一个幸福的梦，怎么忽然间就梦见了高子健了？想到昨晚我们两个人的尴尬，我顿时变成了缩头乌龟。

抬脚走下床，听到了客厅里传来的声响。稍微开个门缝，就闻到室内飘散的香味，肚子很自然地响了起来，仔细一看，就看到了拿着锅铲的高子健。

他淡定地转过脸，说：“刷牙洗脸，五分钟后吃早饭。”

我就说嘛，他这种人，怎么可能把昨晚的事情放在心上？

他话一说出口，我顿时觉得自己多虑了，把自己处理干净，转过头走到了客厅时，高子健已经吃了起来。

“那个……”

“猪脑子啊？睡了一觉连爷的名字都忘了？”高子健打断我的话，咬了一口煎蛋。

“我……我会尽快找房子，等我工资发下来，立即搬走，绝不拖延！”我假装理直气壮。

高子健瞥了我一眼，没有搭理我，继续吃着盘中的煎蛋。

“在此之前，我能麻烦你一件事吗？”

“有屁快放。”

“是！”我狗腿地笑了笑，说，“上次，我拜托你帮我查石磊的事情，其实……”

“嘭！”高子健手中的筷子忽然敲在桌上，厉声说道，“怎么了陈玉佳，是不是还要我继续查？”

我迅速地点了点头，顺便挤了两滴眼泪做做样子，假装可怜无辜。

“我可以帮你，”高子健看着我，说，“但是我这个人，从来不做亏本的生意，你明白我的意思吗？”

“你想让我做什么，我都答应你！”我紧张地回答，露出一脸谄笑，说，“不过，你也知道，我这种女人……”

“你以为我稀罕你！”高子健白了我一眼，说，“我还没有想好，到时候再告诉你！”

“那你能帮我查一查，从过年到现在，石磊都在做些什么吗？”

“你这个女人真的很麻烦，我都答应你了，你能不能不要说那么多的废话？真的有时间，好好学习怎么打理打理自己，行吗？”

高子健这么一吼，我顿时缩了回来，求人嘛，当然应该有求人的样子，不然，谁给他脸呀！

吃完早饭，我背着包朝门口走，正好看到了正在换鞋的高子健，于是笑着说：“这么巧啊，你也要去上班？”

高子健看了我一眼，闷闷地说：“要去水湖路办点事。”

水湖路，不正是我上班的地方吗？如果可以搭个顺风车，坐公交的钱都省了。眼看着高子健就要推门而出，我轻轻地拍了拍他的手，说："这么巧啊，我也要去水湖路！"

高子健当然同意我搭个顺风车，可是从琥珀山庄到水湖路的10分钟内，他竟然一句话都没有跟我说，我知道他是爷，所以也只能顺毛捋，直到大奔开到公司楼下，我才深嘘了一口气，说："谢谢呀！"

"真丑！"

我疑惑地转过脸，看着高子健，问："你说什么？"

高子健瞪着我，说："我说你现在的样子真丑，不想笑就别笑，谁让你硬撑了？笑比哭还难看，不如不笑！"

我的笑容僵硬在脸上，佯装出来的快乐一瞬间土崩瓦解，愣了一秒，轻轻地说："谢谢你送我上班，谢谢你八辈子祖宗！"

这么喜欢揭穿别人怎么不去公安局？这么爱好推理怎么不去写小说？高子健，你就不能给我一点面子？我不笑行吗？劈腿这种事情放在你们身上或许一点钱就能解决，可是我呢？我连自己都养活不起，难不成还不能笑笑？

失恋的女人就该被这么嘲笑吗？

整个早上我都打不起精神来，榴莲在我的桌子上放了两块巧克力，趁着老总不在，悄悄地问我："早上看到你从一帅哥的大奔上下来，男朋友？"

我愣了一秒，直接回答："他？男朋友？有没有搞错？"

"长得还不错呀，小姑娘家，能恋爱就恋爱，千万不要错过大好时光。"

我看着榴莲的背影，心里面忽然一阵难过，是呀，大好时光，我何必浪费在某些人的身上？

午饭是在楼下的茶餐厅里解决的，就餐的人非常多，好不容易找了个位置，还是靠近取餐口，胳膊被碰来碰去，让我心情更加烦躁。

忽然，滚热的菜汤洒在了我的胳膊上，我拍了拍壮男的胳膊，说："先生，你的菜汤洒到我的衣服上了。"

那男人身高将近一米八，转过脸来看了我一眼，若无其事地抬脚便走。

我扯住他的胳膊，控制着自己的语气，指了指我袖子上的汤汁，说：“先生，你是不是该道个歉？”

那男人又看了我一眼，甩开我的胳膊，继续朝前走。我恼火地叹了一口气，有苦说不出。

“干吗？”

“向她道歉。”

一段对话传到了我的耳中，我转过脸看去，就看到了那个壮男停在两步之遥，由于他的横向面积太大，我根本看不到和他对话的那个人是谁。

“如果我不道歉呢？”壮男又说了一句。

我绕到了另一旁，这才发现，站在壮男面前的，是高子健。

他的衬衫袖管微微卷起，能看到胳膊上凸起的青筋，一双眼睛和壮男对视，淡淡地说：“我再给你一次机会，跟她道歉。”

“你他妈的是谁啊？凭什么管老子，给我让开！”

“砰”的一声，高子健举起手上的餐盘，直接拍在了对方的脸上。一瞬间，对方两个鼻孔里，鲜血直流。

安逸的茶餐厅随着高子健的到来竟然变成了打架现场，保安匆匆跑来，看到躺在地上头破血流的壮男，立即朝高子健走来。

“高子健！”我知道这次要闯大祸了，立即绕过人群，说，“保安来了，快跑！”

高子健瞥了我一眼，依然站在原地不动，我也顾不了那么多了，拉着他的手就朝门口跑，转身就藏到了右侧的停车处。

高子健似乎对我的行为很不满意，我蹲在车身下，拉着他的胳膊朝下扯，他淡淡地看了我一眼，蹲在了我的身旁。

确定保安并没有追来时，我轻轻地嘘了一口气，刚转过脸，就碰到了高子健的脸。

唇瓣和面孔只有一瞬间的接触，我惊吓得连忙后退，一屁股坐在地上，抬起头，居然看到高子健咧着嘴笑了起来。

不得不承认的是，高子健笑起来真的很好看，棱角分明的侧脸上，一双桃花眼包含着光芒，挺直的鼻梁，性感的嘴唇，勾起好看的弧度。

我忽然想到石磊，和高子健相比，石磊的笑容总是带着淡淡的忧伤，没有高子健的洒脱自在，或许，石磊离开我，真的是有原因的。

“喂，准备一直坐在地上吗？”高子健站了起来，右手伸到了我面前，说，“起来吧。”

我双手支撑着身体，连连倒退了两步，然后狼狈地爬了起来，担心地问：“你说里面的摄像头会不会拍到你？”

高子健不说话，眼神瞥向大厅，说：“那又怎么样？”

“我在楼上上班，万一……”我的话还没有说完，高子健就抬脚走了过去，我急忙跟上去，“你疯了，现在过去做什么？”

高子健回过头看着我，说：“万一警察找你麻烦，那我送上门给他抓啊。”

“喂！”我扯着高子健的衣襟，说，“你疯了吗？现在回去万一被勒索医药费怎么办？”

“给啊。”高子健淡淡地说。

“可是……”

“我过去了。”高子健的手臂伸过来，指尖触碰到我的手背，轻轻一推，就把我的手推开，我抬起头，看着他高大的背影，忽然间觉得心里面空荡荡的。

或者，我可以理解为，高子健看到了那个壮汉把汤汁弄到我的衣服上，所以才……敲他的脑袋的？

看着高子健朝大厅走去，我的心里面居然有种自责感。

“高子健，你给我回来！”

高子健见我喊他，立即停下脚步，转过脸看着我，嘴角微微地勾起，走到我面前。

“要不你先回去吧，应该没事……”我吞吞吐吐地说。

“你是在担心我？”高子健老毛病又犯了，我都没问，他又先问了。

“不是，我是担心你万一被警察带走了，谁帮我查……”话说到一半，面前的身影就走开了，我抬头一看，他居然走远了。

我就知道，真心话不能随便说，特别是，对于高子健这样的人。一不小心说出来了，那可就是“大冒险”。

安静地上了一下午的班，也没发生任何意外，临近下班时，桌上的手机响了起来，显示是陌生的本地号码。

“你好，很抱歉打扰你，请问你是小佳小姐吗？”电话刚接通，对方生硬的声音就传到了我的耳中。

我有些紧张地咽了一口口水，问：“请问你是？”

“哦，你好，我们是夜城酒吧，你的朋友在我们这里喝醉了。”

“嗯？我的朋友？”

“我现在用的这个手机就是他的，上面只有你一个名字，所以……”

只有我一个名字，显示是“小佳”，在酒吧喝醉了？那到底是谁？如果是认错人了，不可能连手机号码都弄错呀？

眼前忽然浮现一个身影，顿时心提到了嗓子眼，问：“那个人的脖子上是不是有一颗黑痣？”

“您稍等，我看下，”对方停顿了一会儿，接着说，“是的，他的脖子上的确……”

“我马上就到，马上！”

为什么这个陌生的号码里只有我一个人的名字？为什么他会跑去一个人喝酒？为什么？到底是什么原因？

我的心跳越加迅速，看着窗外路旁闪过的霓虹，更是心乱如麻。我能得到自己想要的答案吗？

从车上下来，我立即朝酒吧的门口蹿去，走到门口之后我才忽然发现，这里有些眼熟，这不正是高子健上次带我来的那个酒吧吗？

我推门进去，第一眼就扫到了沙发上躺着的那人，迅速跑上前，看着已经醉得不省人事的石磊，我一阵心疼。

“现在怎么办？”侍者问。

“麻烦你先出去，我待会儿会带他离开。”

“这位先生还没有结账。”

“多少钱？”

“2680元。”

掏钱包的手忽然悬在半空中，扫了一眼桌上的酒瓶，叹了一口气，说：“不好意思，今天钱没有带够，但是，高子健你认识吧？”

对方疑惑地看着我，问：“高大帅？”

“嗯嗯，我们是朋友！”说谎不打草稿，我直接开口说道。

那人看了一眼石磊，又看了一眼我，转身就走向了门外。

我低下头看着躺在沙发上醉醺醺的石磊，将桌上的东西整理好，拉着他的胳膊，说：“石磊，起来。”

石磊听到了我的声音，微闭的双眼立即睁开，和我的目光触碰时，我听见他喊：“小佳。”

忘记一个人会有多难？和石磊分开也只有短短的两天，为什么我会觉得有两个世纪那么漫长？我以为可以忘记，我以为可以不在乎，可他刚开口，我就彻底沦陷了。

“现在回去吧，不然某些人会担心。”我拉着他的胳膊，假装淡定。

“小佳，你……你能原谅我吗？”石磊激动地从椅子上站了起来，拉着我的手，说，“我以为我再也见不到你了，小佳，我真的喜欢你。”

喜欢我？所以和我闺蜜上床？我想，这是最为荒谬的话了。

“别再开玩笑了行吗？”我甩开石磊的手，可是他又立即抓住了我，我生硬地说，“石磊，你能不能告诉我，为什么，偏偏是美婷？”

“小佳，”石磊颤巍巍地从沙发上站了起来，看着我说，“你能不能等我，我马上就去跟刘美婷分手，我要告诉她，我喜欢的人，是你！”

“你和美婷，只是一个意外？”听着石磊的言语，我有些动心了，“你根本不喜欢她对不对？”

“小佳，我这辈子就喜欢过一个女人，那就是你……”石磊伸出双臂，紧紧地抱着我，说，“你不要离开我，不要和高子健在一起，求求你……”

石磊的声音是撕心裂肺的，听得我完全动容了，他捧着我的脸，下一刻，就去解我的衣扣。

“小佳，你是我的……”石磊一边亲吻着我的面颊，一边重复着这句话。

曾经，我也相信，我是他的，而且，是他的唯一，可是现在，不是我不信了，而是我不敢信了，看到他和刘美婷躺在床上时，我已经告诫自己要死心了。

“石磊……”我的心中有着无法形容的悲痛，泪眼蒙眬地看着他，问，“那你告诉我，你还爱我吗？”

“我爱你……”石磊亲吻着我的面颊，继续说，“小佳，我真的爱你……”

一句“我爱你”，最让女人心动的三个字，已经让我彻底沉沦。

我甚至真的相信，石磊还是爱我的，一定。

忽然，包厢的门被撞开了，我惊慌地睁开眼，还没有来得及看清楚来者何人时，身旁的石磊忽然被暴力地扯到了一旁，甩到了沙发上。

包厢门口又蹿进来几个人，只听见一声大吼：“都他妈的给爷滚出去，滚！”

门口站着的人顿时没有了踪影，我抬眼看去，顿时一脸的诧异！

闪烁的红、蓝、绿光线在高子健的身上来回地扫动，我看不清他面上的表情，却能感受到他浑身上下散发的那股清冷，他为什么会来我不知道，只是这一刻，我察觉到了一种叫作“惧怕”的东西。

“磊子，你什么意思？”

石磊醉醺醺地从沙发上站起来，看着高子健，问：“你……又是什么意思？”

绿色的霓虹扫过高子健的侧脸，他上前一步，扯住了石磊的衣领，说：“我的意思很简单，我的人，天王老子，都不能碰。”

他的人？

“呵呵。”石磊淡淡地笑了笑，想推开高子健，说，“你的人？子健，我的女人什么时候成了你的人了？”

石磊的话音刚落下，高子健又加重了扯衣领的力度。

眼看这势头不对，我立即奔上去，伸出手，淡淡地说：“你松手。”

高子健攥得更紧了，没有松手的意思。距离很近，我看着他那双蓄满愤怒的桃花眼紧紧地盯着我，心里面更是打翻了五味瓶，这个时候他来凑什么热闹？

“高子健，松手！”我瞪着高子健，怒吼一声。

高子健索性收回眼神，压根不看我，反而瞪着醉醺醺的石磊，说：“好，很好，很好！”

石磊看着高子健，表情阴晴不定，我们三个人僵持在原地，但是高子健攥紧的那只手，依然没有松开。

“高子健，我的事情我自己能解决，你……”

“解决？”高子健打断我的话，说，“怎么解决？在这里解决？”

我错愕地看着高子健，说不出一个字。

“子健，这件事就这样吧，你松手。”石磊的话冒了出来，却带着息事宁人的意味。

这件事……就这样吧？这又是什么意思？我的目光注视着石磊的脸，心里充满了疑惑。

高子健的手终于松开了，因为惯性，石磊朝后退了一步，倒在了沙发上，可是面如死灰，压根没看我一眼。

我急忙走过去，问：“石磊，你喝醉了吗？”

石磊抬起眼，一张脸上写满了不忍，红光从他的脸上闪过，他哽咽着看着我，张了张口，依然是一句话没说。

“石磊，你告诉我，你是不是有什么难处？你说出来呀！你刚才说你爱我，我听到了，我相信你是爱我的，石磊，你说过的，你是爱我的！”我的眼睛里蓄满泪水，我相信石磊一定是有原因的，他手机上只有我一个人的号码，这就是证据。

“小佳，我……”石磊抹了一把我脸上的泪水，说，“我……”

“石磊，你记得吗，我20岁的生日，你跑去市里，买了20个孔明灯，每一个上面都写着‘石磊爱陈玉佳一生一世’；因为要给我买那个我喜欢的蛋糕，你为省钱两天没有吃饭；为了给我拍写真，你去医院卖血……石磊，我不信你不爱我，你的手机里只有我一个人的号码，你喝醉了跟我说你爱我，石磊，我求你……求你告诉我原因，我只要听你……一句真心话……”我跪在沙发上，出卖我最后的自尊。

爱一个人，可以不要脸，不要命，舍弃所有。石磊，这曾是你对我的爱呀！

“小佳……”石磊拉着我的手，我看着两行泪从他的眼中落下，听见他说，“我……我真的爱你。”

“我知道，石磊，我知道你爱我……”我紧张地抓着石磊的手，往前挪了一步，说，“你告诉我你的难处，我们像以前一样一起面对，好吗？”

“我……”石磊脸上露出了犹豫，我能感受到我握着的那只手都在颤抖，“小佳，可是……”

“石磊，你在做什么？！”

包厢的门被猛地撞开，一个尖锐的声音响了起来，刘美婷站在门口，一脸惊慌地看着我们，踩着高跟鞋立即走了过来。

我察觉到她眼中的厌恶，可我还是相信，石磊会跟她说清楚。

艳红的高跟鞋绕过我的身旁，很自然地将我和石磊隔开，香奈儿香水味充斥着我的鼻子，刘美婷说：“石磊，怎么下班了不直接回家？爸妈都在等我们。”

爸妈？我抹了一把脸上的泪水，惊讶地抬起头，就看到了刘美婷轻轻地朝石磊的脸上一吻，说：“喝酒伤身，你就算再想跟老朋友聚一聚，也要注意身体不是？”

石磊面上木讷，淡淡地说：“回去吧。”

刘美婷很自然地站了起来，忽然转过脸来看着我，嘴角翘起，笑着说：“小佳，不好意思呀，今天我和磊子还有点事情，改天啊，改天找你们好好叙叙旧。”

红色妖艳的真丝长裙在我的眼前飘荡，我抬头看向石磊，他侧着身子，看不清脸上的表情。

“哈哈哈……”

我一边笑一边看着刘美婷僵硬地拉着石磊走出包厢，直到那两个身影完全消失，我的笑声更加声嘶力竭。

喧嚣的声音在耳旁肆意，我吸着稀薄的空气，除了嘿嘿傻笑，不知道自己还能做些什么。

想来就来，想走就走，我在他的世界，就这么不值一提。哈哈。

如果说我的执念是一种无止境的犯贱，那我也认了，这个世界上，总有一些事情，冷暖自知。

出了酒吧，迎面而来的冷风吹在我的脸上，我打了个冷战，看着熙熙攘攘的大街，漫无目的地朝前走，我问自己，这么一而再、再而三地挣扎有用吗？

别人不能告诉我，我自己也没有答案。

身后的那个身影一直紧紧地跟着我，可是我不想回头。我可以失恋，却不能玩弄感情。

高子健那么冷静腹黑的一个人，相信不用我说，也更加清楚这件事情，他现在做的，只是对一个失恋的女人的怜悯而已。

胳膊被两人撞了一下，我的思绪被打断，抬起眼一看，是一对手牵手的情侣，朝“风云再起”电玩城走去。

我抬起脚，跟在他们的身后，也走了进去。

电玩城音乐轰鸣，游戏种类繁多，我扫了一眼门口的娃娃机，朝售币处走去。

我要了一百元的游戏币，可是，付钱时，却发现钱包不见了。

收银员一脸无奈地看着我，说：“到底有没有啊？”

“稍等……”

“小姐，你后面还有人等着……”收银员盯着我的身后，不耐烦地说。

“我来吧！”

强有力的胳膊从我的身后伸了出来，转过脸，就看到了高子健。

我喜欢娃娃机内的哆啦A梦，反复试了几次，都没收获。

“头脑简单四肢发达，这么简单的事情，哼！”高子健站在身后，一脸不屑。

“你那么厉害，你给我抓一个试试？”我不服。

“想让我帮忙，得看你有没有这个本事！”高子健面露骄傲。

“抓就抓，不抓就不抓，没本事才麻烦你，我又不能去道上认一个干爹。”我转过脸，继续努力。

只可惜，又失败了……第十五次。

眼看游戏币越来越少，我焦灼地看着对我龇牙咧嘴的哆啦A梦，更是不服。

“拿着，我来！”高子健将衣服搭在我的肩上，拉着我后退一步，姿态优雅地走到娃娃机面前，懒洋洋地说，“两块钱的核桃汁，建议你多喝一点。”

又损我？

事实证明，整天喝核桃汁的高大帅不一定是抓娃娃的好手，看着高子健连续试了三次连哆啦A梦的小腿都没有碰到，我的心情顿时大爽，上前一步，说：“看样子，核桃汁，不好喝呀！”

高子健回过头看着我，双眼中顿时闪过一丝凌厉，我识相地后退一步，却见他抬起手，慢悠悠地解开衬衫的领口，卷起袖子，又开始了行动。

只可惜，又败了。

“呦呦呦，切克闹！”我假装没有看到，跟着音乐的节奏叫起来，高子健不服，再一次按下了开关，这一次貌似比前一次更惨，爪子连哆啦A梦的毛都没有碰到。

“核桃汁，我想喝核桃汁！”不知道为什么，看着高子健吃瘪，我心情忽然大好。高子健瞪了我一眼，命令我说：“站在这里等我，哪里都不许去！”

我不知道高子健要去哪儿，站在原地两秒，跟了上去。

跟上去之后，才知道高子健又去买游戏币了，一个将近三十厘米高的大型储蓄罐，里面盛了整整一桶的游戏币。

这个高子健，一定是抓不到娃娃受了刺激。

“不是让你站在原地等我吗？”高子健恼火地说。

“不是……你……”

“怎么了？”高子健扫了一眼游戏币，淡定地说，“一次性多买点多方便，免得来来回回跑了。”

这一次，高子健没有选择抓哆啦A梦，而是选择了乔巴，我们分工明确，他抓的是乔巴，而我，依然抓哆啦A梦。

半个小时过去了，我们一无所获，眼看室内的人越来越少，最后，只剩下了我和高子健两人。

原本我以为，自己已经算是一个固执的人，可是看到了高子健后，我才了解到真正的固执。

高子健双目炯炯地看着娃娃机，汗水顺着他的脸颊流了下来，一副不抓到誓不罢休的模样。

我忽然想到了石磊。

恋爱三年，我们来过这里一次，抓到一个哆啦A梦。

都说爱情永远都不能和物质沾边，那个时候的我，也是这么想的。

可是，在酒吧的包厢，刘美婷一身名牌拉着石磊走开的时候，我忽然察觉，纵使我和刘美婷有众多的不同，就凭这一点，其实已经区分了我和她，以及我和石磊。

“哇！”一声尖叫打断了我的思绪，我转过脸一看，高子健居然弯下身子，手一伸，就掏出了一个乔巴。

“陈玉佳，看到了吗？”高子健像个孩子一样在我面前炫耀。

“一个而已，”我不服气地看着高子健，指了指身后，说，“刚才，那个女孩子，还抓了十几个呢。”

高子健看了看手中的乔巴，放到我的手中，说：“你不要玩了，你看着我，我玩。要多少，你直接开口吧！爷今天满足你！”

“高子健，很晚了……”我指了指四周，“你看，都没人了……”

“没事，你说吧，还要几个？”

“我累了，想回去。”

高子健看着我，轻轻地叹了一口气，说：“好吧，回去，现在就回去！”

走出游戏厅，街上基本没了人影，高子健满脸得意地看着我，说：“陈玉佳，看到了吗？爷就是聪明！”

“嗯。”

“这个乔巴你留着吧，下次多给你抓两个。”

“嗯。”

“话说，乔巴比哆啦A梦长得好看多了，陈玉佳，没眼光！”高子健继续批评我。

“高子健，”我停下脚步，看着面前的高大身影，平静地说，“哆啦A梦，是我和石磊第一次来这里的时候抓的，他抓到了一个。那个时候我们都没钱，可是你知道吗？因为我喜欢，他就去做。”

“陈玉佳，你是不是很喜欢泼冷水的感觉？”高子健打断我，脸上阴晴不定。

“可是你看，即使他跟着别的女人跑了，我还是不由自主地走到这里。高子健，你知道，我忘不了……”

“陈玉佳，”高子健上前一步，瞪着我说，“你不噎我，你难受是吧？谁管你情深似海？他们只会怪你声嘶力竭，扰人安眠！哭有用吗，谁理你？”

高子健说得是，我可以保证一点，现在这种情况，最该被嘲笑的，就是我。

“你说得对，百无一用是情深，”我吸了吸鼻子，将乔巴从手上取了下来，说，“但是，高子健，我的感情不值钱，我玩不起，谢谢你。”

高子健怔怔地看着我，深不见底的双眸里，我看不到任何的情绪，他的目光下沉，问：“陈玉佳，我高子健在你眼里，就是一个招蜂引蝶、喜新厌旧，把女人拉到床上、完事之后就让女人滚蛋的人，是吧？”

我反问：“难道不是吗？”

高子健沉默地站在原地，迎面的冷风刮得他的衬衫微微飘起，从他的表情看不出任何的情绪，但是他的语气，却让我有些害怕。

“高子健，哆啦A梦可能不知道我的心事，但是，我骗不了自己。”我声音颤抖地看着高子健，算是另外一种方式的告诫。

告诫他，同样也是告诫自己——放纵不需要理由，哆啦A梦不知道的事情，我却忘不了。

半晌，高子健缓缓地抬起头，看着我，说：“回去吧。”

没有正面回答，也没有侧面回答，索性保持沉默，高子健这个反应让我惊悚。

一路上，他都是沉默的，他的沉默会让我不安。

到了楼下，高子健没有下车，从车上下来的，只有我一个人。

我偷偷地看了他一眼，他的整张脸异常平静，我见他没有说话，索性抬脚就走。

“陈玉佳！”高子健的声音在我的耳后响起，我转过脸看去，看到头顶扫过来的钥匙，立即伸手去接。

“谢……谢……”或许是担心被扫地出门，我连道谢都有些结巴。

高子健一只手搭在车窗上，淡淡地看着我，他没有说话，但是周围的磁场却很自然地形成一种令我有些害怕的冲击波。在我最后的防线就要沦陷时，高子健的嘴角稍微翘起，说：“陈玉佳，你知道，我们之间，哪里不同吗？”

我被他这个问题问得顿时一愣，摇了摇头。

“陈玉佳，你可以爱一个人不要命，但是我，不会爱一个人不要脸。”

我当然明白他的意思，我知道，他是在嘲笑我，嘲笑我爱一个人，爱到了不要脸的地步。

“呵呵，高子健，我真的很不习惯你这么跟我说话，”我摆了摆手，试图掩饰自己颤抖的双手，继续笑着说，“像你这种，以为爱情只用三毫升液体交换的人，没资格教训我！”

高子健没有说话，踩着油门呼啸而去。看着他消失的背影，我腿下一软，坐到了门口。

我怕了，我真的是怕了，我到底怕什么，我也不知道，只是——一想到那双深黑色的眸子，我的心里，忍不住颤抖。

高子健，你和石磊之间到底存在什么秘密？为什么在酒吧的时候你只是那么望石磊两眼，就可以让他全线崩溃？

你可以不告诉我，也可以不帮我，但是，我一定会用自己的方式，知道这个秘密。

接下来的两天内，我的生活恢复了平静，不仅如此，自从高子健把钥匙给我之后，就再也没有见到他半个影子，如果不是每天听到保安叫我“高太太”，我想，我一定会怀疑，这个人从未出现过。

我在QQ上给黑子留言，找其他同班同学聊天，试图获得一丝半点关于石磊的消息。

说来也很惭愧，作为他的前女友，从去年九月份分开到现在，我对他的生活，竟然没有察觉到一点的异常。

我想，不是我太笨，就是他隐藏得太好。

第三天，周五，平静的生活有了波澜。午饭过后，我被经理请到了办公室喝咖啡，他将一沓报表放到了桌子上，平静地说：“小佳，小数点的问题我不想跟你再强调一遍，但是……这里的损失，你看看……”

我只觉得太阳穴猛烈地弹跳起，低下头一看，原来是前两天经理让我整理的财务报表，包括工商税务方面的数据，而我，居然搞错了……

损失是三万元。

跟榴莲说了损失，她淡定地回我：找大奔。

大奔？高子健的座驾是也。

三万元，陈玉佳，这是等死的节奏吗？

黑子给我打了电话，让我在学校门口的四川酒家等他。这边公司问题还没解决，我又匆忙赶向饭馆。

我想，黑子一定是看到了我QQ上的留言。

半个小时后，就到了学校门口。自从领了毕业证，这还是第一次回来，看着学校门口的那些青涩面容，忽然间觉得自己老了。

黑子坐在老位置，跟我摆了摆手，我走过去，看着他日益成熟的面孔，居然笑不出来。

喝了一点啤酒，聊了聊他南下的事情，几句话之后，我就绕到了我想要的主题上。

“对了黑子，我记得石磊跟我说过，他今年过年之前跟你见过一面，有这事吗？”

黑子看着我，说：“他跟你说了？”

“嗯？”

“小佳，磊子对你真的不错，你不知道，其实他压力很大的，他那么做，也是为了你呀。”黑子给我倒上酒，声音平淡地说。

他这么一说，我更觉得惊讶了，当时石磊只是说和黑子回了一趟他的老家，并没有详细叙述事件的过程，于是，我继续问：“发生了什么吗？”

黑子看着我，脸上一怔，顿时有些支支吾吾，最后，岔开了话题。

我觉得黑子一定是知道石磊的一些事，只是他不方便说，我也没有必要隐瞒分手的事实，于是，我开口道：“黑子，其实……我和石磊分手了。”

黑子手中的筷子一颤，抬头惊讶地看着我，我只觉得他的眼神有意地回避我，就继续问：“黑子，你是不是知道些什么？”

黑子放下筷子，看着我说：“小佳，我不清楚。”

送走黑子之后，我不禁又是一阵感慨。

到底是时间他老人家厉害，总是不动声色地让我们了解更多。

跟黑子之间的谈话，让我更加确定一点，石磊，他一定是有苦衷的。

趁着夜色，我又走进了大学校园，九点半的操场上一对又一对散步的情侣，彼时月光清浅，能够看到那如花般的笑颜。

触景生情，我忽然想到了我和石磊第一次接吻，那时我表面张狂，可牵个小手都羞得不行；石磊看上去文质彬彬，可是，真正接吻时，却不输给任何一个男人。

那个吻是慌乱的，生涩的。可初吻的感觉，让我们每个人都觉得怀念。

那时候，我们都以为，这辈子，一定会陪伴对方到终老。

“喂，小心！”一个声音传到了我的耳中，刚抬起头，就看到对面横冲过来一个穿着溜冰鞋的男孩，他的速度太快，我压根没有办法逃开。

右侧忽然被人用力扯开，我的身体失去平衡，倒在了一个人的怀中。

抬起头，便看到了熟悉的身影。

高子健为什么会在这里，死了一万个脑细胞我也想不到。

头发上粘了一片纸片，他还一脸浑然不知。

他表情不满地说：“失恋算个屁，没必要自虐吧？”

高子健这么及时地出现，我还是很感谢他的。

只是，与爱情无关而已。

我们坐在看台上，高子健侧过脸看着我，说：“陈玉佳，你失恋了，我也失恋了，不如我们凑一对怎么样？”

我反问：“高子健，你相信爱情吗？”

高子健将外套脱下来，披在我的身上，笑着说：“喂，陈玉佳，我今天失恋，你好歹安慰安慰我！”

高子健仍然在笑，可是我敢肯定，他的失恋，和我的失恋，根本不在一个频道上。

“高子健，你知道吗？我这里很疼，”我捂着胸口，声音淡淡地说，“这两天我过得一直很安静，每天上班下班，看书上网，我以为我完全可以忘掉那个人，但是没有，我忘不掉，我们曾经因为一句话而感动，他念着书上那句‘你是我的肋骨’能让我心疼很久，但是，现在呢？他自己剔了他的肋骨，怎么一点都不疼呢？”

周围又是一阵沉默，我转过脸看着高子健，却听见他说：“陈玉佳，你是在问我，懂不懂剔掉肋骨的感觉吗？”

我没有回答，但是我可以肯定一点，高子健不懂。

“陈玉佳，你真的很不会讨好男人！”高子健白了我一眼，浓眉紧锁，一脸不悦。

“不好意思，这个真不会！”我回应。

“没事，爷有的是时间，会把你调教好的！”高子健看着我，眼睛在我的身上扫来扫去，表情得意。

我懒得理他，和他相处的几日，也看得出来，他是个嘴贱心软的人。

“陈玉佳，你是不是特别相信自己的感觉？”高子健见我不说话，又问。

我根本猜不透高子健的心思，这个人太善变，不是我能把持得住的，但是感觉这种事，女人一向比男人更准。

于是，我点了点头。

“你看，我们都是相信自己感觉大于一切的人，既然你的心里面已经对我下了定义，又何必问我呢？”高子健声音淡淡的，听不出任何情绪。

听完之后我才忽然明白，他是在教训我。

“我有没有心疼，只有我清楚。你的嘲讽是你的感觉，既然你和我一样相信自己的感觉，我何必解释，对吧？”

“我……”这是我第一次察觉到高子健还有认真的一面，只是简短的一句话，灭了我的气焰，同时，也让我深深地体会到话不投机半句多的含义。

我想，人和人之间相处久了，就算再不同，也会找到共性，好比我和他。

我的烦恼是，三万元的损失，以及，石磊到底发生了什么事。

高子健说得对，我们都信奉自己的信仰和感觉。局外人的话，都是狗屁。

周六，关于处理我上次工作失误的决定，已经下来了。

可是经理却告诉我，只扣除这个月的奖金。对于一个公司而言，这是多大的恩赐。

我兴奋地给榴莲发信息，可是她却回：不对啊，老总昨天已经下了命令，由个人承担这笔损失，怎么忽然间……

榴莲又说，可能是因为大奔男。

大奔男。大奔男绝对能做出这种事情。

我从未低估高子健的能力，只是，我没有想到，他居然如此细心。

我不喜欢欠钱，特别是一个普通男性朋友的钱，听上去都暧昧不清。这三万块，还得我自己还。

为了表达我对高子健的谢意，下班之后我去菜市场买了菜，我想，我有必要写张欠条。

三菜一汤，做好之后，我给高子健去了电话。电话刚接通，嘈杂的声音充斥着我的耳膜，我皱着眉，问："高子健，你在哪里？"

电话那头没人回答，嘈杂声中带着一群莺莺燕燕娇滴滴的声音，我烦躁地看了一眼屏幕，说："抱歉，你先玩，我挂了。"

"有事？"

高子健果然死性不改，我这才刚刚说要挂电话，他就出声了，逗我玩呢？

"也没事，"我有些失落，"您老先忙，忙完再说。"

"嗯……"高子健的声音透着慵懒。

"那我先挂了。"

挂了电话之后，我才忽然发现屋内很安静，看了一眼锅里面沸腾的菜汤，情不自禁地叹了口气。

十分钟后，正当我津津有味地品尝着美味时，门被撞开了。我惊慌地抬起头，就看到了两个男人站在门口，浓重的酒气传到了我的鼻翼，我疑惑地问："你们是……"

"怎么有个女人？"扶着高子健的男人瞥了我一眼，脸上露出了惊讶，而他身旁醉醺醺的高子健，意识不清，"高大帅，你狠！你吵着回来，居然是金屋藏娇！"

"不是，你误会了……"我看了一眼沙发上的高子健，解释道，"高子健是我房东，你……"

那男人转过脸看着我，一脸不屑地说："开什么玩笑！"

"真的……"

"人我已经送到了，高大帅，再见！"对方理了理西服，抬脚便朝门口走去，顺手关上了门。

室内又恢复了安静，我看了一眼躺在沙发上的高子健，他双颊泛红，双眼紧闭，显然已经进入了睡眠状态。

这样睡很容易感冒好不好？我抬起脚，才走一步，某人就拉住了我的手。

我看了一眼沙发上躺着的高子健，开口道：“我知道你没醉，松开！”

高子健没有反应，可是我的手被拉得更紧了。

我烦躁地缩回手，手臂忽然被用力一扯，我没有反应过来，竟然倒在了高子健的身上，他的双臂，搂住了我。

“高……子健……”糟糕，就这点出息，说话都变成结巴了？

“不要动。”高子健沙哑的声音传到了我的耳中，说，“就十秒，十秒。”

我低下头偷偷地瞥了一眼高子健，他长长的睫毛盖在眼睑上，双唇紧抿，根本看不出任何的情绪。

“高子健，我喜欢泡椒味的凤爪，不喜欢人渣味的，拿开！”

是我太紧张了，我不该放下防备的，现在，怎么办？

“陈玉佳，今天，你第一次主动打电话给我。”高子健声音淡淡，说，“我很意外。”

这种事情没有必要特意说出来吧？

“高子健，我打电话给你是有事，”我看了一眼桌上的饭菜，“你帮了我那么大的忙，我……我想请你吃饭。你知道，我这种人，不喜欢欠人情。”

高子健的眼睛忽然睁开，乌黑透亮的桃花眼紧紧地盯着我，我惊慌地后退，他的手却卡在我的身后，使我压根不能动弹。

“高子健，你……你松开……”

“不喜欢欠人情，”高子健声音里透着咬牙切齿的狠劲儿，“那好，你就一直欠着！”

“高子健！”我猛地从沙发上挣扎起来，说，“你要是再这样，信不信我明天就搬出去？”

高子健从沙发上站起来，有些错愕地看着我，说：“陈玉佳，你可以！你当你是谁？我捧你的时候你是杯子，我手一松，你连玻璃碴子都不算，怎么？是在向我展示你对磊子多么忠心吗？陈玉佳，你知不知道，你越是这样，我就越可怜你！”

“我算不上玻璃碴儿怎么了？我可怜怎么了？高子健你大晚上发什么疯？你说你玩你的，我吃我的不好吗？我就是矮穷矬还被男人甩关你什么事？我吃你家一口饭了？你凭什么评价我？凭你给我房子住？”

我没有仇富心理，可是，饭来张口、衣来伸手的高大爷能不能不要跟我矫情？我为三万块都能急得想跳楼，还不如你给女生买的一个包包。你有时间玩，我没有，偏偏还要装着很关心我，我除了装傻，还能怎么办？

现在好了，耐心用完了，咱们就非要弄到这种地步吗？

“陈玉佳，我……”

“我明天就会搬走，谢谢你这么多天的款待，谢谢你，高大爷！”我猛地吸了一口气，转身走向了卧室。

其实有时候我也有点看不起自己，无论高子健现在的关怀是真是假，我的反应，某种意义上，是一种自私性的装瞎。

可是现在不能了，再这么下去，我怕，我迟早会被逼疯。

手机震动了两次，我吸了吸鼻子，看了一眼屏幕，顿时静不下来了。

号码已经删除，但是只扫了一眼上面的数字，我就知道是谁。自从上次和我发生争执之后，刘美婷再也没有找过我，这个时候发短信，又是什么意思？

她约我见面。我想，我们之间，是要做个了断。

说不恨，那是假的，可是为什么恨呢？也只是因为，她是刘美婷，对吗？

出租车在港记门口停下，我扫了一眼窗口，果然看到了刘美婷的身影。花色长裙，长发披肩，美女一个，鉴定完毕。

“来了……”刘美婷见我走了过来，尴尬地站起来。

“找我什么事？”我想着语气一定要生硬，可惜，没有。

“小佳，”刘美婷看着我，说，“这个，给你。”

我低下头一看，居然是一张支票。

“如果今天不是秘书提起，你的事我还不知道，那三万块只够填补你们公司的损失，这些你先拿着，如果生活……”

“等下，”我打断了刘美婷的话，问，“什么三万块？什么意思？”

刘美婷捋了捋侧脸的头发，惊讶地说：“你不知道吗？我听说，你工作上出了问题，是磊子出面解决的。”

我的瞳孔迅速放大，浑身上下似乎都在颤抖，哽咽着说：“我明白了，你的钱我不要，你拿回去，我还有事，先走了……”

“小佳……”刘美婷的声音在我的身后响起，“以后，你能不能，不要再跟石磊联系了，我们下个月……”

我转过脸看着刘美婷，笑着说：“美婷，你和石磊之间我不插手，但是我和他之间，也轮不到你插手。还有，我真的没有想到，不知你是真的不要脸还是道德实在差，连我吃剩下的渣你都偷？”

刘美婷整张脸都绿了，她的右手紧紧地攥着，我知道这是她发火的标志，但是我已经没有耐心陪她玩下去了，于是我淡淡地说：“你知道，我是有洁癖的。

三万块是石磊帮的忙？三万块居然是石磊帮的忙？

三万块，是石磊，用刘美婷的钱帮的忙？

我想不通，真的想不通。

石磊为什么会知道我出了这个问题？他和我不是已经分手了吗？那他是从哪里得知我工作上的失误的？

早上榴莲的话再一次出现在我的耳中，老板都决定用了问责制，三万块钱忽然间又由公司承担了？

现在看来，的确是存在问题的。

石磊这么做，无非就是为了帮我，那他为什么帮我？愧疚，还是……

我拿起手机，拨通了石磊的电话。

“小佳？”石磊的电话刚接通，就听到他喊我的名字。

“我在护城河这里，我想和你见一面。”我果断地说。

“小佳，不能做傻事，你等我，我马上过去！”石磊紧张地说。

我无奈地看着湖面，这才明白石磊话里透露的意思，原来，他还没有忘。

这里是我们第一次吵架的地方，也是第一次我跟石磊说“我去死”的地方。

我们可以思想不同、想法不同、原则不同，但是他说过，我可以在他的世界里、思想里、内心里猖狂一辈子，唯独别用“死”这个字来吓唬他。

他说他经不住，他说他也舍不得。

这个世界，最为伤人的，就是情话了吧？

河边的风忽然刮了起来，我的头发被刮得凌乱，头顶乌云密布，我才知道要下雨了。

“小佳！”石磊紧张地走到我的面前，拉着我的胳膊就要朝马路边上走，“你不能做傻事，不能！”

“我只问你一件事，”我甩开石磊的手，“我们公司的三万元是怎么回事？”

石磊背部一僵，紧张地转过脸，说：“小佳，问题已经解决了，你不要多想。”

“你为什么要帮我？石磊，你那么干脆地让我滚出你的世界，还管我死活？”我看着石磊，声音凄凉。

“小佳……”

“小佳不是你喊的，”我直接反驳，说，“石磊，今天，我最后问你一次，你，为什么偏偏要选择美婷？”

贱人就是贱人，就算经济危机了，依然贵不了。刘美婷，曾经是我最好的朋友，也是最烂的贱人。

即使如此，我还是想要给自己找一个理由。

除非，石磊亲自开口。

“小佳，我……”

石磊的脸上和上次一样露出了犹豫的神色，我深深地吸了一口气，后退两步，就走到了河边的围栏旁，平静地说：“石磊，你不要逼我。”

伤害他难，但是伤害我自己，却是轻而易举。

“小佳！”石磊紧张地看着我，上前一步，看到我的动作立即退了回去。河边的风很大，我的头发随风飘舞，我看着面前的男人，发出了最后的通牒。

“你告诉我。”

石磊怔怔地看着我，我几乎可以看到他脸上的肌肉都有些扭曲。他是惧怕的，这种感觉和两年前一样，但……他没有说话。

我后退一步，抬起腿放到围栏上，瞪着双眼看着他。

“小佳，别闹了，下来……”石磊伸出手，示意我过去。可是我没有，而他，也不敢上前。我们之间隔了两步之遥，可是我觉得，我们之间的距离，十分遥远。

遥远到，我永远猜测不到他的心思；遥远到，我根本弄不懂他离开的理由。

“小佳，我求你，下来好吗？”石磊看着我，声音在风中颤抖，传到我的耳中。

我摇头，看着他的白衬衫被风刮起，眼泪情不自禁地掉了下来，大喊：“石磊，你给我记住，我陈玉佳，是给过你机会的。”

忽然，石磊双膝弯曲，跪在了我的面前。

我惊讶地看着石磊，听见他说：“小佳，我求你，不要做傻事。”

我只觉得脸颊上忽然一凉，稍微抬头，才知道是下雨了。瞧，老天爷都这么给面子，同情我这个被甩还死咬着不放的女人。

倔强如他，双膝下跪，我还能怎么办呢?

我从围栏上下来，迎面吹来的风在我的脸上刮过，我知道，我，永远不是石磊的对手。

“我不逼你。”看着跪在我面前的石磊，我笑着说，“是我想得太多了，石磊，我相信全世界的人都可能背叛我，可是你，我却不愿意相信，我找理由，找真相，一遍遍地劝说自己，你有苦衷，你有难处，但……”

我已经泣不成声。

石磊伸出手，紧紧地抓着我，嘴里一遍遍地说：“小佳，对不起，小佳，对不起……”

我自嘲地看着石磊，伸出手去扶他起来，忽然，我的手上触碰到一处冰凉，低下头一看，就看到了他中指上的那枚戒指。

眼泪顺着我的面颊断了线地朝下落，我的目光锁定在石磊的左手中指上，确定自己没有眼花，是枚戒指，是百分百的事实。

卡地亚的情侣对戒，上面镶刻着品牌的logo，现代简约的线条，银白色中泛着光晕。

“小佳……”石磊似乎察觉到了我的目光，慌忙地收回手，可是我没有给他机会，我迅速地伸出手臂，拉住石磊的胳膊，再一次仔细地看着他手上的那枚戒指。

大三那年，我和刘美婷第一次去银泰里逛街，在那里，我们俩第一眼就相中了卡地亚简单款对戒，她喜欢带着logo的那一对，而我，喜欢没有任何纹理的那一对。

我没有想到，才短短两年不到的时间，我最好的闺蜜要结婚了，而对象，则是我的男人。

这是我看过最搞笑的笑话，也是最痛心的笑话。

“小佳……”石磊再一次喊着我的名字，“我……”

“石磊，那三万块，我收了。”我看着石磊，轻轻地咬着唇瓣，扯了扯嘴角，说，“既然要分手，这三万块，就算是分手费吧。你也知道……我正好缺钱。”

“小佳，下雨了，我送你回去……”

我轻轻地摇摇头，说：“石磊，谢谢你，谢谢你给了我认为最完美的爱情，也谢谢你让我看清了现实，我承认我爱你爱得卑微，但……”我吸了一口气，转移了目光，说，“毕竟，我们曾经快乐过，所以，我不会再缠着你，我们，正式分手。”

一瞬间，我甩开了石磊的手，动作十分迅猛，他的身体一个踉跄，倒了下去，我咬着唇，让自己不要去心疼，可是我怕，我根本不敢看他一眼。

“小佳，是我对不起你，如果需要我……你……”

“你走吧。”

“小佳，我们以后还能见面吗？”

“滚！”

我看着石磊，歇斯底里地大吼。雨水顺着我的头发流了下来。我想笑，笑不出来，想哭，也哭不出来。如果没有真正地爱过，我又怎会依依不舍？我又怎会念念不忘？

“小佳！”

“你滚！你马上滚！”我甩开石磊的胳膊，指着远处的围栏，说，“我给你一分钟，你要是不走，我马上跳下去，让你愧疚一辈子！”

“我走！”石磊看着我，他的膝盖在地上匆忙地朝后挪了两步，雨水模糊了他的面庞，我听见他说，“我走，小佳，我马上走！”

我转脸看着江面，忽然觉得人生不过如此，爱情，算个屁。

雨点越来越大，远处仿佛升起了水雾，我也不知道自己在原地站了多久，一阵风吹来，我双腿忍不住打了个颤。

衣服已经湿透了，我居然一点疲倦的感觉都没有。除了，心口疼疼的。

我等着你的关心，等得我“关了心”。

我承认我是受了点惊吓，脚下一滑，居然被某人揽到了怀里。

我是在做梦吗？石磊，石磊回来了？

我紧张又兴奋地抬起头，却看到了高子健一脸沉静地看着我。

不是石磊。那是一个要和别的女人结婚的男人。

在英语语法中，有过去时和现在时，我想，从我让石磊滚蛋的那一秒，我们之间，就成了过去时。

“你怎么在这里？”我表示不满。

“回去吧。”高子健声音淡淡的。

我忽然很烦躁，我凭什么责备石磊？我和高子健，不也是不清不楚？五十步笑百步。

“高子健，你是不是一早就知道石磊和美婷订婚的事情？”我烦躁地问。

高子健看着我，轻轻地点了点头。

“那你为什么不告诉我？”我抹了一把额头上的雨滴，说，“我的前男友要跟我的闺蜜订婚了，作为他们两个最为亲密的人，我最后一个知道，脸都快丢完了……”

高子健瞪着我，眼神中夹带着不屑加恼火。

“你瞪着我做什么？你口口声声说要帮我，结果这么重要的消息却单单对我封锁，高子健，你不合格！”

“陈玉佳，之前我只觉得你是属黄瓜的，欠拍！现在看来，你还是终生属破摩托的，欠踹！”

我迅速后退一步，一脸惊慌地看着高子健，问：“凭什么？你算老几，我就是失个恋，全世界都是我爷，都把我当孙子教训是吧？”

雨水落在我的脸上，我和高子健大眼瞪小眼，高子健的脸越来越阴沉，看上去让人惧怕。

“陈玉佳，你以为我喜欢管你？”高子健瞪着我，冷哼了一声，说，“你说你站在雨里做什么？不就是想看看磊子是不是会回来找你吗？戒指你都看到了，你还不死心，你说你这个女人，我说你倔好呢，还是说你喜欢作践自己好呢？”

刚刚驻守起来的防备“嘭”的一声消失殆尽，我惊讶地看着高子健，他的眼睛太毒了，为什么他要在第一时间猜透我的心思？

“高子健，你凭什么说我，你说我作践自己，那你呢？你说你，老娘我教你练刀，你练贱，你还上剑不练，练下贱！现在怎么了？看着我被甩了，英雄不当了，选择当贱神了？嗯？”

我的食指伸到了高子健的面前，像一个泼妇一样，破口大骂。

不，准确一点说，我现在，和泼妇没什么两样。

忽然，一阵风从我的背后吹来，我打了一个冷战，与此同时，高子健手中的雨伞忽然脱了手，被风刮走。

他额前的刘海被风刮起，大雨点在一瞬间就落在他的脸上，他淡定地看着我，仿佛在跟我较劲。

我伸出食指，指向高子健，说：“你站在这里做什么？现在你也看到了，我就是这么一个下贱的女人，你滚！你滚！”

高子健的身上印着雨点，浓眉拧成了一定的弧度，下一秒，我看着他在我面前脱掉了外套。步履平静地朝我走来，将衣服披在了我的身上。

“高子健，别闹了，你走！”我抬起胳膊，却被他的手紧紧地攥着，疼到我龇了牙，我们近在咫尺，他却固执地跟我一起淋雨。

“我最后问你一句，你走不走？”高子健抹了一把脸上的雨水，瞪着我说。

“我……”我看着高子健，雨水已经模糊了我的双眼，冷风吹得他有些发抖，偏偏他的眼神里又写满了固执，我不是他的对手，只能卖乖，“你这样拉着我，我怎么走？”

高子健看了我一眼，拖着我便走。

那一刻，漫天的雨水从天空中洒下来，在我的整个世界洒上了水雾，刘海上的水滴急促地洒下来，我根本看不清前方，我所知道的，就是一只手，拉着我，固执地朝前走。

我的思绪还停留在和石磊最后道别的那句话中，稍微抬起头，就能看到那被雨水浸透的白衬衫。

我病了，大姨妈提前一周造访，太阳穴像炸开一样，疼得我龇牙咧嘴，好在，寂静的房子里，还能听到水烧开的声音。

高子健不知道从哪里弄了一杯红糖水过来，门都没敲，径直走到了我的床前，指了指手中的红糖水，示意我喝下。

“谢谢。”

他瞥了我一眼，没有说话。

我一口气将杯中的红糖水喝完，抬脚就要下床，高子健伸出胳膊，将我推到床上。

“喂，你干吗？发神经啊？”

“身体不舒服就不要乱跑。”高子健抬高下巴，说，“有什么需要在纸上列好，我待会儿出门。”

我惊讶地抬起头，话还没有说出口，高子健就走了出去。

我很庆幸失恋了还有人陪伴，毫不犹豫地在本子上列出了各种需要，在占高子健便宜的这件事情上，其实我是有点心虚的，要知道，他可是真正的表情帝啊！

果然，高子健拿到纸条时，脸色顿时变了，他握着拳头放在嘴边，轻咳一声，说：“确定，要这么多？”

“不多，一包才十片，十包还打折，多好。”

高子健看了我一眼，抬脚便走出了门。室内只剩下了我一个，拿起手机，最终，将屏保换掉，将最熟悉的号码拉到了黑名单。

有些东西就是指间沙，越是想要握紧，反而越是容易失去。既然他已经做了选择，我又何必苦苦纠缠？

想到这里，我忽然觉得心里面轻松了很多，闭上眼，就进入了梦乡。

我是被门外的嘈杂声吵醒的，走出去，就看到一个穿着时尚的女孩站在门口，她的手边，放的是行李箱。

完蛋了，不会是高子健的女朋友回来了吧？

“喂，你是谁呀？”我才刚回头，身后的声音就响了起来。

我悻悻地转过脸，说：“你好，我是陈玉佳，我……”

“等等……”漂亮女孩迅速地蹦到我面前，左看右看，脸上顿时露出了疑惑，说，“你不是……你不是……”

高子健的女朋友认识我？

“你认识我？”

“你……”美女瞪着一双大眼，说，“让我想一想，我绝对见过你，对，稍等，让我想一想……”

敢情高子健熟女、淑女玩厌了，又找了个脑袋发育不全的是吧？

一对一，我有百分之八十的胜算。

“你刚才说你叫什么来着……”美女又问我。

“陈玉佳。”我平静地回答。

“对，就是这个名字，我见过你！”美女无比肯定地说。

“你也是经管系的？”想当初我好歹也是系草的女朋友，多少还是露过几次面的，她一定是因为这个认识我的吧？

“不，我没有见过你……哦，我想起来了……”美女睁大眼睛看着我，踩着高跟鞋就朝另外一个房间奔去。一分钟不到，美女就从屋内出来，手里捧着一个相框。

“哎呀，我就说我见过你嘛，你看！”美女拿着相框放在我的面前，我无奈地看过去，这眼睛刚瞟上去，小心肝就忍不住乱窜了。

这时门开了，我和美女同时转过头，就听见美女说：“哥，你回来啦！”

哥？这位美女是高子健的妹妹？

我刚准备说话，就看到高子健快速地冲了上来，一把抓住了美女手中的相框，一言不发地朝房间走去。

美女看了我一眼，抬脚就朝门口走，一边走一边说：“我哥挺好的，你们慢慢来，我先走啦！”

“高子然！”高子健的怒吼声从室内传了出来，“你最好准备一份报告，不然你就……”

美女叫高子然，今年二十二岁，高子健的妹妹是也。不过，这一对兄妹，倒真是有意思。

我看着高子健尴尬地向我解释，总觉得他有事刻意隐瞒。

他心虚的不是别的，而是……被他拿到屋子里的相框。

那一次去古镇旅游，在我印象中是有几个人的，却唯独对高子健印象不深，那个时候我眼睛里只有石磊，没有其他人，以至于我和别的男生单独合影的事情，我都记不清了。

这个和我合影的男人不是别人，而是，高子健。

我当然不知道他为什么会将这次合影的照片裱好放在相框里，但是那种感觉，的确是，怪怪的。

“喂，你站在那里做什么？身体不舒服就躺在床上！”高子健见我不说话，恼怒地看着我，立即下了命令。

我本能地缩了缩手，却忽然感觉到了他温热的掌心。

躺在床上之后，高子健就急匆匆地走了出去，我听着门外的声音，有种温馨的感觉。

去古镇旅游，已经是一两年前的事情，一两年前，我和高子健，有过交集吗？

饭桌上，丰盛的饭菜。

我惊讶地看着坐在对面的男人，问：“这个，是你烧的？”

高子健轻轻地点点头，说：“明天你不用去上班了。”

“为什么？”

“我给你那个同事打了电话，请了病假。”

“哦……”

“对了，子然她……”高子健抬起头看着我，说，“没有跟你说什么吧？”

第三章

你的好，让人拒绝不了

我看着高子健一张狐疑的脸，反问："你觉得她会跟我说什么？"

"她小孩子家家，不懂事，说什么你……你别当真。"高子健伸手夹菜，言语莫名其妙。

合影的事我倒是没当真，可高子健这么一提，我又疑惑了，怀着好奇的心理，我小声地试探，问："你妹妹说的，不会是真的吧？"

"咳咳咳……"我的话才刚刚说完，高子健就咳了起来，他猛吸了一口气，解释道，"你别听她的，女人都喜欢胡思乱想，她瞎起哄呢。"

但是，貌似高子然什么都没有说呀?

"她，貌似说了……"

"哎呀，你们女人怎么都那么烦呢，玩笑不能当真，吃饭，快吃！"高子健没等我把话说完，甩了甩手，转移了话题。

第二天中午，手机上显示两条短信，一条是同事榴莲发来的，说大奔男声音好听；另外一条，则是大奔男的信息。

“我有事先出去，冰箱里有吃的。”

高子健不仅帮我请了三天的病假，还给了高子然一张银行卡，让她陪我逛街。

和高子健相识的时候，我觉得他是一个流氓兼变态，现在，又觉得他十分细心，相对立的性格，在他的身上却一点都不矛盾。

高子然不愧是高子健的亲妹啊，带我去的购物场所也让我大吃一惊，别的商场都是人潮涌动，可是我们购物的地方，因为价格，就排除了一群人。

逛了两个小时之后，高子健也过来了，他给我挑了一双细跟的高跟鞋，除了站不稳之外，其他都好。

没想到的是，我们在商场里，居然遇到了刘美婷和石磊。

以前我听人说过，人生嘛，就是一出戏，每个人，就是不同层次的演员，可是当前男友牵着我前闺蜜和我坐在一张桌子上时，我深刻地体会到，我这出戏，就是一部泡沫狗血剧。

“小佳，下个月我们就要订婚了，到时候你一定要来呀！”刘美婷夹菜到我碗里，有意无意地亮出了戒指。

“小婷姐，你要订婚了？！”高子然不了解情况，一脸兴奋。

刘美婷挂起招牌式的笑容，拉着石磊的手，笑着说：“是的，就在下个月八号。”

“呀！太好了，那时候我还没走，这样我就能光明正大地去凑热闹了！”

“高子然，吃你的菜！”高子健忽然冷冷地冒出一句，顿时浇灭了高子然的热情。

“哎呀，高大帅，火气这么大做什么，妒忌呢，不如，和小佳也订了？”

高子健没有理会刘美婷，打开桌上的啤酒，看着石磊，说：“磊子，祝福你。”

石磊表情僵硬地看着我和高子健，举起了杯子。

“等等，”我笑着从位置上站了起来，顺手就拿起了一瓶啤酒，笑着说，“这么高兴的事情，怎么能少得了我？我先干了，祝你们白头偕老，早生贵子！”

“不行！”

“不能喝！”

两个声音同时窜到了我的耳旁，我的酒瓶被夺下，听到高子健说：“身体不舒服还逞强，你当你是变形金刚？”

我的手紧紧地攥着酒瓶，却发现高子健比我攥得更紧，于是叹了口气，说：“今天我开心，你就不能让我喝一点？”

说“不行”的是高子健，另外一个声音，又是谁？

“说了不能喝，”高子健瞪我，“放下！”

高子健的一声怒吼引来了周围人的目光，包括，对面的那两位。

“我开心，我想喝，你不要拦着我！”我瞪着高子健，拿着酒瓶就朝嘴里送，高子健夺过我的杯子，直接朝自己嘴里灌。

液体顺着他的喉结慢慢下滑，他喝得太快，很快就一杯见底：“你开心，老子比你更开心，来，老子陪你一起喝！”

“哥，你的胃……”高子然小声地劝解道。

高子健一个冷眼扫过去，顿时让高子然闭了嘴，然后他转过脸看着我，说：“不是要喝吗，再来一瓶？”

没等我回话，高子健又拿起酒瓶，我恼怒地看着他，十分着急。

失恋的人是我，他捣什么乱？

“高子健，你够了！”我生气地拿起包包，转身就朝店外走。

“陈玉佳，你给我站住！”高子健大吼一声，立即追了出来。

眼看着电梯门就要关上，一只手伸了进来，卡住了电梯门。

我惊讶地抬起头，看到高子健愤怒地走进来，我的话还没有说出口，高子健一个箭步冲上来，吻住了我。

“高……”包包掉到了地上，我用尽全力推着高子健，可是他不但没有后退，反而靠得更近了。

电梯门没关，我看着高子健的长腿卡在那里，一抬眼，便看到了站在电梯外的石磊正惊讶地看着。

或许是心里的愤恨在作怪，我紧紧地闭上眼，任由高子健吻着。

身体在慢慢地下沉，高子健慢慢靠近我，最后，才松了口。

我被高子健抱在怀中，嘴唇上有着酥酥麻麻的感觉，思绪一片紊乱。

“陈玉佳，做我的女人，好吗？”

高子健动情的声音在我的耳旁响起，可我的思绪却停留在电梯口的那一幕，鼻子一酸，眼泪竟流了下来。

放弃一段感情，远比接受一段新感情要困难很多，如果我答应高子健，对他，是不公平的。

“陈玉佳，你愿意吗？”高子健见我半晌没有说话，低下头看着我，忽然面上一慌，“你怎么哭了，陈玉佳，你别哭行吗？”

可他越是这么说，我的心里面就越是难过，我告诉自己，我绝不是因为那俩人难过的，越是这么想，眼泪流得越厉害。

“陈玉佳，”高子健举起袖子，擦着我的眼泪，慌张地说，“刚才，我没有别的意思，我只是……我只是……”

这个高子健，我是鼻子酸，跟你没关系好吗？

“陈玉佳，你……你……”高子健尴尬地看着我，扫了一眼电梯外好奇的几双眼睛，轻咳了一声，“陈玉佳，不许哭，你再哭，信不信我在这里把你办了！”

我抬起头看着高子健，看着他一脸无措的样子，忽然觉得很有趣。于是，我拉着他的胳膊，抚摸着肚子，委屈地说：“不要，不要分手，分手了，你让我和孩子怎么办？”

“孩子”两个字冒出来的时候，电梯外的人群就沸腾了，男女老少看着高子健，立即露出了鄙夷的神色。

“孩子都有了，居然还闹别扭，真是的！”

“男子汉大丈夫，就算和媳妇吵架，也不能和孕妇一般见识呀！”

“就是就是，不为孕妇着想，也得为孩子着想啊，小年轻！”

议论声此起彼伏，高子健有些错愕地看着我，我急忙低头，假装委屈。

“陈玉佳，你！”高子健恼火地甩开我的手，我得意地看着他，想笑，却忍着。

忽然，我的右手被高子健紧抓着，听到他说：“媳妇，孩子都有了，咱们去把证领了吧！”

一句话扳回了局面，电梯口的人群立即让出了一条道，我就这么被高子健拖了出去，听到一个女人小声叹气：“唉，这么帅的男人，我怎么遇不到呢？”

完了，高子健这副好皮囊想要化身乖乖羊是再容易不过的事情，何况，他浑身上下散发出的气场，谁敢拦着他？

高子健把我推到车内，车门一关，自顾自地坐到驾驶座上，方向盘一打，启动了车子。

我看着那张脸，忽然发现我错了，千不该万不该，我就不该跟这个心里面住着老虎的男人开玩笑，现在可好了，我算是引火自焚了吗？

“嘀咕什么呢？”清冷的声音传来，我微微抬头，咧嘴一笑，敢怒不敢言。

车子行驶了一会儿，直到一个急刹车后，高子健迅速地下车，打开我这边的车门，示意我下车。

“高子健，你知道的，我失恋了……”我试着商量。

“我也失恋了……”

“我心情不好……”

“难道我心情看上去很好？”

“我……”我看着在车门口站着的某人，忽然恍然大悟，“我……一年十二个月每个月会有不少于五天的血流不止；三十多度炎热的夏天里，T恤里面还穿一件加厚可能纯棉的bra……高子健，这些你都没有吧？”为了增加此时此刻的表达效果，我特意挺起了肚子。

“……”

高子健一脸错愕地看着我，开口道：“下来。”

我小心翼翼地下了车，右手又被高子健抓紧，他拉着我的手立即朝前走，直到走到了一座庄严的大厦面前，忽然停下脚步，说："到了。"

我疑惑地抬起头，小心肝顿时有种要爆炸的感觉，这里……这里不是民政局吗？

三个金黄色的大字镶嵌在庄严的大厦上，在太阳的照射下光彩耀眼，我慌张地看向高子健，心里一阵疑惑。

"高子健……"

"不是怀了吗？进去领证吧。"高子健指了指民政局的门，平静地说。

"不是……高子健，你明知道我闹着玩的，我……"

"怎么，"高子健打断我的话，淡定地看着我，说，"人家订个婚你能想着法子自残。既然如此，爷今天就勉为其难，把你收了吧！走，咱先把证领了！"

我深吸了一口气，我知道，我惹祸了。

"那个……你误会了，我看着他们订婚我觉得开心还来不及呢，我们还是先……"

"不是呀，我看你是一脸羡慕呀。"高子健瞥了我一眼，说着话就朝我走来。

我本能地后退一步，恼火地看着高子健。就算我拂了他的面子，刚才我的话不也算道歉了吗？他何必那么咄咄逼人？

"怎么了？刚才不是还挺横的吗？不是说怀了我的孩子了吗？孩子都有了，还不去领证？"

"高子健，你别玩了，你再这样，信不信我……"

"你自己说的，我只是对你负责而已，走，领证去……"

高子健不顾我的挣扎，拉着我的手就朝大楼里走，我知道骑虎难下，讨好地说："领证也需要户口本啊，高子健，没有户口本……"

高子健终于停住了脚步，双眼眯成一条缝看着我，笑着说："怎么，为了孩子，你同意了？"

我尴尬地看着高子健，正准备破口大骂，就看到了他身后站着一个中年妇女，她的一双眼睛盯着我和高子健，似乎认识他。

高子健察觉到我的目光，也转过脸去，这一看，整个人就温顺了很多。

“子健，刚才说什么？什么孩子？”中年女人紧张地开口，继而，又将眼神看向我。

大婶，不是我，我没有，我大姨妈还没走呢！

“没什么，你听错了。”高子健松开我的手，淡淡地说。

“子健，这是……”

“妈，你先去忙你的，晚点我再来看你。”

妈？这个女人，居然是高子健的妈妈！我惊讶地看着朝前走着的两人，正巧撞上了高子健妈妈的眼神，急忙收了回来。敢情高子健又玩我呢？把我拉到民政局，借着看妈妈的机会耍我？

五分钟后，高子健终于从大楼里走了出来，我看着迎面走来的男人，忽然察觉他在人群里其实是很低调的，视线平直，步履平缓，一点也不急不躁，可是偏偏……

忽然，他的眼神撞见了我，嘴角勾起，大步走来。

“缺钙啊？”

“嗯？”

“太阳这么大，站在原地一动不动，我说，你缺钙吗？”高子健瞪着我，显然已经消了火。

我轻嘘了一口气，不满地说：“高子健，你来看家人就直接说过来看家人，一路上也不知道吱一声……”

“嗯？”

“嗯你个大头鬼啊，别以为我跟你开了玩笑，你就可以为所欲为，”我挺起胸脯看着高子健，“信不信，我真的挺着大肚子讹诈你！”

高子健一愣，手臂很自然地搭在我的肩膀上，声音淡淡地说：“求之不得。”

我疑惑地看着高子健，越看，越觉得奇怪。忽然听到他说：“行了，不逗你玩了，带你去吃好吃的！”

我郁闷地跟着高子健上了车，他转过脸问我要吃什么，我想了想，说：“麻辣烫。”

高子健一愣，似乎对我这种纯屌丝的喜好表示不满，我识相地缩了缩脑袋，过一会儿，又若无其事地说：“不是你问我的吗？真是的……”

“早饭也没吃吧？”淡淡的询问声。

“嗯，”我转过头看向窗外，“早上出门时不饿。”

高子健问了一句又保持沉默，车内恢复了先前的安静，安静的时候会让我想到先前没想到的问题，比如，吃饭时，那句阻止的话，是谁说的？再比如，高子健让我搬进琥珀山庄时，明明说女朋友会回来，可是高子然告诉我，琥珀山庄的房子，除了我，没有任何女人住进去过。

再比如，高子健习惯性说的那句“我们配对，做我女朋友怎么样”，到底有几分是真意？

人的脑容量就那么大，我还没想清楚这些问题，车子却已经停了。

“下车，吃饭。”

我无奈地看了一眼高子健，心里面多少有些不满，他作为一个大男人，对于我这个小女子，就不能温柔一点吗？

到了吃饭的地方我惊住了，因为这里不是别处，居然是我每周来一次的刘大姐的麻辣烫。

高子健怎么知道这里？难道，石磊也跟他说过这里？

更让我惊讶的是，进门之后，高子健选的位置，居然是我的老位置。

关键是我的老位置不是别处，是店内最隐秘的小旮旯里，这种巧合的概率未免……

“站在那里当电线杆吗？”高子健指了指他对面，示意我坐下。

我乖乖坐下，弱弱地问：“你也觉得这个位置很好？”

高子健瞥了我一眼，无奈地说：“我一直怀疑，选这个位置的人，不是大脑扎线，就是小脑缺氧。”

听高子健这么一说，我暗暗地嘘了一口气，看样子，只是巧合而已。

说实话，高子健的名头我还是隐隐约约记得的，他能屈尊陪我吃麻辣烫我还是很感动的，和我想象中的不同，他吃饭的样子毫不做作，既有男子汉吃饭的气魄，又不失绅士的风度，准确地说，很迷人。

吃饱喝足之后，我们又去广场边转了两圈。半小时了，高子健对先前的事情只字未提，可我已经沉不住气了，问：“高子健，高子然跟我说，你家的那房子，压根没有女生进去住过。”

高子健走在我前面，若无其事地说：“然后呢？”

“还有，你是不是知道我经常来这家店吃麻辣烫？”

“嗯？”

“你说吧，你到底有什么目的？”

高子健一双桃花眼若有所思地看着我，他的目光从我的头顶一路朝下扫，扫到我的脚尖之后又扫了回来，笑着说：“真的想知道？”

“当然。”对于他刚才打量我的目光，我表示深深的不满。

“手感好。”高子健看着我，毫不犹豫地说。

手感好？手感好？手感好！

“高子健，你……你……你真的……”我清了清嗓子，带着抱歉的语气说，“那真不好意思，我对你没……”

我的话还没有说完，高子健忍不住笑了出来，一边笑一边说：“陈玉佳，我觉得你还真的挺有意思的，去了一趟民政局吓得双腿发抖，现在又用这种质问的语气，我说，你没事吧？”

“怎么了？我这人就爱较真，我可告诉你，我这人，就是有洁癖！”我瞥了一眼高子健，说，“特别是，别人用过的……”

高子健耸了耸肩，说：“那我就放心了。”

“嗯？”

“陈玉佳，你说，石磊若是回头了，你那洁癖一出来，还有稀罕劲吗？”

某人又点到了我的死穴，想到在饭桌上的两人，那种感觉，真不好受。

高子健倒是一脸不在意，带我去了街尾的酒吧，和上次醉酒的酒吧不同，这里优雅恬静，处处透着奢华。

我跟在高子健后头，看着侍者迎上来，问：“高帅……老地方？”

高子健轻轻地点点头，淡定地走了过去。

是一个低调豪华的大包，安静舒适，却也是孤男寡女。我不安地坐在沙发上，紧张地瞥了一眼高子健。

“陈玉佳，你表现得那么紧张，我都不好意思了……”高子健看着我，优雅地勾起酒杯，轻轻地抿一口，“别怕，你有洁癖，我晕血……”

高子健居然又耍我！

“高子健！”我被高子健的声音刺激得窝火，转过脸怒吼，却发现他的脸，近在咫尺。

他总是习惯各种偷袭，这一点，我绝对没有他卑鄙。

“你……”我急忙后退，可是高子健却伸长脖子，跟着我后退，嘴角发出鼻音，问：“嗯？”

“你……你卑鄙！”我抬起手，推着他的脸，生气地说，“别以为我欠你一点房租你就得寸进尺！”

高子健紧盯着我，但笑不语。

每每他保持沉默时，我都会有种不祥的预感。以前，我认为，我是石磊的克星，只要我想，我就能克制他一辈子；现在，我居然觉得，高子健就是我的克星加扫把星啊！

“好了，”高子健声音里透着云淡风轻，说，“不逗你玩了，说，想听什么？”

“开心的歌。”我弱弱地看了一眼高子健，小声地说。

“好。”

我的目光随着高子健的身影移动，看着他缓缓地走到窗前，日落时分的酒吧里静谧安逸，夕阳透过窗口折射进来，照在他的侧脸上，他缓缓低下头，将面前的钢琴打开，转过脸来看着我。

我想，我一定是在做梦。不然，高子健的笑容，咋那么好看呢？

高子健弹奏的是贝多芬的《致爱丽丝》，琴音中，我渐渐地放松了自己。

有时候就是这样，伤心到悲痛欲绝，开心到心情舒畅，就是那么简单几秒的事情，我很感谢高子健，感谢他没有逼我，感谢他给我快乐。

很多年后，我想着这一天，想着那在琴键上游走的修长手指，还会暗暗叹息。

好吧，我承认，这个时候故事里的女孩应该面带微笑、满脸花痴地看着男主角，顺便奉承两句才对，实际上我也准备这么做的，但是，真抱歉……我，睡着了。

迷迷糊糊中我听到——

“高帅，李子说你带了个女人过来，让哥几个看看呀！”

“哟，长得还挺水灵的，怎么，禁欲了那么久，急了？”这绝对是个色鬼。

“老实说，上次我那里来了几种新玩意儿，要不要……嗯？”

几个男人的话越来越猥琐，我正准备发怒，就听到了高子健的声音。

“上次那件事怎么样了？”

“都按照你的吩咐交代过了呗，不过，”又是那个色鬼的声音，“子健，你确定，要让他进入这一次的培训里？”

“对呀，大帅，我也没想通，像那小子那种啥背景都没有的，咱们为什么这么卖力帮他呀，徐先生那里也介绍了一个过来，如果卖他个人情，说不定……”

“你这么想要这个人情，给你？”

“别啊，我就建议建议，这不有点疑惑吗？”

一阵沉默，外加酒杯碰撞的声音。

“话说，刘家这次下了血本，不会就为了这一个小小的位置吧？”

刘家？哪一个刘家？

“怎么了？你们一个个都想转行做记者？”

“哪里！高大帅，这个玩笑你可不能随便开啊，我这身子骨，经不起天天扛着摄像机啊！”

“哈哈哈，怕了吧，一个大男人嘀嘀咕咕的，小女人胚子，丢人！哈哈哈哈哈！”

“谁在笑？”一个疑惑的声音在我的耳旁响起，“谁偷听大爷说话！”

“谁他大爷吵我睡觉！”我不满地站起来，盖在身上的衣服掉了下来，我低下头，就看到了自己崩开的领口。

“哇！”一片起哄声同时出现在我的耳中，我惊慌地看着面前的男人，破口大骂：“都给我闭眼！信不信挖了你们的狗眼！”

对面的三人果然都闭上了眼睛，而高子健，倒是一脸欣赏地看着我。

下一秒，他的长臂伸到我的面前，直接把我拉到了内室。关上门，直接将我按在门上。

“高子健，你干吗！”我动了动被按在门上的手腕，可惜，动不了。

高子健低下头，很无耻地朝我的胸口瞥了两眼，说：“下次骂人前，能不能先把衣服整理好？”

忽然，那只手，那只指节分明的手，迅速地上移，落在了我的胸前，他的手触碰到我的肌肤。浑身上下一阵触电，吓得我疯了一般地挣扎。

“高子健，你要是敢动我，信不信我废了你老二！”我奋力挣扎，只可惜，依然被按在门板上。

高子健的手慢慢上移，将我的衣服整理好，淡淡地说：“陈玉佳，你叫那么大声做什么？怕他们听不到吗？再说，我只是……给你整理整理衣服而已。”

老娘当年占别人便宜的时候他高子健还不知道在哪儿呢，现在当着我的面，碰了我的胸居然还信誓旦旦地说整理衣服，高子健，你的这张脸直接可以拿去抵挡核武器了，还在这儿跟我装瞎？

我轻轻地扯了扯衣领，不满地推开高子健，手腕一抬，就将门打开了。

这门不开还好，一开，就看到三个脑袋抵在门口偷听，我转过脸瞪着高子健。只见他面色沉静，说：“你们很好奇呀！”

“不不不，一点都不好奇……”其中一个染着金黄色头发的男人看着我，率先开口。

瞧那双狗眼，还说不好奇？

“大帅，你还没介绍呢，这位是……”另外一个穿得人模狗样的男生开了口，好奇地看着我。

“我又不是动物园的大猩猩，都看着我做什么？”我看着高子健，表示不满。

高子健轻轻地咳了一声，面前的三人顿时后退了两步，他从我身侧走过，走到了我的身前，声音平缓地说：“陈玉佳，经管系的，我朋友。”

“哎呀，学妹啊，我也是经管系的……”黄毛向我伸出手，伸到了半路面孔忽然变得紧张，瞳孔放大地看着我，“你不是……你不是……”

黄毛不是别人，就是上次在酒吧，我故意挑衅的那个人。

“你好，我是李树，大树的树！”黄毛惊魂未定，假装淡定地跟我打招呼。

“郑凯。”

“魏征。”

几人的眼神都看着我，又看看高子健，眼神中暧昧不明。

“好了，”高子健看着他们三人，又看向我，说，“有空儿就过来玩啊。”

我受宠若惊地点点头。

“那我们不打扰了，回见！”三人跟高子健打招呼，转身就要走。

“对了，”高子健忽然开口，说，“子然回来了。”

听到“高子然”这三个字后，显然三人之中有着小小的骚动。我有一种不祥的预感。

回去的路上，高子健接了一个电话，我听着他说话语气不善，貌似有事发生。电话挂了之后，我急忙安慰：“喂，没事吧？”

高子健忽然猛地一刹车，等车子安全停靠路边时，他转脸看着我，问：“陈玉佳，有人让我离你远点儿，你怎么看？”

我疑惑地问：“谁呀，谁这么胆大包天啊，不知死活！”

“磊子。”高子健淡淡地开口，说，“陈玉佳，假如有一天，磊子飞黄腾达了，跑回来找你，告诉你他还爱你，你会答应他吗？”

我错愕地看着高子健，挤出了一个笑容，说：“别跟我开玩笑行吗？你不也都看到了，石磊他，已经要订婚了……”

“订婚可以取消，结婚可以离婚，你只要回答我，同意或者不同意。”高子健句句紧逼，好像我必须说出个一二三来。

都说好马不吃回头草，吃了一回吃两回，自尊在我这里好像分文不值。

“你想听真话还是……”

“真话。”

我抬起头看着高子健，眼前忽然浮现出石磊手上的对戒，下定决心地说：“高子健，没有发生的事情，我不知道。”

高子健听我说完，忽然大笑，声音猖狂而傲慢，笑完之后看向我，说：“走吧，我送你回去。”

我疑惑地看了一眼这个思想跳跃的男人，并没有多言。直到高子健把我送到楼下，我才明白他问话的原因。

因为石磊，竟然站在我的楼下。

石磊西装革履地站在不远处，听到引擎声，朝我们看来。

“我有事，先走了。”高子健瞥了我一眼，转身就走。

“小佳。”石磊叫了我的名字，便朝我走来。

我郁闷地看着走远的高子健，心里一阵急躁。

石磊的声音是沙哑的，即使在人群里，我依然能够辨识出这具有特色的声音，可惜我只能辨识声音，不懂识人。

“有事？”

“没，”石磊看着我，掏出一盒药，递到我面前，说，“肚子不舒服，可以吃点这个。”

我瞥了一眼药盒，顿时感慨万千，石磊记得我大姨妈来时会痛经。

“石磊，你既然选择和刘美婷在一起，就没有必要到我这里献殷勤。”我的声音颤抖，我明白原因。

石磊难以置信地看着我，又看向高子健车子远去的方向，开口道：“小佳，你能答应我一件事吗？”

“你说吧，别卖关子。”

“等我一个月。”石磊的声音略带急躁，拉着我的手，说，“之前都是我的错，但你愿意给我一个月的时间吗？”

我看着石磊，绝情地甩开他的手，心底最后的念想也都化为嘲笑，问：“理由呢？”

石磊手足无措地看着我，我也嘲讽地看着他，一秒后，转身离开。

“小佳！”石磊在我的身后喊着我的名字，“我爱你。”

我吸了吸鼻子，说：“如果你爱我，就不会一次次地伤害我；如果你爱我，有什么事就不会瞒着我；如果你爱我，更不会和另外一个女人订婚。石磊，鱼和熊掌不能兼得，你不明白吗？”

“小佳，现在我不能跟你解释，算我求你了，给我一个月的时间，一个月，我会把所有的事情跟你解释得清清楚楚，我……”

“不用了，”我轻轻地叹了一口气，控制住眼中的泪水，“我们……都忘了吧……”

不等石磊回应，我抬脚就走。

每个人都有自己的底线，我也是，即使我还爱着你，但是……对不起。

一个小时后，我看着楼下的人影慢慢远去，终于控制不住，放声大哭。

爱情是什么？刘美婷曾经跟我说过，一个男人无论多么爱一个女人，都是为了三毫升的液体交换，爱一个人成本太高，不如爱自己，爱朋友；石磊说过，爱一个女人，就是让她一辈子不吃苦，一辈子幸福。婚前，爱她，婚后，更加爱她。

这两个对于我而言说一句都能让我铭记于心的人，一起背叛了我。

回到住处，我取出木盒，将石磊送的礼物都塞了进去，放到了床底。

手机响起，竟是高子健。

“饿的话，冰箱里有吃的。”

我立即打出了两个字，又烦躁地删除，轻轻地叹了一口气。

我的心很小，只能容下一个人。即使把那个人踢出去，也需要时间。所以，高子健，对不起。

我去上班了，三天病假只休息了一天，生活还要继续。

高子健又一次人间蒸发，只是这一次，足足蒸发了四天。自从上一次短信没回之后，他玩起了冷漠。

至于石磊，我一直在想，他说的一个月，到底什么意思？他到底有什么苦衷？难道和回老家有关系？

人有时候就是这样，说得干脆，做得干脆，可是心却不甘。

周五晚上，我接到了高子然的电话，她神秘地说："姐，快来夜城，有好玩的！"

我想周末反正也是闲着，便答应了。

踏入夜城前两秒，右眼皮忽然跳了两下，我有种不祥的预感。

进了包间后我才知道，除了高子健他们几位之外，石磊和刘美婷也在。

高子然把我安排在高子健的右侧。刚坐下，李树就走了过来，递给我一杯鸡尾酒，坏坏地说："嫂子，我敬你。"

谁是你嫂子！我郁闷地瞪了李树一眼，才发现大家都看着我。

我疑惑地看了一眼鸡尾酒，知道这酒是没法拒绝了。可就在我准备喝下时，一只手伸了过来，挡住了我的手。

"身体不舒服，就别喝了。"

是石磊。

"磊子，我敬我嫂子，你瞎掺和什么？"李树不悦，而高子健，更是满脸阴沉。

"我说了，她身体不舒服。"石磊淡定地回答，似乎没在意刘美婷的存在。

我看着争执的两人，生怕惹事，举起杯子，就朝嘴里送。

"啪"的一声，杯子从我的手中脱落，掉到了地上，我惊讶地抬起头，就看到石磊瞪着双眼看我。

或许是他的反应过大，连高子健都走了过来。他瞥了石磊一眼，说："没事，一杯酒而已，再来一杯。"

"不用，"石磊看着高子健，说，"她不玩这些。"

我惊愕地看着石磊，又看向高子健，只听见"哗"的一声，一杯酒，就泼到了石磊的脸上。

石磊怒火中烧，红色的液体顺着他的面颊朝下流，而高子健则淡定地朝侍者勾了勾手，要来了一块手帕。

我又急又怕，索性伸出手，端起另外一个酒杯，一饮而尽，看着高子健，说："满意了？"

高子健目光幽幽地看着我，我看着他五指握紧，很显然还是不满。忽然，我的身旁蹿出一个身影怒骂道："高子健，你什么意思？还有你，陈玉佳！怎么，当初不是和石磊爱得死去活来的吗？现在又傍上了高子健？表面一套背后一套，有意思吗？"

我无奈地叹了一口气，抬脚便朝外走。

我早该知道，今天晚上过来喝酒是假，干仗才是真。

忽然，手腕被用力一扯，我还没反应过来，就已经被高子健揽到怀中，听到他说："不好意思，刚才手滑，这一杯我敬你们！"

我被高子健按在他的怀里，看着他一饮而尽，而后他一声怒吼："酒我喝完了，但是我有必要提醒你们一句，酒可以多喝，话，不能乱说！"

直到下了电梯，我的思绪，还停留在刚才的那一幕。高子健将我塞到副驾驶位上，自己上了车。

酒后驾驶，他是在拿我和他的命赌。反抗无效，我还是眯着眼睛躺一会儿。

我也不记得我在车上睡了多久，只记得高子健拉着我下车的时候，我浑身上下忽然蹿出了火苗，三月的夜晚，我热得难受。

高子健扶着我，我迷迷糊糊地看了一眼电梯，似乎是回到了琥珀山庄。

"酒后驾驶，你难道不怕吗？"高子健忽然开口，声音温柔。

“怕。警察叔叔会罚款，我的钱包已经瘪了很久。”我老实回答。

高子健轻笑一声，抱着我进入了室内。

我的思绪越来越模糊，可身体里流窜的火苗却越加旺盛。

我勉强地睁开眼，看着面前这个相貌帅气的男人，伸出手，放到他的脸上，问：“我说，你怎么长得这么好看？”

高子健忽然目光炯炯地看着我，下一秒，炽热火辣的舌头在我的唇齿间游走……

“小佳……”一个沙哑的声音在我的耳旁响起，耳垂边上一片湿润，亲吻，轻咬。

“渴了……”我抿了抿双唇，难受地回应。

身旁的身影迅速起身，我听到噼里啪啦的声音响起，勉强睁开眼，看到个模糊的身影朝我走来。

如果我没看错，这人，正是高子健。

下一刻，我的口中已有了甘甜。干涩总算有些缓解，再去吸吮，就尝到了丝滑的舌尖。

身体里的火苗再一次疯狂地蹿了出来，我眯着双眼吸了两口，总感觉那丝滑的东西在我的口中左右摇摆，愣是逮不着。

越是抓不到，我越是想要抓到，移动着舌尖，与丝滑纠缠，身体上方忽然一个庞然大物压了下来，我的双手被钳制在头顶，似乎听到了一声急促的呼吸。

我眯着眼，迅速上前，咬住舌尖不放。这一次，我的动作又快又准，没有丝毫的偏差，但是，似乎听到了某人的嘶吼声。

“石磊……”

身前的身影忽然僵硬一般，下一刻，“嘭”的一声，似乎是撞门的声音。

我的思绪似乎因为这一声巨响稍微清晰一点，但是浑身的燥热依然在游走，抬起头，看着紧闭的房门，忽然愣住了。

不，不是石磊，那个男人，可能是……

火热在身上蹿动得厉害，我很难受。

转过身，立即朝冰箱的位置奔去，打开冰箱门，看着里面的易拉罐，拿起来，扯开，就朝身上喷去。冰凉的液体顺着肌肤缓缓下滑，我不由自主地打了个冷战。冰冷之后，身体里的灼热得到了丝丝的缓解。

迷迷糊糊中，只能看到两块大大的胸肌在我的眼前晃悠，我难过地说："热，难受……"

"妈的，就不能给爷省点心！"高子健一声怒吼，立即将我抱了起来。

然后，冰冷的雨点落在了我的头发上，身上，腿上，还有脚上。开始是凉水，然后是温水。

我很害怕，居然哭了起来。

哭着哭着，我又想到了那年夏天，石磊拿着他第一个月的工资给我买了条廉价的长裙，现在，还留在我的衣服箱子里。

哭着哭着，我又想到那年冬天，我和石磊站在路旁，吃着一个三块钱的红薯。

"乖，不哭了，一会儿就好了。"温暖的大掌拍着我的后背，让我觉得温暖。

迷迷糊糊中，又是一个吻落了下来。

睁开眼，近在咫尺的这张脸，是高子健。

我不了解高子健，外人称他高大帅，朋友见了都给面子。很显然，他没有必要在我的身上浪费时间。如果他真的想要我，完全可以在刚才，趁机办了我。

但是他没有，不但没有那么做，还哄着我，等到我的思绪能够分辨出他是谁时，他才又暴露本性，想要乘势而上。

不对，这不对。

"什么意思？"高子健看着毫无反应的我，恼火地问。

"报答……你。"我心乱如麻。

"陈玉佳，你行，你就跟我行！"高子健扯了扯衣裤，"你那么想报答我，来啊！"

我知道高子健的人情我是还不了了，更没想到，我会用这种方式报答。可是他真的当真时，我又变成了㞞蛋。

“算了。”就在我骑虎难下时，高子健扔下这句话迅速抽身，摔门而去。

醒来后，看到高子健给我发来的信息——陈玉佳，你死定了。

不知道为什么，看到这条信息时，我竟然不由自主地笑了。我取出了床底的木盒，看了最后一眼，便抱着它出了门。

快到快递公司时，黑子给我打来电话，问：“小佳，磊子上报了，你看到了吗？”

和黑子见面时，他的目光落在我手里的木盒上，问：“怎么把这个也带来了？”

我没有回答黑子的问题，平静地问：“你说的是真的？”

黑子轻轻点头，将报纸放到了我的手中。

我低着头看着报纸，只是一眼，木盒忽然从手中滑落，“砰”的一声，落在了地上。

我手足无措地蹲下身，慌忙捡东西。脑海中挥散不去的，全是报纸上的内容。

“小佳，你是不是早就知道了？”黑子问我。

“知道。”我控制着语气。

“小佳，我觉得这里面肯定有误会，磊子不是这样的人，磊子不可能是这样的人，你不知道，年前我和他一起回老家，他还说……”

“黑子，”我抬起头看了一眼黑子，吸了一口气，说，“我和石磊都已经分手了，他找了喜欢的人，订婚，升职，都与我没有关系了，你别担心我。”

黑子的表情告诉我，他不相信。不相信我会反应如此平淡，也不相信，石磊会背叛我们的感情。“不行，我带你去找磊子，我要问问他！”

我摇了摇头，说：“算了，他能和美婷在一起，是他的本事。我先走了……”

没等黑子回答我，我转身就走。

在附近的木椅上坐了一会儿，回想过去，我没有哭。

其实我能够理解的，早在大学期间就听说刘美婷的家里有背景，今天看报，才知道她是本市房地产行业老大的千金。

石磊做这个选择，我能够理解。就算我再舍不得，也必须做一个了断了。

低头看了一眼木盒，居然不见了！

“小偷！”我扫了一眼四周，很快就看到一个身影抱着我的木盒。我拔腿就奔了过去。

长久没有运动的我哪里是小偷的对手，追了一会儿便气喘吁吁。抬起头，小偷已经没有了踪影。

手机响起，我紧张地接了电话。

“陈玉佳，我发短信给你，你没看到吗？”

“看到了。”

“那为什么不回？”

我深吸一口气，不满地说：“高先生，如果你打电话过来只是为了跟我说这个，那我先挂了！”

“我说，你火气怎么这么大？”电话那头的语气似乎和缓了一些。

“东西丢了！”我无奈地说。

“告诉我你的位置，我现在过去。”

“不用了，车站人多。”

“陈玉佳你到底有没有脑子，车站附近有多乱你不知道吗？没事去那里瞎晃悠个屁啊，我告诉你，你要是再乱跑，信不信我……”

高子健焦灼的声音通过电话传了过来，我刚准备回话，手机居然黑屏了。

没有号码，我联系不上高子健。看样子，我必须等了。

不知道过了多久，我听到了那个熟悉的声音。

“陈玉佳！陈玉佳，你在哪里？”

我条件反射地站起，转过头，就看到了高子健狼狈地在人群中穿梭。衣衫不整的他在嘶吼，我忽然心里一暖。

原来，还有人在乎我。

“陈玉佳！”高子健看到了我，立即在人群里迅速地奔跑起来，很快就跑到我的面前。

“陈玉佳！”

近了，我才忽然发现，高子健额头上都是汗，脸红得可爱。

“陈玉佳！”高子健又喊了一声我的名字，我应答的话还卡在喉咙里，就已经被他紧紧地抱在怀中。

“你傻了，不是不要你乱跑的吗？”

“我没有呀。”

“手机一直打不通，”高子健依然紧紧地抱着我，鼻尖是他身上的汗水味，“你知不知道这地方到底有多乱？”

“喂，”我推了推高子健，说，“我手机没电了，真没事。”

高子健终于松开了我，我注意到他的额头上有一块红肿，问：“你这是怎么了？”

高子健瞪着我，说：“没事，闯了两个红灯……”

“撞到了？”

“周末闲得没事是吧？没事跑到这里干什么！”高子健没回答我的问题，反而把我骂了一顿。

原本我准备带高子健去酒吧，不料他洁癖犯了，非拉着我去了附近的酒店，洗澡出来之后，他坐在电脑旁听歌，而我则坐在一旁吹头发。

临时住处，孤男寡女，气氛怪异。

偷偷地瞥了一眼高子健，忽然发现，今天的他有些不同。

都说小平头最能检验一个人相貌水平，高子健发型干练，却丝毫不影响他的个人魅力。

“这首歌不错。”高子健旁若无人地说了一句，双眼微闭，长长的睫毛落在下眼睑上，十分动人。

我尴尬地别过脸，又听到高子健说：“你听听。”

他伸出手，示意我坐在他身旁。我瞥了一眼电脑屏幕，这才坐了过去。

高子健的手伸到了我的耳旁，亲自帮我戴上了耳机。一瞬间，暖流划过心脏，我尴尬地看向别处。

平缓嘶哑的声音在我的耳朵中响起，虽然只是一秒，我却已经能够确定，我喜欢这首歌。

Anaesthesia。

“还不错。”我转过脸看着高子健，刚开口，唇瓣就已经贴在他的唇瓣上。

我看着他的表情，然而，他也没有料到。

尴尬持续了十秒，高子健这才开口，说：“丢了什么？”

“木盒。”我坐回原位，小声回应。

“具体点。”

我抬头看着高子健，见他背对着我，便开口描述。

高子健听我说完，出去打了一个电话。打完电话回来之后，便带着我下楼吃饭。

饭后，高子健带着我去了街上，我没开口问他目的地，就这么没心没肝地，跟在他的身后，奇怪的是，我竟然觉得很安心。

不知道走了多久，我们竟然来到一处巷子前，高子健回头看了我一眼，说：“待会儿要是有事，记住了，直接跑。”

我一愣，想问他原因，可他已经转过脸去，径直朝铁门前走去。

门开了，几个染着头发、“杀马特”一样的男人站在门口，问：“做什么的？”

高子健瞥了他一眼，说：“光头介绍来的。”

其中一个黄毛扫了我们两眼，这才把铁门打开。

进去之后我就怕了，屋内，十几个“杀马特”或坐或站，目光落在我和高子健身上，不怀好意。

室内有四个长桌子，桌上物品丰富，分类明确。有电子产品，金银首饰，还有玩具、电器。

下一秒，我忽然明白，我和高子健，竟然进了贼窝。我惊讶于这些扒手的能力，更惊讶于，高子健，居然能够找到这里。

“自己随便看，全都是新的！”

高子健扯了扯我的胳膊，顺着他的眼神看去，果然看到了我的木盒。

“那个！”我兴冲冲地看着高子健，抬脚就奔了过去。

“哟，小姑娘有点眼光，别看这个东西做工简单，却是上等的红木雕刻而成的……”

石磊送给我的时候开玩笑说是传家之宝，难道，真的价格不菲？

高子健勾起嘴角看着我，目光落在木盒上，转过脸看着一群人，问：“你要多少？”

“怎么说也得五六千吧。”

东西原本就是我的，我跟大汉说了道理，才说了几句，大汉便一声怒吼：“你们懂不懂规矩？东西留下，滚蛋！”

此声一出，我已经察觉到室内的异常，扯了扯高子健，小声说：“要不，木盒不要了，我们走吧。”

我就是一个夙蛋。

高子健转过脸，淡淡地看了我一眼，一只手轻轻地放在旁边的二手笔记本上，手指轻轻地滑动，似乎在思考着什么，忽然，“啪”的一声，笔记本就那么狠狠地砸到了刚才大吼的大汉脸上。

顿时鲜血四溅。

我一看慌了，再看一眼其他人，都去拿家伙。我不管三七二十一，抓着高子健的手直接朝外奔去。

“抓住他们！”

“这边！”高子健左手抓着木盒，右手扯着我的胳膊，穿过巷子，左一圈右一圈奔逃，最后，我们两人贴着墙壁喘大气。我偷偷地瞥了一眼墙外，脑袋还没伸出去，就被高子健拎了回来。

红木盒子重新回到我的手中，可是差一点，我和高子健，就要被一群大汉给剥了皮。

耳边忽然传来一声轻笑，抬起头，就看到高子健若有所思地盯着我。

“怎么了？”

高子健还在笑，边笑边说："二十多年了，还是第一次被人追着满街喊打，有意思。"

"神经！"我不满地看着高子健，"喜欢受虐啊！"

高子健无奈地摇摇头，忽然，急促的手机铃声响起，他掏出手机，顿时，脸色惨然。

和高子健在一起的半个月里，他打人次数不明，致对方流血至少三次，这样一个心狠手辣的男人，居然因为一个电话，表情变得如此沮丧？

车子停在酒店门口，高子健拉着我去了楼上包厢。包厢位置隐秘，高子然站在门口，见了我们，先是一愣，又急忙走了过来。

"哥，你总算来了！"高子然指了指包厢，说，"老头子今天貌似不太对劲，你可得小心点！"

高子健转过脸来看着我，又看了一眼腕表，说："十分钟后你们进来。"

我疑惑地看着高子健走了进去，问："发生了什么事？"

高子然一只手搭在我的肩膀上，说："老实说，你和我哥，进行到哪一步了？"

我早该知道会被误会，急忙解释："我和他，普通朋友。"

高子然立即露出一副"你不要跟我开玩笑"的样子，小声地说："今天老爸、老妈还有三叔都在，我哥带你过来，你居然说是普通朋友？"

我脸上一惊，原来人家是家宴。随口问高子然家长发火的理由，听到她说："我哥他犯错误了，这次市局对内招人的事，我三叔都给他安排得妥妥的，结果被刘家的女婿顶了，就凭这一点，我爸就能敲我哥脑袋！"

"哪个女婿？"

"啊？"高子然一脸愕然地看着我，躲开我的视线，结结巴巴地说，"美婷姐的男朋友啊。"

这么说，石磊这一次能够进入市局，还是，托了高子健的福？

"子然，告诉你哥啊，我这边有件重要的事情，抱歉，先走了！"我慌忙解释，急忙逃离。

这一逃，几天都没见到高子健。他又玩失踪了。

周四发生了两件事情，其一，快递带走了我的木盒；其二，我收到了刘美婷和石磊的订婚请柬，时间是月底。

下班后到了楼下，想着包里的请柬，我有种烧掉它的冲动。一抬眼，就看到路灯下的高子健踩着脚踏车候在那里。鸡心领的白T恤配米色西服，纯棉长裤配白色球鞋，活力十足。

“过来！”高子健一只脚勾在车上，一只脚踩在地上，笑着说，“花痴！”

我紧张地走下楼梯，瞥了一眼脚踏车，说：“怎么？大奔开得厌了，改成脚踏车了？”

“请问陈玉佳小姐，今天能有幸载你一程吗？”高子健看着我，声音平和。

我嘟着嘴巴瞥了一眼脚踏车的后座，说：“那要看看终点在哪里了。”

“行了姑奶奶，你同事都在看着呢，咱先上车行吗？”高子健对我使了个眼色，我转脸看去，果然看到榴莲和另外几个同事站在不远处。

“走吧，司机先生。”

熙熙攘攘的马路上，我和高子健穿梭在夜色之中，四月的暖风轻抚面颊，也吹乱了我的心事。

“喂，抓紧了。”高子健的声音传到了我的耳旁。朝前面看去，他居然要骑着脚踏车上坡。

“不行吧，那么高。”我又犯孬。

“陈玉佳，瞧你那老鼠胆，给爷抓紧了！”

“但是……”

我的话还没说完，就感觉到呼呼的风在耳边响起。我的身体不由自主地前倾，我立即环着高子健的腰，下一秒，车子已经从坡上下滑，飞一般地下落。

风声响起，我偷偷地睁开眼，忽然觉得十分刺激，情不自禁地大叫一声。

“陈玉佳，能不鬼叫吗？”高子健不满地大喊。

“不行，我喜欢，我就要喊！”

“陈玉佳，你信不信你再喊一声，爷就松开手？”

“我不信！”我故作镇定。谁知下一刻，高子健居然真的松开手，接下来，意想不到的事情发生了……

脚踏车飞速下滑，两个疯子的呼喊声在整条路上回荡，我紧张地抓紧高子健，生怕一不小心就飞了下去。而高子健，却十分淡然。

“陈玉佳，你这个大笨蛋！”高子健忽然大吼，这才停下了脚踏车。

安心着地后，我才猛然发现，我和高子健，居然已经出了市区。

脚踏车停在一旁，高子健脱下西服，拉着我坐下。

夜风、星空、静谧……这一刻，我的心里面充满着巨大的幸福感。

人生嘛，本就该如此惬意。

“陈玉佳，你真是没心没肺！”高子健抱怨道。

“我怎么了，高大帅？”我跷着二郎腿躺在草地上，满不在乎地说。

“上次吃饭，为什么忽然跑掉了？”

“我是真的有事，你……”我小心解释，却发现高子健已经变脸，于是缓了缓语气，说，“我这不是给你留面子吗？要是被外人知道你被老爷子打屁股的事情，你说，你高大帅的面子往哪儿搁啊？”

“哟，这么说，你这是在关心我呢？”

这个高子健，说什么都能被他钻空子，沉默，沉默是金！

“说你没良心你就是没良心，”高子健瞪我，说，“看看这儿，再看看这儿，也没听你说一句在意！”

我疑惑地看了一眼高子健，问：“胳膊怎么了？”

高子健白了我一眼，说：“没什么，回去跟老头子干了一仗，开车出逃呗，谁知被交警请去喝茶了。”

原来，他失踪几天，是因为这事儿。

“陈玉佳，你说你也真是的，你的房东都被交警请去喝茶回不来了，你怎么一个电话都没有？”高子健看着我，一脸幽怨。

“高大帅，你能别开玩笑了吗？这种小事对你而言是轻而易举就能搞定的，我去瞎掺和什么？万一事情闹大，岂不是给你丢人？”我觉得我的理由还算让人满意。

不敢去看那双眼睛，索性将目光移动到别处，这小眼睛稍微一扫，才猛然发现，周围都是成双成对的情侣。

我忽然发现，这个地方，不太适合我们孤男寡女。

“时间不早了，咱们回去吧。”

我刚要从草坪上站起来，手腕却被高子健抓住。他用力一扯，将我推到了草坪上，俯身看着我，认真地问：“陈玉佳，我不信，你对我没感觉？！”

我尴尬地别过脸，转移话题说：“月底美婷订婚，你说，我要过去吗？”

“先说正事！”高子健一声怒吼，吓得我缩了缩脖子，“咱们高大帅，不是最乐于助人吗？”

高子健一愣，露出了笑容，说：“陈玉佳，你是吃定我了。”

“我不敢啊。”我看着我和高子健的位置，一个躺在草坪上，一个侧身压在上面，动作，实在是太暧昧了，轻轻地推了推高子健的胸膛，“咱们，能不能保持点距离？”

高子健看着我，一秒，两秒，三秒，然后，回归原位。

我趁机说：“不如，我们先回去吧？”

“不行。”高子健直截了当地回复，说，“再待一会儿，你还怕我吃了你不成？”

我还是习惯高子健这种时候的回应，轻佻、快活，这样才能掩藏我潜意识里的愧疚感。

“知道刚才为什么带你从高坡上飞下来吗？”高子健指着远处，说，“车子从那么高的地方飞下来，你不害怕？”

“那有什么可害怕的？”我有些不服气。

“那我们现在再玩个游戏怎么样？”高子健转过脸来看着我，从草坪上站了起来，说，“起来，快点。”

我无可奈何地站起来，高子健让我背对着他，说：“你现在闭上眼，朝你的后方倒下。”

我闭上眼，忽然察觉到了异样，转过脸看着高子健，问：“我现在倒下，会摔倒……”

“怕了？”

“你不怕？”我挑衅地看着高子健，说。

高子健转过身，背对着我，声音平静地说：“你能接住我吗？”

“能啊，就怕你不敢……”

我的话还没有说完，高子健就直直地朝后仰了下来。因为太紧张，也有点害怕，我不顾一切地伸出手臂，可我忘了，他那么大的个头，我这么小的力气。结果可想而知：两人都倒在了地上……

“陈玉佳，这是信任测试，”高子健侧身在我的身旁，笑着说，“瞧，我信任你，就像信任我自己一样。”

“信任我之前，能不能不要压在我身上呢？”我推着高子健，表示我强烈的抗议。

“不行，”高子健忽然压在我的手腕上，“从今天起，你是我的女人了。”

“凭什么？”这次我急了，可是，四肢却被钳住。

“真想知道原因？”高子健声音低沉，笑着看着我。

“你说呢？”

“陈玉佳你听着，我的耐心是有限的。不如这样，月底磊子订婚，我陪你过去，以你男朋友的身份，在此之前，我是你男人，在此之后，我尊重你的选择。”

高子健现在的语气完全是在谈论一场交易，冷漠，狠毒，听不出任何感情。

“为什么帮我？”

“你应该明白。”高子健看着我，缓缓地俯下身，对着我的耳垂轻轻抚弄，声音里带着笑意，说，“我这么帅，你一点都不吃亏。”

“滚！”我怒吼一声，“除了这个要求，其他都行。”

“呵，”高子健冷笑，“你还真是务实啊，这样吧，你保证随叫随到，这个要求不算过分吧？”

高子健的意思是，他扮演我的男朋友，在石磊订婚之前，只要我随叫随到。

我不是一个好女人，更是一个不识好歹的女人。

“现在，我们是不是该做点别的？”高子健的手伸到我的脸颊上，笑着说。

我刚准备说话，手机就响了起来，是石磊的电话。

“接吧，”高子健扫了一眼我的手机，说，“不接，怎么把自己男人抢回来啊！”

高子健的话，彻底让我把他当成了自己人，据说，两个人之间的友谊就是这么产生的。

“喂？”

“小佳，”石磊紧张地开口，“你现在在哪里？我们谈谈？”

我转过脸看着高子健，他摇了摇头。

“没什么可谈的，你的请帖我已经收到了，放心，我一定过去！”

“小佳，你忘了我跟你说的一个月期限了吗？木盒我没签收，在此之前，你帮我保管。”

我又看了看高子健，他没有给我指示。

“再说吧，我还有事，先忙了。”

“小佳……”

我直接挂断了电话。天知道，其实我的心跳得很快。

“好了，时间不早了，我们也该回去了，”高子健起身，伸手拉着我，说，“来吧，我送你回去。”

我伸出手，忽然觉得哪里不大对劲，认真地问：“高子健，老实说，你这么帮我，到底是为什么？”

高子健叹了一口气，瞥了我一眼，说：“真想知道？”

“当然，你现在是我的小伙伴，小伙伴之间要真心对待，对吧？”

“好吧，我实话告诉你，”高子健向我勾了勾手，我上前一步，听到他在我的耳旁说，“其实，你也知道，我家那个老头子，他……天天想让我去相亲，所以……”

听高子健那么一说，我忽然觉得，我俩的合作，就是各取所需。

进门之前，高子健那句“放心吧，有我在，保证让背叛你的男人回来啃你的后脚跟”更让我坚信了这一点。

周五下午，我接到了高子健的电话。

“下班之后直接到钱柜来，穿得好看点。”

“做什么？选美？”

耳旁一声鄙夷，高子健说：“你看过萝卜腿去选美的吗？”

“高子健你……”

“我已经说了啊，唱歌，今晚有好戏看。”高子健轻松说着，挂了电话。

下班后，按照高大爷的指示，直接朝钱柜奔去。包厢门打开时，我就看到沙发上坐着的一排人，其中包括刘美婷和石磊。

“哟，嫂子来了，来，让位啊！”李树嬉皮笑脸地看着我，说，“咱们大帅都等得尿急了，嫂子，这边请！”

我尴尬地点点头，坐到了高子健的身旁。

高子健让侍者拿了一杯果汁过来，伸手递给我。我准备去接，他的胳膊却绕到了我的身后，一只手顺势就搭在我的肩上。

我瞪着高子健，却听到他悄悄地说：“要装，就装得像点。”

我瞥了一眼右边的两人，顿时放弃了反抗。

“走，去跟他们喝一杯。”高子健拉着我的手，走到了石磊和刘美婷的面前，“祝福你们啊！”

石磊没有说话，刘美婷一脸嘲讽，说：“哎哟喂，到我这个即将走进围城的人面前秀恩爱，好意思吗？”

高子健乐得双眼眯成一条缝，说：“我是乐意快点进围城的，这不，还得看她的意思。”

我尴尬地低着头，将眼神看向别处。

“小佳，大帅这么好，我和磊子也都放心了。”刘美婷忽然拉着我的手，无比温柔地说。

“哪里，我和小佳能够走在一起，还得多感谢你和磊子，”高子健不动声色地将刘美婷抓着我的手拉了回来，一双桃花眼盯着我看，说，“对不对？”

“嗯，对呀对呀，感谢命运感谢党，感谢美婷和石磊，我现在真的很幸福。”我伸出手，和高子健十指交缠。

四人对战，棋逢对手，气氛十分诡异。好在这时李树插话进来，让我们开始唱歌。

高子健毫不客气地接过话筒，点了一首周华健的《雨人》。

这首歌我很熟悉，记忆中是老爹那个年代的歌曲，没有想到，高子健居然真的能唱出味道。

我相信我爱你
蒙上眼 手交给你
慢慢地爱 心在黑暗中
共要一双眼睛
我要不断地爱你
不断拼凑的自己
生命中所有好不好的过去
彷佛都在等我遇见你

我相信我爱你
蒙上眼 手交给你
慢慢地爱 心在黑暗中
共要一双眼睛
我要不断地爱你
不断拼凑的自己
生命中所有好不好的过去
彷佛都在等我遇见你……

高子健拿着麦克风的时候和别人不同，两只手指夹着，麦克风横在嘴边，模样既俏皮，又可爱。关键是，他那一双桃花眼一直盯着我看，看得我心跳加速。

一曲唱完，高子健绅士般地给大家鞠了个躬，慢悠悠地走到我面前，弯下身，在我的耳旁说：“如何？”

我微笑地点点头，却听到包厢里响起了另外一首歌的声音。

是陈小春的《我爱的人》，演唱者石磊。

刘美婷的脸色有变，当然，跟着稍微纠结的，还有我。

“脸上的妆有点花了，去卫生间补一补？”高子健凑过来，笑着说。

有时候我真的很佩服高子健的细心。进了卫生间之后，看着镜子里的自己，我不断自我催眠：“和你无关，一定和你无关。”

卫生间的门忽然被推开，刘美婷一脸平静地走了进来。

她笑着看了我一眼，从化妆包里拿出一支口红，照着镜子擦了起来，一边擦一边说：“不错呀，居然连高帅这种难缠鬼，都被你收了。”

我没有转过头，只是稍微瞥了一眼镜子里的刘美婷，她的表情我很熟悉，那是嘲讽。

“哪里，比不上你。”我淡笑。

“哈哈，有件事你可能不知道吧？”刘美婷忽然转过脸来看着我，说，“知道吗？高帅睡过的女人，你手指头加在一起，都数不过来，小佳，你可要小心了。”

“谢谢。”我不想跟她多说，抬脚就朝卫生间门口走。

“小佳，你和高帅在一起，是在跟我示威吗？”

听到这句话，我有很多话要说，但是想一想，还是保持了沉默。

回到了座位上，石磊还在唱着那首《我爱的人》，只是这一次，我真的不想再看他一眼。

“怎么了？”高子健察觉到了我的异常，说，“要是觉得累了，我们就先走。”

高子健，你真的是我肚子里的蛔虫啊！

石磊的歌刚唱完，高子健就拉着我的手站了起来，淡淡地说：“记在我账上，你嫂子不舒服，我们先走了。”

聪明人之间的话是不需要多说的，高子健拉着我出了钱柜，他去取车，我站在门口等。

想着刚才的事，我的心情真是五味杂陈。

“小佳！”熟悉的声音传来，我转过脸，就看到朝我走来的石磊，“小佳，我想跟你谈谈。”

“谈什么？你不在里面陪你的未婚妻？”

“别这样，”石磊伸出手拉着我的胳膊，说，“小佳，我真的是有苦衷的，还有二十几天了，你能不能……”

“放手！”我瞪了石磊一眼，“人的眼睛有5.76亿的像素，不是白赋予的，你当我是傻子吗？做人，真不能太贪心，你要是男人，现在就告诉我，你到底有什么苦衷？”

“我……”石磊看着我，欲言又止。

我就说嘛，没有什么动物比人类更会找借口。

“你滚吧。”我的声音里一定没有任何感情。

石磊盯着我，脸上带着不甘心，说：“我不管你等不等我，但是陈玉佳你记住了，我的心底，自始至终，只有你一个人。”

男人说起谎来，真的是美丽。

回到住处，我急忙从包包里拿出了美婷和石磊的请帖，贴在墙上，取出飞镖，“嗖”的一声，又狠又准地扎去，可惜，没扎到。

“我说，在钱柜的时候还是满脸淡然，怎么才刚回来，就变成这样了？”高子健拿着饮料站在我的身后，声音里带着嘲讽。

我转过头，看着他，怒吼：“闭嘴，信不信我分分钟扎了你！”

高子健一脸惊悚地看着我，说：“不是我说你，发了十镖，结果呢？一个没中……”

好吧，他再一次说中了我的硬伤。

“其实，你可以这么玩！”高子健接过我手中的飞镖，神情严肃，目光谨慎，盯着墙上的请帖，时刻准备着发一镖，然后……

“啊啊啊啊！”高子健大喊一声，从我的位置奔到了墙边，抬起手臂，又狠又准地扎向请帖上的两人名字的位置。

“好！”我得意地看着高子健，走到墙边，一口气扎了手上的三镖，一镖比一镖重，扎完之后，心情瞬间大爽。

“我说，你怎么这么聪明？”我看着高子健，满脸的佩服。

“觉得我聪明是吧，”高子健瞥着我，忽然靠近了一步，笑着说，“觉得我这么聪明，收了我吧？”

“好啦，发泄完了，我去看书了。”我急忙转移话题，抬脚就朝卧室走。

“喂，开个玩笑而已，过来，有好吃的！”高子健对我勾了勾手，一脸神秘地说，“可爱多。”

我靠近冰箱，躺在沙发上，拿了一个往嘴巴里填。

“怎么不说话了？”高子健靠过来，一只手搭在我的肩膀上，“觉得我今天表现怎样？”

“如果现在你能拿开你的猪蹄，就可以打个六十分了。”我的眼神瞥向了肩部，认真地说。

高子健悻悻地看了我一眼，这才抽回胳膊，说：“连小学老师都知道，表现好了有奖励，哎，我这奖励没拿到，反而是挨了臭骂，哎……”

长长的一声叹息传到了我的耳中，我转过脸看着高子健，说：“高子健子，今天谢谢你。其实，你真的不用这么委屈自己，你看，我……”

“呀！”高子健打断了我的话，指着我说，“你看你，吃个可爱多，都能吃成这样！”

我疑惑地看着高子健，感觉他的手划过我的面颊，他的脸靠得越来越近：“别动……我帮你擦了。”

我尴尬地别过脸，谁知这一次，他居然不是用手！

丝滑的舌尖划过我的脸颊和嘴角，紧接着，就吻到了我的唇上……

第四章

我庆幸，没有错过你

高子健就是这么一个人，对我而言，他既讨厌，又新奇，好像浓浓的丝滑巧克力，让人情不自禁地想要塞到嘴里。

这是实话。

当然，巧克力的讨厌之处在于，享受它的美味之时，还会有后顾之忧。

譬如此刻，高子健在我的唇瓣上轻轻地抹了一口之后，接下来居然还能若无其事地坐在电视前开心地看电视，我表示十分地佩服。

思虑之下，我决定起身回屋。

第二天是周末，我照常上班。出门的时候正巧遇到从电梯里走出来的高子健，他的手里拿着早餐，额头上还有湿润的水滴。

“不吃早饭就出门？”

“外面下雨了？”

居然同时开口了……

“一看就知道没带伞，先吃点东西，晚点我送你。”高子健从我的身侧走过，声音淡淡的。

我跟着他的脚步朝前走，这才发现，不仅仅他的头发湿了，连衣服和裤脚都有些湿了。

不知道是不是巧合，高子健买的早餐，是我最喜欢的三鲜包子和豆腐脑，豆腐脑里什么都放了，味道超级好。

车子停在公司楼下的时候，高子健居然下车给我撑伞，我一脸疑惑地看着他，问：“这么殷勤……”

“晚上一起吃个饭吧？”

高子健畏首畏尾的样子，还真是可爱。

“这样……那得看看要不要加班。”

“没事，加班到多晚我都等，”高子健摆了摆手，又急忙解释，“不是，我的意思是，你下班了就给我打电话。上次我们去的那个餐厅，你知道的吧？”

我点了点头，撑着伞就朝公司大门走去。听着耳旁雨水落下的声音，忽然觉得自己整个人的心态都不一样了。

今天不用加班，五点多的时候电话忽然响起，原本以为是高子健的电话，接起来一听，居然是石磊打来的。

“小佳，我在你楼下。”

石磊西装革履而来，开着一辆本田，站在公司楼下。

我不准备搭理他，抬脚就朝前走，刚走了两步，身后的身影就拉住了我的胳膊。我恼怒地转过头，一巴掌就甩了过去。

“小佳，你听我说……”

“我跟你没什么可说的，你走你的阳关道，我走我的独木桥，不见！”

“黑子出事了……”

我的脚才走了两步，石磊急切的声音就在我的耳旁响了起来，黑子前两天才跟我分开，会出什么事？

“小佳，”石磊走到了我的面前，说，“黑子被拘留了，你能跟我一起去看看吗？”

车子停在了派出所门口。见到黑子的时候，他双手戴着手铐，一脸低沉地蹲在墙边，和他一同被抓来的，还有几个年轻人，一看就知道是不良男女。

忙活了半天，黑子终于被保释出来了。他先进到了车里，原地只剩下我和石磊两人。

石磊看着我，声音平静地说：“我跟你说的每一句话都是真的，等事情办妥了，我会去找你。”

我轻轻地笑了笑，说：“不好意思，我不是废品收购站。”

我走得决绝，可是，只有我自己知道，“洒脱”这个词，没有那么简单。

办事期间高子健给我打过电话，我给他回短信，告诉他我在加班，不要等我，而他的回复，只是一个简单的“嗯”。

事情办完之后，我打了车，直接回了住处，不料，住处没人。

外面雷雨阵阵，担心高子健还在餐厅，我拿着伞，便出了门。

到了西餐厅里，侍者却告诉我高先生下午四点来过一趟，早已经离开了。

高子健一定是太忙了，所以忘了我们的约定。但是，他现在在哪里？

我想给他打一个电话，手机却忘在了家中。

我忽然为自己的谎言感到愧疚，想着自己说在加班……等等，加班？高子健那小子不会还在公司楼下等我吧？

我没有多想，立即朝公司奔去，雨水漫过鞋子，我抬起脚，飞一般地前行。

小时候妈妈最经常说的一句话就是：世界上最疼你的，就是妈妈和爸爸，其他人对你的爱，都不是无缘无故的。长大后觉得这句话很有道理，对于外人，我总会有这种感觉。

谁会受得了你无休止的抱怨？谁会默默承受你给的一切？谁会让你给脸色，谁会听你说大话？在我看来，真的只有父母。

现在的高子健让我看得模糊不清，他对我的好，看似真实，实际上却是浮夸的，但是在这样的浮夸中，我能感觉到，我慢慢地会去相信。

来得快的，总归让人不踏实吧。

一阵雷声响过，我快步冲到了公司楼下，甩了甩脚上的水，将雨伞收好，抬起头，就朝大厅走去。

刚走一步，就听到了一个声音。

我怀疑地转过身，并没有看到高子健的身影，轻轻地叹了一口气，再抬脚，又听到了那个声音。

“陈玉佳，我在这里。”

我再转过头，扫视了一眼昏暗的大厅，这才猛然发现，坐在观赏花瓶下的高子健。

和往日那个风流倜傥的他不同，这一次，他无比狼狈，身上似乎全湿了，可怜兮兮地坐在花瓶下，看着我。

“高子健，你怎么了？”

高子健看着我，目光忽然收敛，让人不寒而栗，说：“陈玉佳，正好，我也想问你，加班，怎么加到外面去了？”

高子健的问题我估计一句话两句话解释不清楚，看着他一脸狼狈的模样，我居然忍不住笑了出来。

黑色的西服外套被扔在一旁，白色的衬衫上还印着雨渍，一个裤脚卷起，一只袜子脱在了一旁，我今天真是三生有幸，竟然还能看到高子健这么具有特色的一面。

“陈玉佳，你要是再敢笑一声，信不信我……”高子健撑着胳膊从地上站起来，谁知他脚下一滑，竟然又一屁股坐了下去。

这一次，我笑得更大声了。

高子健不理我，稍微侧过身，一个人坐在那里生闷气。我见势不妙，立即走到了他面前，说：“不如，我们先起来吧！”

高子健忽然转过脸，不怀好意地看了我一眼，握着我的手，用力一扯，就将我扯到了地上，不，准确一点来说，是扯到了他的怀中。

“喂，高子健，这里是公司！”摄像头都在那里放着，他不会当着外人的面耍流氓吧？

“那又怎么样？”高子健不屑地看着我，说，“是公司更好，赶明儿个就找你们经理谈一谈，让他知道，他们公司的女员工，是怎么耍了本大帅的！”

瞧瞧，自恋的人自恋起来，真不是一般人能阻止得了的。

“好了，玩笑都开了，起来吧。”我稍微朝后退了一步，却被那只手拉得更紧，毕竟是我有错在先，只能放缓语气，“起来吧，地上凉。”

这句话貌似效果比较明显，刚说完，高子健就从地上站了起来，我看了一眼身旁的袜子几乎已经湿透，笑着说：“不能穿了。”

高子健好奇地看着我，问：“你不是拿着伞吗？怎么也淋成这样？”

我急忙摆了摆手，说：“风太大了。”

高子健扫了我一眼，指了指公司的对面，说：“我要去那里。”

公司对面是莫泰，一家快捷宾馆。有了上一次的经历之后，我果断地摇了摇头。

“我说陈玉佳，你说你这人也真是的，爷在这里坐等两个多小时，现在手脚冰凉，想要去换身干衣服，这都不行？”

此话有理，于是，我点了点头。

到了莫泰后已经晚上十点多了，高子健带着我刷了房卡进了门，随意甩了一脚，鞋子就飞了出去。然后，便旁若无人地脱掉了上衣，又去脱他的裤子。

“喂，高子健，你当我是空气吗？”我急忙将眼神瞥向别处，大吼道。

高子健回过头看着我，顿时明白了我的尴尬，指了指小腿上的裤子，说：“我当你是我兄弟，大兄弟，你看，这衣服还能穿吗？”

一声“大兄弟”顿时惹得我发笑，好笑的事年年有，今年特别多，特别是，遇见高子健之后。

对了，我忘记说了，今天，高子健开的房间，有两张床。他躺在床上吃水果，而我，则在认真考虑洗澡这个问题。

后来我一直在想，这个市区也就这么大，我干吗要跟高子健在外面过夜？

“还愣在这里做什么？洗澡呀！”高子健啃了一口苹果，瞪着我说。

“高子健……”我衣服湿了大半，却依然有些犹豫。

高子健立即会意，给了我一个“你想多了”的表情，说：“拜托，洗澡之后就回去，又不在这里过夜！”

我信了，乖乖钻进了浴室，进去之前，我也没有看到高子健脸上的异常。等我披着浴袍出来时，他居然套上了新衣服，站在镜子前比画。

我懒得理他，抬起手去拿床上的衣服，忽然发现，衣服不见了！

“高子健，我的衣服呢？”我掀开被子，以为他在跟我开玩笑，可是左翻一次右翻一次，还是什么都没有看到。

高子健表情呆萌地指着门口，说：“难道是收垃圾阿姨……”

我急匆匆地冲到高子健的面前，问：“衣服被收走了？”

高子健点了点头，一张脸上写满了无辜，说：“这不能怪我呀！”

我气呼呼地看着高子健，说：“高子健！我绝对有理由怀疑你是故意的！”

“喂喂喂！”高子健不耐烦地推了推我，说，“拜托你好不好，衣服丢了可以再买，那么大火气做什么？”

高子健的反应让我心生愧疚，这才选择相信他，老老实实地躺在床上。

我太累了，哪里听得下去高子健的唠叨，直接进入了睡眠模式。迷迷糊糊中，却听到了他的声音。

“陈玉佳，其实，我也知道，你这个人太固执，强求，是强求不来的。但是我，真的没有办法假装对你不关心；你是一个蠢女人，可是，我的心里面，还是很难受。”

一声叹息，奇怪地出现在我的梦中。

没有人会一直对你好，我们生活在这个氛围中，周围的每一个熟悉的朋友，每一个陌生人，我们之间产生的所有情感，都需要去经营。

付出得不到回应，其实是最寂寞的逞强。对吗，高子健？

醒来的时候房间里已经没有了高子健的身影，我环视四周，目光落在身侧的另一张床上，除了凌乱的被子之外，别无其他。

桌上是一条淡蓝色的连衣裙，外加内衣内裤。不知道为什么，看到这些东西的时候，我忽然有了一种被抛弃的感觉。不对，抛弃是相对拥有而言的，而我，从来没有拥有过，又何谈抛弃?

高子健有时候真的很细心，他甚至给我准备好了一沓人民币和一张纸条。

看着上面一行简单的字迹，我勉强挤出一丝笑容来，也离开了。

我没有太多的时间停留在我和他的小情绪里，因为刚回到公寓，就接到了公司打来的电话。这个月的报表要提前赶出来，让我回去加班。

我在感叹着天气多变的同时，还不忘记感叹命运的不公。

加班的同事不多，从上个月的月初各方面的详细报表，到这个月公司里里外外的税务结算，从早上十点到晚上八点，一直都没有闲下来。

手机倒是闲得厉害，一个短信，一个电话，都没有。

就在我享受着一个人的慢节奏生活时，一件大事发生了。

第一个季度的报表，其中有一个数据，因为我的粗心，出现了问题。经理把我叫到办公室，破口大骂，并且再一次强调，如果我再出现类似的问题，就可以卷铺盖滚蛋了。

“公司不是福利院，希望每个员工都能展现出最大的价值！”

我从经理的办公室走出来的时候，感觉周围的同事看我的眼光都带着情绪，因为太突然，我自己也有些接受不了。

夜深人静，我一个人从电梯里走出来，感觉到了从未有过的茫然。让我没有想到的是，在大厅里，我看到了石磊。

他西装革履地站在那里，面色温和地看着我。手里端着奶茶，好像大学时候在宿舍门口等我的样子。

这个时候看到他的确有些尴尬，我轻轻地点点头，抬脚就要离开。

石磊喊住了我，走到了我的身边，说：“哭过了？”

我不知道他是怎么看出来我哭过的，出于逞强，我瞪了石磊一眼，说：“没有。”

石磊扫了我一眼，说：“草莓味。”

“不好意思，我现在不喜欢草莓味了，”我轻轻地笑了笑，“对了，月底你要订婚吧，到时候我会准时参加的。”

“小佳，”石磊又跟了上来，说，“如果现在的工作很辛苦，我可以……”

“不好意思，石先生，”我转过头看着石磊，说，“我还有事，别跟着我。”

“小佳，你别骗自己了，”石磊的声调明显提高了，“你和子健只是假装情侣对吗？如果你想现在知道我为什么要和刘美婷在一起，我可以告诉你，你……”

“石先生！”这一次，我真的火大了，“请你不要自作多情行吗？谁说我和高子健是假装的，我告诉你，我就是喜欢他！”

“不可能，”石磊扯着我的胳膊，俯下身看着我的双眼，“陈玉佳你骗不了我，你不可能喜欢子健。”

“麻烦你松手！”我有些急了，直接甩开了石磊的胳膊，大吼，“石磊，如果你现在没有看清你自己的样子，麻烦你回去照照镜子行吗？我承认我是喜欢过你，但是我喜欢的是那个才华横溢、骄傲自负的石磊，而你抱着她的大腿喊着‘好紧’时，我从心底看不起你！”

为什么男人会这样？吃着碗里想着锅里，把你宠上天，再一脚踹到地上，最后还能说出一句喜欢你。亲，能别跟我开玩笑了吗？

我就是一个铜板，小乞丐也会稀罕，用不着天天被你蹂躏。

我想，刚才我和泼妇两个字又靠近了一步。

手机又响了两声，拿起来一看，居然是——房东先生。

紧张感瞬间袭击了我的大脑，我轻轻地咳了一声，说：“房东你好。”

“我是高子健，你叫错名字了。”高子健冷冷的声音传到了我的耳中，电话立即挂断。

有时候，高子健小气的得能连一句称呼都要介意。

电话又响了起来，我看了一眼手机，无奈地按下了接听键。

“高子健。”我叹了一口气，喊了他的名字。

“为什么要连名带姓地喊，一点都不亲切，笨女人。”高子健的声音里再一次充满着不满，然后挂掉了我的电话。

和刚才那次挂断不同，刚才是失落，现在是不解。

高子健是个难伺候的主，我早就看出来了。

再瞥了一眼手机屏幕，这一次，竟然没有电话打来。我不满地盯着屏幕，居然有点想要唾骂某人的想法。

不一会儿，电话又响了起来。我吸了一口气，喊："子健。"

电话那头先是一愣，然后，是"咯咯咯咯"的笑声，高子健笑得爽朗，也驱走了我心底的不安。

"在哪儿呢？"

"刚下班。"

"哦……"高子健拉长了音调，"看样子，你过得挺好呀！"

这话说得，好像我们几年没见似的。

"那你呢？"我半开玩笑地回应。

"你觉得呢？"高子健声音低沉，半似抱怨地说。

我抬起头看着对面，莫泰的logo印在我的双眸中，想到高子健留在桌上的那张纸条，我回应道："高大帅，你过得挺滋润的吧？"

"别贫了行吗？我在车库，过来。"

"哪个车库？"

"陈玉佳，你到底有没有脑子？你们公司附近还有几个车库？"

公司附近的确只有两个车库，可是偏偏，我选择走向右边这一个，而高子健，停在左边的那一个，中间隔了一道墙。他的电话打来的时候，我才知道自己又干了错事。

高子健让我站在原地等他，可是四周太黑，我有点害怕。

我兴奋地从车库后面绕过去，朝左边的车库奔去时，高子健的电话又打了过来。

他说他在右边的车库找我，没有看到人。

我弱弱地回了一句，我去左边的车库找你了。

这一次，高子健就差吼破嗓子了，我站在黑漆漆的车库里，听着自己的心跳，看着手机屏幕上闪现的“房东”两个字，忽然觉得很安心。

出了车库，高子健一脸不悦地看着我，说：“陈玉佳，你知道什么样的女人最讨厌吗？”

“劈腿的女人。”我老实回答。

高子健愣了一秒，终于忍不住哈哈大笑起来。我轻轻地摸了摸鼻子，不理会高子健，继续朝前走。

高子健没有告诉我他去了哪里，我们似乎更喜欢现在这种相处模式，但是，他居然带我去了步行街的火锅店。

“为什么要吃火锅？”高子健不喜欢辣食，我好奇地问。

“雾里看人，很有内涵啊。”高子健要了一瓶女儿红，倒在白色的大瓷碗中，颇有一种古装汉子的美感。

他给我倒了一小杯，美其名曰：“小小地来一点，促进血液循环。”

我看他今天兴致不错，索性拿起瓷碗，一口下去，醇香溢满口腔，问：“好几天没见你，去哪里了？”

高子健抬了抬眼，说：“怎么？关心我呢？”

瞧，我以为我已经足够自作多情了，现在看来，高子健更胜一筹啊。

“陈玉佳，你看我们认识的时间也不短了，不如今天我们打开天窗说亮话，推心置腹地谈一谈，怎么样？”高子健又给我添了一点酒，眯着双眼看着我。

我早就知道，高子健这人，花花肠子多，我哪里是他的对手。

不过，我也不打算做他的对手，做敌人，永远是最差劲的选择。

“说吧，你想谈什么？”

“你先告诉我，你喜欢磊子哪一点？”高子健抿了一口大瓷碗里的女儿红，抬着眼看着我。

烟雾缭绕的好处在于，看着对方表情的时候，会有一种虚幻感，比如此刻。

高子健不是一个扫兴的人，他估计是看出来我是有种倾诉的欲望才问的。以前，别人这么问我，我总是会统一答案——喜欢他，就喜欢他的全部。

现在想一想，其实这是最幼稚的行为。

“石磊虽然性格沉稳，但是对我，真的是百依百顺，哪怕只有十块钱，都会花在我身上。”

“十块钱就被收买了，就这点出息。”

“对呀，人家十块钱就能收买一个女人的心，你呢？”对于高子健一掷千金的行为，我多少是觉得败家的。

“石磊话少，我话多。他不善于表达，但是每每表达，都会打动我的心。情人节太冷，出来的时候会给我准备手套和围巾，手里面还有刚冲的奶茶。我手捧奶茶站在那里，石磊会给我围上围巾，戴上手套。”

“既然觉得冷，就不要出来呀！”高子健不满地叫嚣，“冻坏了女朋友，那才是傻蛋呢。”

“女人都喜欢浪漫，嘴上不说，心里面也会想。”

高子健不说话，我知道他比我更明白这一点。

石磊真正让我心疼的是，系里面几乎所有人都知道他家里并不富裕，可是奖学金下来，他居然全部划到我的卡上。我说我不敢收，他说他的钱给自己媳妇那是天经地义的。

他说得笃定，说到最后，连我自己都觉得，拿他的钱真的是天经地义。

我承认我是一个自大的女人，但是在石磊面前，我可以安心做我的小女人。

当然，这一切欢喜，最后都幻化成了恨意。这一点，我没有跟高子健说。

“当初是你主动告白的？”高子健给我夹菜，不动声色地问。

说到告白，我觉得在我的前半生，这是干得最勇敢的一件事。

石磊是老师眼中的宠儿，一般这样的人，都不怎么招同学们待见，特别是在大学，每个人都有属于自己的团体，谁都不理谁。石磊厉害的地方在于，他是老师的宠儿，更得同学们待见。

才思敏捷中带着一股少年老成的味道，别说我们班了，整个系里，暗恋他的女孩数也数不清。

那个时候，我经常在下课后偷偷地跟在石磊的后面，跟他绕过学校的图书馆，跟他在操场上晨练，跟他在活动中心一起玩游戏。

虽然，我和石磊，一直没有正儿八经地擦肩而过。

我和美婷经常谈到这个事情，她笑我，说石磊是那种目光深远的男人，不是我这种女孩能够轻易得到的。

其实我挺不懂刘美婷的，我记得每次我在她的面前说到石磊时，她的表情里都写着各种不屑，她的男人太多了，所以，看不上石磊这种书呆子。

其实我忘了，人都是会变的。

说了这么多，再抬起头看高子健，好在他的脸上并没有写着不耐烦，我看着面前堆得高高的食物，感谢似的给他也来了两个牛肉丸。

“很烦？”

高子健低下头，看着碗中的牛肉丸，去夹，却没有夹中，再去夹，还是没有夹中，索性筷子一扔，直接变了脸色。

我以为他是因为夹不到牛肉丸不高兴，就去帮忙，牛肉丸被我夹起，伸到了高子健的嘴边，他却抬起眼，一张脸上写满嫌弃，说：“你觉得，我现在还能吃下去？”

“嗯？”

没等我开口，高子健立即从椅子上站了起来，外套都没有拿，抬脚就朝门口走。

我没弄懂他的意思，但是看着他微红的脸颊，我还是跟了上去。

在电梯口，我拉着高子健，让他小心点，他却转过脸来怒视我，说：“我现在直接想从这里跳下去！”

其实我不太了解高子健的想法，他这个人，明明看似豁达，可是偏偏又容易走极端，比如在电梯口，他居然拿着自己的性命跟我赌气。

要听的是他，最后，生气的还是他。

我心头存着怒火，又担心高子健醉酒，生怕他那身名牌都要被乞丐大叔扒了，想了想，还是跟了上去。

高子健真的醉了，他走得那么义无反顾，摇摇晃晃地走在马路中间，有点像个傻子。

那么高大的身影，犯起傻来，也是一等一的牛×。

在追了高子健一条街之后，他终于气喘吁吁地坐在喷泉下，长长地叹了一口气，伸手去接池子里的水，然后，朝自己的嘴里塞。

我看不下去了，只能抬脚走过去，拦着他的手臂，他才抬起眼，看着我。

这一眼，和我之前看到的高子健的眼神有些不同，他的眉毛和双眼中包含着太多情绪，骄傲、不屑、冷酷、烦躁，可是这一刻，居然带着一种可怜兮兮的味道。

自负如高子健，他此刻眼神中暴露的脆弱，忽然间，触动了我心底的某根弦。

我蹲在高子健的身前，耐心解释说："这里的水不能喝，我们去买饮料。"

"我现在就渴了。"高子健不愿意走，也不在意身后的喷泉，坐在那里一动不动。

"饮料，味道很好，"我轻轻地吸了一口气，指着不远处，说，"那边有，味道甜甜的。"

高子健瞥了一眼不远处，脸上还是刚才的固执表情，淡淡地说："我现在就想喝水。"

"走两步就到了，来。"我不是一个耐心的人，我在假装耐心。

高子健看着我，考虑了两秒，伸出手，递到了我的身前，他手臂紧实，指节分明，而他那抬头看我的眼神，忽然让我想到了童年时养的哈巴狗。

每个人都需要一点点的心灵的安慰，关怀，是相互的。

正因为我很珍惜我和高子健现在的友谊，所以，会不由自主地伸出手，拉着他，从喷泉边站起来。

高子健是站起来了，可是他的手，却一刻都没有松开。男女之间的很多事情需要一种契机，比如接吻，比如牵手，如果男方硬生生地上前，去征求女孩子的同意，其实，不如找个契机，顺其自然。

高子健总是会找很多契机，我很佩服这个情场高手现在的行为，以至于，我居然对他紧紧拉着我的手的行为一点也恨不起来。

鼻尖是浓浓的白酒味，指尖又是他手心的滚烫感，沿着步行街后面的巷口，安静地朝前走。

远处是步行街里传来的喧嚣，近处，昏暗的灯光下两个交叉的人影，不知道为什么，居然给了我一种叫作“浪漫”的错觉。

我打江南走过
那等在季节里的容颜如莲花的开落
东风不来，三月的柳絮不飞
你的心如小小寂寞的城
恰若青石的街道向晚
跫音不响，三月的春帷不揭
你的心是小小的窗扉紧掩
我嗒嗒的马蹄是美丽的错误
我不是归人，是个过客……

高子健怎么忽然朗诵起了这首我最喜欢的郑愁予的《错误》。

我惊讶地转过脸，疑惑地看着高子健，心跳忽然加速，他的脚步也停下，路灯映得他的面庞愈发立体。我的心脏里传来了“扑通扑通”的声音，下一秒，高子健推着我，贴在了墙上。

“你……”

“嘘！”高子健做了一个噤声的动作，说，“我只是有些口渴，不用去买水，有个更佳的解决方式……”

“嗯？”我抬起头看着高子健，还没反应过来他的话。

他瞳孔澄澈，紧紧地握着我的手，抵身上前，将我压在了墙壁上，用力地吻住了我。

“小佳，我真的……想要你……”高子健的声音更加清晰。

浑身上下忽然打了一个冷战，我惊恐地睁开眼，再一次看到了高子健紧闭双眼向我靠近的模样，他似乎还沉浸在与我的亲吻之中，并未发现，我已经睁开了眼。

在我犹豫之时，高子健再一次朝我逼近。

我惊慌地看着高子健，忽然尖叫一声，羞赧的感觉蹿在我的血液中。他似乎被我的声音吓住了，紧张地看着我，说：“小佳，你……”

我也被自己吓住了。这里是哪里？步行街的后巷！我们在做什么？在做恋人之间的事情，我……我怎么了？

我看了一眼高子健，轻轻地吸了一口气，羞赧传送到我的大脑，我推开他，急忙朝前奔。

这个世界疯了吗？陈玉佳，你到底是怎么了？

爱情原本就是两个人的你情我愿，我没有想到，这一刻，我竟然如此慌张。漆黑的街头，一个人静静地朝前奔走，一步，再走一步。

心跳声在我的耳旁响起，闪烁的霓虹、路上的行人，以及正在叫卖的小贩，都映在我的眼中。

原本喧嚣的街头，在我的心里面却是说不出的安静。我和高子健，到底发生了什么？

他低垂的双眸，他微红的脸颊，他有些撒娇的语气，都让我深深地记在心底，寂寞的女人是没有理智的，况且，还是一个被甩掉的寂寞女人。

我想，我此时此刻，是没有理智可言的。

我有些害怕。

很多心绪并不是生活的所有，我不知道该如何面对这一切。如果说遇见石磊，美丽了我大学那段最为青涩和美好的时光，那么……遇见高子健，又算什么呢？

石磊是高原上的雪莲，清高而冷艳；而高子健，则是园林里妖艳的玫瑰，红艳夺目，让人移动不了那双眼睛。他们有着各自的特色，同样吸引他人的目光。

我感谢高子健，同样，也感谢石磊。

我是幸运的。

高子健，你这样是什么意思呢？爱，或者不爱？喜欢，或者不喜欢？你这么做，真的会让我产生那种细微的幻觉……

陈玉佳，现在，你需要理智。

在后街绕了一圈，心里面的小火苗慢慢地熄灭，我站在天桥上，看着桥下移动的车辆，看着远处的万家灯火，居然情不自禁地笑了起来。

和石磊分手之后，这是第几次，会心地笑了？

刚才的狂奔让我和高子健在后街分开，我担心他的酒劲还没有消去，就给高子然打了一个电话，她八卦地问我发生了什么，我没敢说实话。

挂了电话，我觉得胸腔里闷得厉害，那种倾诉的欲望迅速地扩散，我拿出手机，差点按了刘美婷的号码。

我还是习惯跟她分享我的心事。

其实回答高子健的那些问题时，我没敢提起刘美婷，她实在是太了解我了，所以只要她想从我的手中拿走什么，都是轻而易举的事情。

思虑再三，我把电话打给了榴莲。

榴莲说："每个人的一生都会遇到很多诱惑，没有谁能刻意地去强求谁。"我知道她说的是石磊，石磊做的选择，也没有谁去强求他。

她还说："有些男人，看似花瓶，实际上，动了心，却比任何人都要认真。"

可是高子健睡过的女人数量连我的手指头都数不过来，我能说他对她们没动过心吗？

"其实爱情就是细菌培养，不外乎几种结果：培养得好，就是美好的婚姻；培养得不好，就是分手。大不了做那个最坏的打算，老死不相往来就是，人生嘛，把时间用来纠结，真不如好好享受。"

对于我和高子健，她说："顺其自然，该在一起的，总会在一起，一个萝卜一个坑。"

萝卜？我低下头看着我的腿，高子健说过，我是萝卜腿。

躺在床上，拿出手机，就看到了高子健发来的短信。

“今天对不起。”貌似很含蓄的语气。

“为什么要道歉？”我反问他。

“首先，我不够绅士；其次，我过于小气；再者，我不该冲动……”

每一个断句看上去都是那么的协调，我甚至能够想象出高子健的眼神，以及他挑眉的动作。他的眼睛太会说话，我不得不相信。

“所以呢？”我居然觉得有些紧张，简单地写下几个字，就发了过去。

“要不，明天我请你看电影吧，算是……道歉。”高子健的短信很快就出现在我的手机里，我低下头看去，心跳加速。

双颊泛着通红的感觉，我竟然……不知道该如何回复。

直接同意，是我第一个反应，但是又觉得应该给他今晚的轻佻一点教训，否则他会得寸进尺。爱情虽然不是亦步亦趋，但是我也不希望一下子就滚到床上。

如果拒绝，那不但违背了我的本意，也会使得高子健自尊心受损，所以我不会选择后者。

就在我按着手机键盘不知道如何回复时，短信提示的声音又响了起来，打开一看，高子健是这么写的：“陈玉佳小伙伴，不如我们投个硬币做决定吧，正面，你答应我，反面，我答应你。”

我忍不住笑了出来，想到在墙角边那个令我的心悸动的亲吻，轻轻地回应了一个字。

正如榴莲所说，我没有必要去刻意伪装什么，随性而为，反而更好。

到了电影院的时候，我才忽然发现，高子健的话，只说了一半，因为另一边，除了李树和他的女朋友，还有石磊和刘美婷。

原本欢悦的氛围瞬间被击打到了低谷，我拖着腿上的紫色长裙，缓缓地朝高子健走去。当然，我没有忘记在他的胳膊上，用力地掐了一下。

只要和这样的一群人在一起，我就有种自己是小丑的感觉。我很自觉地回避了刘美婷的目光，稍微回头，就看到了石磊那双漆黑的眸子。

忽然想到昨天石磊在大厅里对我的试探，战斗值迅速上升，我睁大双眼，瞪了回去。

高子健没有提前告知也就算了，待会儿，一定要他协助我打怪才行。

六个人的座位紧紧地挨在一起，我和高子健坐在中间，左边李树和他女朋友，右边是石磊和刘美婷。当然，中间隔了一个高子健。

电影还没有开始，高子健就捧着爆米花向我靠了过来，说："来之前我也不知道他们会来，不知者不罪。"

我想着刘美婷的表情，一只手伸到了他的脸上，说："没事。"

高子健脸上的肌肉忽然一紧，他立即会意，柔软的唇瓣在我的面颊上滑动，说："这样呢？"

我瞪大眼，目光穿过高子健的面容，便看到石磊和刘美婷惊诧的表情，也只是一秒，我便闭上了眼睛。

柔软的唇瓣落在我的双唇上，轻如羽毛，火热的气息喷在我的脸上，我竟然，忘记了呼吸。

屏幕亮起的时候，我才察觉到自己的紧张。于是，我决定去卫生间避一避。

没想到走出卫生间时，竟然碰到了石磊，他表情严肃，目光清冷，紧紧抓住我的手腕。

"小佳，我知道你是故意的。别玩了，行吗？"

我看了一眼石磊，平静地说："石先生，还有十二天你就要订婚了，请问，你现在又是在玩哪样？"

这个时候，我觉得自己就是恶毒的巫婆，特意加重了"订婚"两个字的发音。

"你既然一点都不关心我，为什么会把我订婚的时间，记得这么清楚？"石磊没有松开我的手腕，反而抓得更紧了。

我承认，我是记得他和刘美婷订婚的时间，我不但记得，而且还记得很清楚。

但是，不是因为妒忌，更不是因为羡慕，而是因为憎恶。这种感觉，伴随着石磊在我和刘美婷之间的挣扎，愈发地明显。

“小佳，我真的是有不能说出的原因，你不要逼我，行吗？”石磊看着我，说，“你应该知道，我会怎么样。”

这是威胁，他看出来了，看出来我对他不能完全放手，所以想吃定我。

“我知道你和子健都是玩玩，所以……”

“你到底有完没完？”我生气地甩开石磊的胳膊，“你要和别的女人订婚了，现在又来招惹我，不是真心就马不停蹄地滚，别逼我用中华博大精深的语言骂你好吗？”

“小佳，子健对你不是真心的，他……”

“我的事情不用你管，你也看到了，我们现在处于热恋之中，你不要再掺和进来。”

“我和她不会订婚，”石磊看着我，双眸炯炯地说，“小佳，我现在明确地告诉你，我不会和她……”

“啪！”

不等石磊说完，我的手臂就情不自禁地甩了出去，打在了石磊的脸上。

“不要再跟我说这样的话，毁了我的爱情不说，还毁了我的友谊，现在跟我说不订婚，石磊，别让我瞧不起你！”

感觉到周围的目光朝我看来，周围响起了议论声。

那么多的声音里，我完全能够清晰地辨认出来。

“小佳，怎么了？”高子健走到了我的身旁，若有所思地看了石磊一眼，“我们走……”

我瞥了一眼高子健，又瞥了一眼石磊，忽然想到石磊说的不会订婚的事情，心里面好似打翻了五味瓶，说不出来是什么感觉。

我的四肢好似都不听话了，石磊不会订婚，是因为我吗？不不不，我觉得不可能！那刘美婷呢？万一知道石磊不跟她订婚……不是，或许，石磊只是说着玩的，压根就是想试探我的反应，对，他只是在试探。

不，我不能再犹豫！

这一刻，我忽然下了一个决心，抬眼看着高子健，问：“高子健，你……

能不能，跟我亲密一点？”

“嗯？”

“就是……跟我……亲密一点。”我不敢与高子健对视，急忙躲开眼神。

“那你告诉我，你要多亲密？”高子健的手臂环在了我的腰部，拉近了我们两人之前的距离。

“就是……亲密。”

“陈玉佳，你不说，我也不知道呀，要不，你先给我做个示范？万一我太过火……”高子健的声音里带着犹豫，我也分不清他是故意，还是真的不清楚。

“这个……”我猜测石磊一定还站在原处，可能现在就看着我和高子健这样程度的拥抱，但是这还不够，我必须向他证明，我和高子健，是真正意义上的情侣。“要不，你来一个……火热一点的？”

我在想，一个女人，到底要怎么样才会向一个男人提出这样的要求。话才刚说出口，我的双颊就红了起来。

“陈玉佳……”高子健看着我，另外一只手臂也环在了我的身后，俯下身看着我，嘴角勾起，“这个，你可不能后悔。”

为什么看着高子健眼中的火苗，我有一种饿狼扑食的幻觉？我，我要变成被扑倒的小绵羊吗？

忽然，高子健的双臂将我环抱在怀中，他调动了我们两人的方向，紧挨着我的双腿朝前走，我的双脚属于后退状态，只觉得身体被他带动着缓缓向后退，既害怕，又惊慌。

直到我的后背贴到了墙壁上，前进才就此停止，高子健的手轻轻地抚摸在我的脸上，笑着说：“想要……火热的程度？”

我摇了摇头，又点了点头。

高子健笑了起来，食指轻轻地滑动在我的脸颊上，俯下身靠近我，小声地说：“闭上眼。”

我乖乖地闭上了眼。

左半边的脸被轻轻地抚弄，他的脸贴在我的脸上，痒痒的，滑滑的，然后，面颊轻抚过我的鼻梁，贴着我的右脸，声音暧昧地说："还要继续吗？"

我摇了摇头，听到了高子健的轻笑，他的手指轻轻地刮着我的鼻梁，笑着说："我就知道，陈玉佳就是外强中干，没那么开放……不过，我喜欢。"

我没有说话，瞥了一眼高子健的身后，让我没有想到的是，石磊就站在不远处，一双眼睛恶狠狠地盯着我们。

我讨厌他的眼神，似乎他的存在会让我时不时地意识到人生那个耻辱点，被闺蜜抢了男人不是一件光彩的事情，所以，我抬了后脚跟，眯着眼，贴在了高子健的唇上。

我感觉到了高子健忽然浑身一怔，我正要缩回头，他的双唇又贴了上来。

火热的舌头在我的口腔里搅动，我被高子健抵在电影院的墙上，他的舌头总是那么肆无忌惮地在我嘴里游走，旋转，直到我惊慌地推了推，他才勉强后退。

再抬头看向远处，除了一对情侣朝我们的方向看过来之外，已经没有了石磊的身影。

"怎么了？"高子健低下头，视线与我平视，笑着说，"这个火热的程度，还行吗？"

我失落地低下头，指了指电影院，示意他可以回去了。

"电影不好看？"高子健走在我的身旁，笑着问。

"还可以。"我点了点头。

"整张脸上就差写着心情不好了，还说可以呀？"高子健笑着看着我，手臂有意无意间在我的右手边徘徊。

我忽然觉得很愧疚，如果不是石磊，或许我和高子健之间真的可以像榴莲说的那样顺其自然，可是偏偏……

"是因为磊子吧？"

高子健的声音传到了我的耳中，我抬起头，就看到了他站在一步之外，表情淡定。

在我的印象中，高子健拿着酒瓶砸到别人头上都能淡定地一笑了之，怎么会忽然变得这么别扭呢？

他一定是发现我心虚的地方了。

“打电话的时候声音里都能听到那种兴奋感，到了电影院之后就变成这样，那么反常地拉着我去接吻，呵呵。”高子健上前一步，笑着说。

我不准备说谎，干脆直接地说：“高子健，石磊跟我说，他不会和美婷订婚，你说，这是真的吗？”

“真的假的跟你还有关系吗？难道你这辈子真的要因为一个男人这么为难自己吗？陈玉佳，你明明是一个很聪明的女孩子，为什么这个时候就不知道说两句好话哄哄我？”高子健怒了，而且，怒不可遏。

“我……”

“我现在懒得说你了……”高子健瞥了我一眼，抬脚就朝前走。

“你去哪里？”

“不要问我这个问题，我现在心情很不好！”

高子健瞪了我一眼，我才上前一步，又被他瞪了回来。我可以确定，跟上去对我没好处。

让我没有想到的是，高子健居然出事了。

高子健惹事了，而且，惹了一件很大的事。在我看来，他这样的人，即使再热血，做起事情来，还是很有分寸的。

在他义无反顾地从电影院旁走开时，我的心里面还是对他放心的，大家都是成年人，应该不会出太大的问题。

当然，我想自动忽略掉我的愧疚心。

电话是在十二点半打来的，陌生号码，刚刚按下接听键，就听到了李树传来的哀号声。

我惊慌地从床上爬起来，一个翻身，就下了床。

高子健和人打架了，二十四岁的高子健居然像高中生一样跟人打架了，而且，还是直接虐到了别人的包厢，现在，对方被虐到了医院，而他，也伤得不轻。

我问李树什么原因打架的，开始他还支支吾吾地说不知道，后来我再三追问，他才开口说：“隔壁的包厢一直在唱陈小春的歌，而且，还是那首《我爱的人》。”

这个理由真是荒唐至极，他高子健就算再牛，也不能不让人唱歌啊！我又是恼火又是烦躁，最后套上了外套，赶去了会所。

高子健打人我不担心，他一辆豪车就足够我买一套三室两厅，爱怎么玩闹就怎么玩闹，但是李树说，他的手掌都被酒瓶炸开了，拿着话筒不愿放下，跟着一群人待在包厢唱歌，他不发话，别人也不敢走。

言下之意，下一个倒霉蛋，还不知道是谁。

高子健任性的时候，我是没法跟他比的，但是李树接下来的话还是让我担心了，高子健什么身份我不知道，他要是这么闹下去，只怕老头子会亲自出动。

家长出动，肯定动静不小，高子然说过，高子健谁都不怕，就是有点怕家里的老头子，何况老头子喜欢家暴，不知道会怎么蹂躏高子健。

想到那双桃花眼，我长长地叹了一口气。

事实证明，蛇精病也是能够传染的，他高子健没事犯病，连带别人看我的眼光都不同了。

电梯门开了，我和李树直接朝包厢奔去，远远地，就听到男男女女的尖叫声。

这里隔音效果那么好，里面的声音都能透出来，看样子，玩得还挺欢的。

“嫂子，就在里面……”李树指了指包厢的门，示意我可以进去了。

我深深地吸了一口气，推开了门。

烟雾缭绕，音乐震动，室内混乱成一片。

我迅速地扫了一眼，终于在人群里看到了高子健，他衬衫基本敞开，只有一颗扣子扣着，手掌上还有血渍，半眯着眼睛躺在那里，旁边还坐着个美女，美女的手指在高子健的身上游走。

我拿起桌上的啤酒瓶，朝高子健奔去。

沙发上的几个人见我过去，脸上都露出了惊诧的神色，下一刻，我抬起头，将啤酒瓶倒过来，洒了高子健一脸。

“哪个不知死活……”高子健从沙发上立即蹦了起来，骂声狠毒，眼神瞟向了我，不耐烦地说，“你来这里做什么？”

我看着高子健，问："闹够了吗？"

高子健也看着我，脸上带着与生俱来的优越感，睥睨着我，说："你管得着吗？你凭什么管我？"

"回去吧。"

高子健不屑地看着我，嘴角勾起，看都没看我一眼，说，"一边凉快去，人生苦短，凭什么让我委屈自己成全你？"

"啪！"

不管三七二十一，我的手臂就甩了上去，打落了高子健手中的东西，他瞪着我，脸上一片阴沉。

"陈玉佳，别管闲事！"高子健冷冷地说。

我看着桌上的酒瓶，拿起来，朝桌角砸去，"哗啦"一声，瓶子碎了。

"你不是想玩刺激一点的吗，来，我们玩这个！"我拿着手里面的玻璃碴儿，指着沙发上的人群，说，"你们谁想来点刺激一起玩，来，我陪你们玩！"

几个身影缩了缩脑袋，愣是坐着不动，我拿起酒瓶，再一次砸向了桌角。

"想玩是不是？来玩！"我拿着玻璃碴子朝沙发上晃悠，众人终于经不住惊吓，蹿出了包厢。

喧嚣忽然变成了宁静，我恼火地看着身后的背影，酒瓶子一扔，坐在沙发上一动不动。

"陈玉佳，算你狠！"高子健转过脸看着我，说，"你厉害！"

我看着高子健现在的狼狈模样，所有的谩骂都堵在胸口，一双眼睛紧紧地盯着他，他也盯着我，谁都不肯让一步。

"现在，去医院。"我瞥了一眼他手上的血渍，说。

"不去。"高子健淡淡地说。

"到底去不去？"我的语气也有些冷了。

"不去！"高子健不耐烦地瞪了我一眼，说，"你不在医院，待在这里做什么？嗯？陈玉佳，你不稀罕我现在过来做什么？你爱的那个人还在医院，你在这里跟我憋什么劲？"

和高子健实在无法沟通了。我看着桌上最后一个酒瓶，虽然个头大一点，但是也没办法，必要时刻，大小问题还是先忽略了吧。

“啪”的一声，洋酒瓶在我的手中碎了，红色的液体溅了我一身，我拿着瓶嘴，指着高子健，说：“我只问你一句，去，还是不去？”

高子健看着我，没有回应。

我举起瓶嘴，用玻璃碴儿指着自己的手腕，问：“现在呢？去，还是不去？”

高子健瞪着我，目光落在我的手腕上，玻璃碴儿与我的肌肤轻轻触碰，多多少少，我还是觉得害怕的。

我不是怕玻璃碴儿立即扎进去，而是现在，玻璃碴儿就在我的手腕上，正扎进去。

“你是在逼我？”高子健更加恼火了。

“我不敢逼你，高大帅是谁呀，高兴了，能把人捧上天，不高兴了，还要把人打到医院，我是谁呀？我敢逼你？”

我的心情也不好，很不好。

“陈玉佳，你放下。”高子健看着我，说。

“我不是玻璃碴儿都不如吗？你管我做什么？你要是真的想管我，就先把自己管好！跟我去医院。”我将手上的酒瓶扔到了桌上，绕开地上的玻璃碴儿，走向高子健，示意他出门。

高子健站在原地，愣是不愿走。我无奈，只能抬起头，和他的眼神对峙，说实话，我是没有底气的。

先不说这个时候谁对谁错，就是他这个气场，愣是把我秒得连渣都不剩。

我轻轻地咳了一声，还是把眼神转向了别处。

“陈玉佳，”高子健淡淡的声音出现在我的耳朵里，“你说你这人怎么就这么惹人烦呢？这个时候你不在家睡觉，来混什么夜场，嗯？”

我居然哑口无言，眼神瞥向他的手掌，伤口清晰可见，隐隐约约还能看到朝外冒出的鲜血，轻轻地叹了一口气。

“你不到这里来还好，我玩一次乐一次消失一次就能忘了，我自我疗伤效果明显，或许到时候我还能生龙活虎地出现在你的面前，你又何必过来，看我这么狼狈的一面？我真想直接办了你，陈玉佳！”高子健的话刚说完，手臂就揽了过来，将我搂到了怀中。

“松开！”

“我不松！”高子健怒吼了一声，说，“陈玉佳，你就是个臭脾气，你知道不知道，喝醉酒的男人是需要哄着的，你哄我两句，难道就不行吗？”

“去医院，”我仿佛听明白了高子健言语里透露出来的含义，声音也稍微放缓了一点，说，“现在立刻去医院。”

其实我有很多话想要说出口，但是不知道为什么，都哽在了喉咙里。

凌晨一点，高子健的手掌被药水清洗了一遍，我站在他的身旁，看着医生拿着酒精朝他的手掌上擦，心里面既是生气，又是得意。

“神经大条的笨女人……”高子健小声嘀咕。

我瞪了他一眼，说：“我去给你买吃的，你老实待着。”

“手机拿着。”

鸡丝面是买到了，可没想到的是，这大晚上的，居然能碰到刘美婷。

“陈玉佳你什么意思？”刘美婷上前一步，指着我说，“你要是对我有意见，什么事情就冲着我来好了，子健宠着你，你还真把自己当个事了！分手了就是分手了，再怎么纠结再怎么倒贴结果还是一样的，你要是跟子健谈恋爱就好好谈，别背着老娘玩阴的，我告诉你，把我惹急了，谁都别想好过！！”

“说完了吗？”我指了指不远处的房间，说，“说完了我就先走了。”

“陈玉佳，现在石磊是我的，还轮不到别人来管，高子健这次的事，没完！！”

怎么又和高子健扯上关系了？

不知道石磊什么时候出现的，他从侧面走了过来，头上包着纱布，身后站着一个人，手里还拿着点滴瓶，他看了我一眼，脸上一愣，又看向了刘美婷。

“怎么了？”

刘美婷看到石磊，脸上顿时露出了紧张的神色，说：“你怎么出来了？医生不是交代不要乱动的吗？”

石磊尴尬地看了我一眼，又看向刘美婷，说：“没事，都是意外。”

两个人从我身旁走了，我看着石磊脑袋上的纱布，有种预感，他脑袋开花，可能跟高子健有关。

果然，我这才试探性地问了一句，高子健就直截了当地说：“是我干的，不过我不是故意的，谁知道他冒出来挡着。”

难怪刘美婷一副想要吃了我的样子，我的顶替男友打了她的正牌男友，要是我，也非撕了那人不可。

高子健似乎对我穷追不舍地询问某个问题非常不屑，闷着头吃面，“吸溜吸溜”的声音传到了我的耳中，转过脸一看，原来是因为他手脚不方便。

“肺活量真不错呀！”我笑着说。

高子健不睬我，继续吸着面。眼看着碗里的汤都要吸完了，这面……

“行了，”我夺了他的碗筷，说，“看在你手脚不灵活的分儿上，我就勉为其难帮个忙吧！”

高子健没有说话，我夹着面条送到他的嘴边，他却不屑一顾地把脸转得更远了。“哎，正好，我肚子也饿了，既然某人不吃，我还是自己解决吧！”

“喂，我可是病人！”高子健瞪着我，目光落在我的筷子上。

激将法成功，高大帅乖乖地吃掉了面条。

出了医院，就听到有人喊着高子健的名字。

“哟，大帅，这么巧呀！”

对方三十五六岁的样子，平头，肌肤黝黑，身材健壮，手里夹着烟，脖子上挂着一条金链子，有点古惑仔的味道。但是这张脸，似乎在哪里看过。他的身后跟着三个男人，面色沉静。

“是挺巧的。”高子健看了对方一眼，声音平淡。

对方上前，给高子健递了一根烟，被他挡了下来。脸上淡淡的笑容，看了我一眼，说：“这位是弟妹吧？”

“晚上的事情对不住了，改天去夜城，我请客。”

“大帅哪里的话，大帅想练手，那是我们应该的……”黑衣男瞥了一眼身后的男人，忽然，啪的一声甩了他一巴掌，吓了我一跳，“记住了，下次遇到大帅，长点心！”

高子健没说话，只是摆了摆手，示意对方离开。

为什么，我有种不好的预感?

事实证明，我的预感是正确的，先不说在医院门口遇见的那个古惑仔，就说家里这位，已经能把我折磨得欲仙欲死。

凌晨两点，本以为可以安稳地睡个觉，可是，整个房间里，都是高子健的声音："陈玉佳，我饿了！"

"冰箱里有吃的！"我真的很困。

"我知道，"高子健声音幽幽，"可我的手打不开冰箱！"

报复，绝对是报复！

我眯着眼走到冰箱前，把意面拿出来，说："吃这个。"

高子健把他那只裹着白色绷带的手掌伸到我的面前，理直气壮地说："你觉得，我这样能吃吗？"

我很无奈，打开包装，拌好佐料，假装温和地说："可以了。"

高子健趴在沙发上，满脸不悦地说："你让我用左手吃饭？"

挑衅，赤裸裸的挑衅！

"你想怎样？"我咬牙切齿，问，"伺候你？"

"这么好的机会，你可千万别错过！"高子健满脸骄傲。

我无奈，索性走过去，将筷子插在碗中央，笑着说："高大爷，来，我喂你。"

高子健终于老实了一点，一边咀嚼着凉面，一边注视着电视屏幕。

影片是华纳拍摄的《怦然心动》，我睡意全无，跟着他一起看，看着看着，就忍不住哭了。

曾几何时，爱情于我们而言，就是单纯和简单。

"喂，鼻涕虫，不至于吧？"高子健给我递了一张纸巾，说，"你不是有颗汉子心吗？”

我不想回答高子健，因为在学校的情人湖边，某一天，某一个人，在那里刻下了我的名字。

“好了，别哭了，”高子健的手臂搭在我的肩膀上，“又不是悲剧，哭什么？”

“你不懂，”我吸了吸鼻子，看着高子健，说，“你根本不懂初恋对于一个人的意义，爱情就是一颗种子，种到了心里面，就会慢慢地生长，两个人相互扶持，那棵树就会越长越壮，在心底留下的印记就会更深，所以，当有人横刀夺爱时，无疑是拿着一把斧头直接砍到了心上，疼……”

“好了……”高子健又给我递了一张纸巾，淡淡地说，“或许，我真的不懂你的感受，你是有机会给爱情的种子浇灌，看着它长成参天大树，我呢？种子才刚刚播下，连浇灌的机会都没有，相比之下，我更可怜吧？”

“如果是这样，我宁愿当初在萌芽状态，直接给它来一瓶敌敌畏，还长个屁呀！”我恼火地说。

“呵呵，”高子健不由自主地笑了，说，“如果能够控制，我早就控制了，以为种子不会发芽，可是偏偏它发芽了，长成大树了，还要藏着掖着，更烦躁。”

“那怎么办？”

高子健翘起嘴角，说：“你说呢？”

“我怎么知道？”我瞥了一眼高子健，摇了摇头。

“还能怎么办呀，要么自己解决，要么找美女解决呀！”

高子健话刚说完，我就明白了他的意思，我在说种子，他也在说种子，可是我们两个人说的种子，明明就不是一回事。

我又被耍了。

“瞪着我干什么？”高子健一脸得意，说，“不过，你这俏皮模样，真的要把我的心都勾走了。”

“我又不是属狐狸的，没那本事！”

“喂，难道没有人告诉你，女人不能轻易在男人面前流泪吗？”高子健的声音传来，带着不明的情绪。

“我就随便洗洗睫毛，碍你事了？！”我嘴硬。

“陈玉佳，如果一个男人对你犯了错，你会怎么办？”高子健忽然转移话题，认真地问。

“看是什么错误了。”

“当然，你知道的，他可能……因为，很喜欢你。”高子健转过脸，躲开了我的目光。

高子健真的是一个奇怪的男人，有时候他太简单，有时候他又太复杂，他的问题杂乱无章，我都不知道如何接招。

比如此刻，他问完问题，转过脸去又是几个意思？

“不是原则性的问题，都好说。”劈腿背叛，去你二大爷的。

“那……现在呢？”高子健看着我，忽然将我推倒在沙发上，缓缓地靠近。

“喂，高子健……”

“我就随便问问，”高子健声音平缓，让我紧张的情绪稍微得到了缓解，“但是，陈玉佳，你……不该在我面前哭。”

我还没有弄懂高子健言语里透露出的含义，他的唇瓣已经压了下来，带着意面的味道，在我的口中旋转。

热吻来得太突然……

“陈玉佳，现在，你有两个选择，第一，闭上眼，让我办了你，”高子健说着话，一只手又压住了我的手臂，接着说，“第二，睁开眼，看看你未来老公怎么办了你！”

我的瞳孔迅速放大，难道，我就要这么被办了？

我是被高子健的声音吵醒的。

原来，老头子昨晚勒令高子然近期返回英国，但她不愿意，两人争执了一番，她就从家里跑了出来，偏偏，她又去了李树的住处，撞见了李树和另外一女人。

高子然大闹一番，愤然离开。

奇怪就奇怪在这里，高子然没有回我们这里，更没有回家。

高子然失踪了。

李树说："凌晨两点半的时候，然然她……跟王鹏走了。"

王鹏何许人也？正是在医院门口，给高子健递烟的古惑仔。

听李树形容，这个王鹏，在本市算是有点名气的人物，主要是因为其舅舅在京城有点势力，又因为他拳头够硬，人也算够义气，手底下，还有点人。

都是场面上混的人，谁都知道谁一点底细，王鹏最为著名的，不是他和开发商拿下了西郊的一块地，也不是去年他去参加过海天盛筵，而是因为，他这个人，有点变态。

高子健踩着油门朝会馆奔去。

王鹏似乎早已经料到高子健会去找他，笑着说："高大小姐就是搭了个顺风车，并没有……"

"哗"的一声，一杯茶泼到了王鹏的脸上，如果我没有记错，泡茶的水，还是温的。

"少跟我扯犊子！"高子健面色清冷，不怒自威。

"大帅，你真是爱跟我开玩笑，"王鹏轻轻地抹了一把脸上的茶叶，继续笑着说，"被茶水这么一冲啊，我又忽然想起来了，子然妹妹下车时，说要去她姐们儿的店里玩一玩，不知道……"

高子健立即从沙发上站了起来，看了一眼王鹏，拉着我便走。

会馆门口，王鹏忽然开口，说："弟妹是在盛隆大厦里上班的吧？"

我淡淡一笑，却有些害怕。

我忽然觉得，我很不了解高子健。表面上，他可能就只是一个商人，但是一个简单的商人，能够这么肆无忌惮地泼一个地头蛇一脸的茶叶吗？

想到上次高子健拉我去的家宴，我轻轻地叹了一口气。

王鹏说的消息的确有用，可是让我没有想到的是，高子然去的不是别处，而是刘美婷的家里。

这个住处比想象中豪华很多，另外，送别时，刘美婷特意强调了她的订婚仪式，嘱咐我和高子健一定要参加，而石磊的眼神，看不出任何情绪。

等李树带着高子然离开时，高子健忽然问我：“陈玉佳，我们现在，算是恋爱了吗？”

“月底呀，不是你说的吗？”昨晚的事太突然，我的回答也是有口无心。

“你的意思是，和我上床这件事，也是在我们两个协议里的？”高子健瞪着我问。

“高子健，你别误解我的意思……”

“跟我协议到月底，不就是因为磊子订婚吗？陈玉佳，你还不死心？”

我和高子健没法沟通。

“怎么了？被我说中了？”高子健的脸色越来越阴郁，声音越来越大。

“说完了？”我瞪了一眼高子健，平静地问。

“陈玉佳，你现在是我的。”高子健瞪着我，说，“我不允许他石磊多看你一眼，你的眼里，也只能有我！”

“高子健，如果前面的行为让你一不小心误会了，我表示很抱歉，但是我的使用权、所有权是我陈玉佳自己说了算，你可以朝我脸上泼茶叶或者把我的行李寄到垃圾站，但是现在，我们协议取消，再见！”

事实证明，两个人合适不合适，还得看两颗心的距离。

说不出口的时候是因为在意，说出口的，才是真正的解脱。

不欢而散后，高子然嚷着吃火锅，于是，我和高子健又坐在了一张桌子上。

高子健摆着臭脸，找了位置就坐下，高子然和李树很自然地坐到了一起，没办法，我只能坐在高子健旁边。

我以为高子健孩子气没了，可是我错了，他这才刚刚开始。

服务员问：“要鸳鸯锅底，还是三鲜锅底？”

我答：“鸳鸯锅底。”

高子健回：“当然是三鲜锅底，天气干燥，谁还吃辣？！”

服务员问：“喝什么饮料？”

我答：“来点西瓜汁吧。”

高子健回："给我来一瓶啤酒。"

服务员又问："我们这里新推出了几款韩式烧烤，你们要不要看看？"

我和高子然都表现出了浓厚的兴趣，但是为了避免某人又故意唱反调，我决定先不说话。

高子然和李树点了几种，菜单递到我这边时，我还没有伸出手，高子健就接了过去。他随意地扫了一眼，将菜单递给服务员，说："好了，就这些。"

挑衅，我忍！

李树和高子然坐在对面偷笑，而高子健毫不在意。

吃顿饭而已，高子健你要挑战我的忍耐性，我奉陪！

"哎，吃不了。"上菜时，高子健举起裹着纱布的手在我眼前晃了晃，好像在示威。

"哥，我给你夹一个。"高子然好心，将菜递到了高子健的餐盘。

"大帅，你还有伤，就不要喝酒了吧？"李树看着高子健面前的酒瓶子，好心地说。

高子健又是一声长长的叹息，说："反正又没人关心，没事，咱俩走一个。"

我按兵不动，低头吃饭，却听到碰杯声。稍微地侧过脸，就看到高子健凸起的喉结一上一下地跳动，而啤酒瓶里的酒，则慢慢地减少。

"幼稚！"我哼了一声，跟高子然碰杯。

想到高子健直接闷了一瓶，不管三七二十一，我也闷了一杯。李树估计是看我喝得挺猛的，居然拍手给我叫好，下一秒，就被某人的眼神给秒杀了。

高子健跟我杠上了，我喝了一杯，他又喝了一瓶，我吃了两口菜，他又喝了一瓶，而面前的菜，是分毫未动。

这么空腹喝酒，恐怕会喝出事来。

不一会儿，对面两人都露出了异常。

"小佳姐，我去下卫生间。"高子然放下筷子，走开了。

"大帅，我也去趟卫生间。"李树也站了起来，示意要离开。

"三瓶就不行了？"高子健拿着酒瓶，朝嘴里抿了一口，淡淡地说。

李树紧张地捂着肚子，说："哎哟喂，大帅，我憋得难受，待会儿回来再喝不行吗？”

高子健没有说话，李树见机行事，一溜烟，就跑没影了。

烟雾缭绕的火锅店，只剩下我们两人。

“我说，喝酒归喝酒，总不能一点东西都不吃吧？”我可不是关心高子健，我只是觉得，点了这么多菜，不吃完，挺浪费的。

身旁的那个身影轻轻地动了一点，咳了一声，说：“我也想吃呀，可是只有一只手能喝酒，另外一只手又动不了……”

这个……我怎么都忘记了？

“那就别喝酒了。”我转过脸，生硬地说。

“不是要跟我取消协议吗？怎么还要关心我？”高子健瞪着我说。

高子健那么大度的一个人，偏就爱跟我斤斤计较。

“反正也没几天了，你也不会介意的吧？”我不敢看高子健的眼睛，声音小得几乎只有我自己能听到。

沉默，我趁机去拿高子健的酒瓶，刚准备抽回，就被他抓了个正着。

是那只用绷带绑着的手。

“陈玉佳，我就喜欢你这点，做起事情来有始有终，不错。”高子健抓着我，继续说，“既然如此，我就陪你演完这场戏，下周，我陪你去参加他们的订婚仪式。”

高子健说得太淡然了，淡然得让我难过。

或许，我们真的是各取所需吧。

反正我也不会留在这里太久，等资格证书拿到手，还是乖乖回老家。

“喂，舍不得？”高子健的脸忽然凑到了我的面前，笑着说，“来，舍不得爷就告诉爷，没准爷一高兴，就给你延长期限呢。”

“切，谁稀罕，”我急忙转移话题，“谁给我两千块，谁就领走你。”

“两千块？陈玉佳，我在你心里，就值这个价钱？”高子健抓狂了，烦躁地看着我。

是的呀，加上发下来的工资，应该就可以搬出去了。

“陈玉佳，我在你心里面，到底值多少？”高子健别扭地问。

有时候高子健就是很奇怪，他明明清楚很多东西不能用钱来衡量，但是偏偏非要让我用具体的数字来衡量，如果真的要用一个数字来形容，我能说，无价?

相比任何一个人而言，能够在我苦难的时候出手帮我，虽然是带着雄性动物特有的目的，但是，我依然是感谢的。

毕竟不是每一个人，都能受得了一个刚被男友甩掉的女人，而且这个女人，似乎会间歇性发疯。

“陈玉佳，”高子健咬牙切齿的声音传了过来，说，“你居然在神游？”

“手不是不能夹菜吗？我来……”我看着高子健，夹了一点清淡的食物放在他的盘子里，笑着说，“谢谢你啦，大帅！”

这一幕正巧被迎面走来的高子然和李树看到了，他们相互望了一眼，若无其事地坐了下来。

“大帅，你瞧嫂子多细心，给你夹了那么多。”李树笑着说。

“哥，小佳姐对你真好！”

高子健满意地眯着眼，指着盘子里的牛肉丸，说：“这个，给我来一个……”

男人都是爱面子的，他这么炫耀，无非就是刚才我差点拂了他的面子，高子健帮了我，我也是懂得感恩的人。

我以为事情到此为止，可是我错了……因为吃完饭，他又吵着去医院清理伤口，这还不是最重要的，因为回住处的路上，他居然带我去了夜市……

我很少逛夜市，一来，没有人陪我；二来，石磊说了，夜市不安全。但是对于这个在夜间活动的群体，我的心里面一直存在着一种向往。

试想，在一片漆黑的夜幕中，忽然升起一处灯火，将寂静渲染成热闹，是多么令人欣喜的一件事。

我有些把持不住，直接冲进了人群。高子健在身后喊我，我转过身大笑，依然抬脚朝前跑。

两旁的商贩小声地吆喝着，地摊上有着形色各异的衣服、鞋子，还有各种饰品，我边走边看，高子健一直跟在我的身后，两个人穿梭在长长的夜市里，我的心激动地跳跃着。

逛街过程中，黑子给我发来了短信。

短信没有打开，我知道，短信内容，与石磊有关。我选择了将短信删除。

要断，就断得干脆。

不一会儿，又来了一条：磊子和我在一起，他想跟你谈一谈，小佳，老地方，你过来一趟吧。

我不喜欢充当谁情感中的第三者，可以一次舍弃面子，可以两次舍弃自尊，唯独不能充当这个第三者。

就算心里面还有一丝丝的放不开。

玩得累了，我和高子健就坐在小摊上吃烧烤，开始的时候他还一脸嫌弃，吃到最后，连我手里的他都抢，他虽然只有一只手可以行动，可是抢东西时，倒是一点都不含糊。

高子健去了趟卫生间，回来后给我带来了一个大纸盒，稍微地扫一眼，就看到了露在外面的鸭舌帽。

让我意外的是，纸盒里的小玩意儿，居然都是我在夜市看过的，特别是这款鸭舌帽，是我的超爱。店主说是情侣款，我才没买，现在，高子健居然买了回来。

我问："你刚才去卫生间，其实……是去买东西的？"

高子健挠挠头，没有说话。

我看着他可爱的模样，忽然间，意识到了一个问题。我们的协议，还有三天就结束了。

高子健将鸭舌帽拿了出来，戴在我头上，笑着说："还不错。"

细长的手指在我的发尖挪动，我偷偷地别过脸去，害怕高子健看到我的异常。

回过神来时，这才发现，高子健居然也戴上了鸭舌帽！我和他，戴的是情侣款。

“喂，我更喜欢白色。”我指了指高子健的脑袋，说。

“我的小姑娘，粉色才适合你。”

“我的”两个字好像带着咒语，飘到我的耳中，我心慌地转过脸，摆了摆手，说：“知道啦知道啦！”

暴走的结果是，腿脚酸痛，不能动弹。我有点后悔，和高子健坐在公园的石阶上，望着远处的夜市，心绪复杂。

“陈玉佳，你说，如果我在石磊之前遇到你，你会不会把期限无限延长？”高子健跷着二郎腿坐在我旁边，优哉游哉地问。

我低头看着红肿的脚面，不知如何回答。

“陈玉佳，问你话呢！”高子健一脸不悦。

“高大爷，我现在是想跟你好好探讨下我们两个人的未来发展趋势的，但是，咱们能不能先放一放，你看，我的脚。”我想，这是一个好借口。

高子健低下头，忽然伸出手，将我的脚放到了他的膝盖上，轻揉着脚面，“以后，不许穿高跟鞋了。”

我紧张得没说话，只是静静地看着那双指节分明的手落在我的脚面上，几分钟后，高子健忽然抬头看我，下一秒，抱住了我。

“陈玉佳，我想问你，如果说……”高子健声音里透着犹豫，继续说，“我想要延长我们两人的协议，你同意吗？”

原本我根本不敢考虑的问题，在高子健问我的第一刻答案就冒了出来。

对于高子健，我的了解是少之又少，除了年龄、性别，其他的，我都不知。

但是为什么，这样的一个人，对我而言，有种好像认识了很久的老朋友一般的感觉？

“高子健，你不觉得，你不了解我吗？”

“陈玉佳，不要扯那些有的没的，我说两点，你自己选一个，”高子健松开我，捏了捏我的鼻子，说，“一、立即取消我们之间的协议；二、无限期延长协议，做我的女人，怎么样？”

“我……”

“五秒倒计时……”高子健瞪着我，开始数数。

“高子健，”我吸了一口气，尽量克制住自己的情绪，说，“我，选择第一种。”

高子健的脸瞬间黑了，脑袋上暴着青筋，说：“陈玉佳，你真的让我失望！”

我略微尴尬，说：“高子健，我不是处女。”

“我的女人可以不是处女但你不能每天破处，陈玉佳，你明白吗？”高子健转过身看着我，桃花眼瞪得溜圆。

“我说取消协议，是想说……”我觉得自己的声音有点像是蚊子叫，心跳很快，不知道该怎么开口。

“想说什么？想说我们不合适还是想说别的？陈玉佳我告诉你，这辈子，除非你找了个女人结婚，不然，休想从我的手掌心逃走！”高子健怒吼。

“你没事叫什么叫？让全公园的人都知道我男人没事在这儿练嗓子是吧？”

“我就是要让整个公园的人都知道我是你男人怎么了！陈玉佳你信不信……等等，陈玉佳你刚才说什么？”高子健俯下身看着我，紧张地问。

这家伙，非要让我把话说得那么明白吗？

“陈玉佳，你说的是真的吗？”高子健再一次不敢相信地看着我，眼神里闪烁着光芒。

“你明明听到了还问，复读机吗？”我看着高子健，说。

“陈玉佳，那你刚才为什么要故意吓我，说什么取消协议，我以为自己亏大了，原本还有三天的机会争取，你这一说要取消……等等，等等，我有点不敢相信！”高子健在我的面前又蹦又跳，忽然走过来紧紧地抱着我，问，“陈玉佳，你真的确定吗？我……”

“我的意思是，取消了，可以，重新认证……”我伸出手，轻轻地环在高子健的身后，问，“既然你这么不相信，那今天晚上买个西瓜庆祝，瓜子都挑出来，我再考虑考虑……”

“我相信！”高子健忽然把我从石阶上抱了起来，张狂的欢笑声在我的耳边响起，“陈玉佳，我真的很高兴！”

“高子健，快点放我下来……”我紧张地搂着他的腰部，既害怕，又兴奋。

爱着一个人的时候，就是把他放在心里，当这个人选择离开的时候，就好像在心口狠狠地扎了一刀，我以为离开了石磊，我的心已经死了，但是我很幸运，遇见了高子健。

我们两个人都有很多毛病，但是我相信，只要彼此宽容，一定能够牵手走进教堂。

我没有告诉高子健这些，男人太容易骄傲，我宁愿把这些谢意化成日后我对他的珍惜，彼此携手，慢慢地成长。

可我没想到，黑子又给我发来了信息：小佳，石磊被车撞了，看到立即给我回个电话。

我难以置信地盯着屏幕，假装这只是他们两人的恶作剧，再去点其他的两条信息，其中一条，是石磊发来的：小佳，我喝醉了，满脑子都是你，我在老地方等你，我想把一切事实都告诉你，小佳，我依然爱你。

看了一下信息发送的时间，我的脑子忽然闷了，难道，石磊真的出车祸了？

第五章 爱是怀疑，爱是目眩神迷

黑子的电话和短信之前，石磊给我发了两条信息，打了三个电话。如果黑子说的是真的，那么，石磊，出了车祸。

而且，还是在高子健兴奋的时刻。

“高子健！”我想和前男友撇清关系，但又有些犹豫，“有个朋友出了事，我得过去看看。”

“严重吗？必须让你去？”

我点了点头，却不敢告诉高子健对方就是石磊。石磊就是我们两人之间的一道敏感线，特别是在今晚，提到他有多煞风景，我自己都能感觉到。

“好吧，我送你过去。”高子健看着我，说。

“不用了，我得先打电话确认……”

高子健轻轻地揉了揉我的头发，说：“这么晚了让你一个人过去我能放心吗？快点打电话，打完之后我们就过去，不能浪费一分一秒！”

我不忍心欺骗他，开口说：“高子健，石磊可能出车祸了。”

果然，当我的话说完之后，长达一分钟的时间里，高子健都没有开口，他看着我，看得我心里面慌慌的，最后，我听见他说："知道了，快点打电话吧，我跟你一起过去。"

黑子的电话响了一遍就接通了，石磊出车祸的事情是真的，而且，现在就在省立医院。黑子说，石磊不让通知任何人，只想见我。

于情于理，我都应该过去一趟。

再看高子健一脸平静，我急忙安抚，说："要不，我也不去了？"

高子健瞪了我一眼，说："不去？为什么不去？我们的同学出了车祸难道不应该去看看？"

语气有些勉强，但我知道从高子健的嘴里说出来已经很不容易了，他说得对，只是我们的同学，为什么不去？

到了省立医院门口，黑子过来接我，高子健借机走开。上电梯前，黑子掐灭了烟头，叹了一口气，说："高大帅是个不错的选择。如果……你真的放得下磊子。"

我没有说话，正如我们几个关系很铁的朋友看来，我和石磊，那是一定会牵着手进入教堂的，可现实却给了我们最大的一击。

说不可惜那是假的，说不抱怨那是假的，可是时间就是个尻蛋，它什么都没有告诉我。

病房的门开了，石磊一脸憔悴地躺在那里，似乎是听到了开门声，双眼微微睁开，抬眼看着我。

这一眼，比任何时候，都让我难受。

黑子将病房门关上，房间里只剩下了我和石磊两人，消毒水的气味和啤酒的气味掺杂在一起，让我皱起了眉头。

"小佳……"石磊气息微弱，十分脆弱。

"我给你倒点水吧。"我别过脸，心情复杂。

"小佳，我后悔了。"石磊一双眼睛紧盯着我，说，"我现在就告诉你原因，小佳，你不要离开我行吗？"

和石磊交往三年，他给我的感觉就是七尺男儿，顶天立地，从未见过他对命运妥协，也从未见过他像此刻这般颓丧。

“石磊，你听我说，我……”

“小佳，你先听我说……”石磊挣扎着坐起来，紧张地抓着我的手，病痛让他眉头紧皱，“小佳，其他的我都不管了，我已经把户口本带在身上，我们明天就去领证，行吗？”

“那美婷呢？你想过她没有？”

“小佳，我管不了那么多了……”石磊松开我的手，拿着两个红色的本子递到我的面前，紧张地说，“小佳，这里是我这一年多的工资，密码是你的生日，这里是我家的户口本，我们一起为未来努力，好吗？”

我看着存折和户口本，浑身上下都在颤抖，再早几天，或许，我会不顾一切地跟他在一起，但是现在……一切都迟了。

“石磊，对不起，我……我和子健……”我推开石磊，急忙转身，结结巴巴地说，“我马上给美婷打电话，我……我还是先走了。”

“小佳，别走！”石磊嘶吼了一声，“嘭”的一声，从床上摔了下来，门忽然被撞开了，黑子紧张地看了我一眼，跑去扶石磊，我咬着唇，抬脚就要走出去。

“陈玉佳！”黑子大吼了一声，“你为什么不愿意听磊子说原因，你不是想知道吗？磊子有多爱你，你心里不清楚吗？你知不知道我们在深圳的时候每天下班之后磊子都会去工地搬水泥，他这么一分钱一分钱地攒着，就是为了给你买房子，你知不知道他这样的一个大男子汉，每天就只吃两个包子，为的就是能够早一点回来看你，你怎么……”

“我什么都不知道，他不说，我怎么知道？现在他和美婷都要订婚了，又回过头来跟我说要跟我在一起，你到底有没有想过我的感受！”我被逼急了，顿时也大吼了起来。

“你怎么不问问磊子为什么要选择刘美婷？当初在大学里刘美婷给磊子写过几次情书磊子都不理，现在怎么就跟她在一起了？”黑子也火了，瞪着双眼看着我。

美婷，写过情书给石磊？

“因为刘美婷……”黑子嘶吼着，却被石磊拉着胳膊，示意他不要说，但是黑子甩开了石磊的胳膊，说，“因为刘美婷给磊子妈捐了一个肾，救了磊子妈一命！”

“黑子，别说了，是我的错，别说了……”石磊倒在地上，扯着黑子的胳膊，要多狼狈有多狼狈。

“磊子和刘美婷在一起是他的错，可是你知道他受了多少折磨吗？他只是想用订婚来延缓时间，可是你呢小佳，你跟那个高子健，又是怎么回事？”黑子看着我，眼睛里流露出一股憎恶，好似在看一个红杏出墙的女人。

“小佳，受折磨的人不是你一个，磊子快被伯母逼疯了，他天天晚上找我喝酒，嘴里面喊的全是你的名字，他爱你都爱到骨髓里了，现在，他抛下了前程，抛下了他母亲的意愿，为的就是来找你，你难道连给他一次解释的机会都不肯吗？”

刘美婷大学的时候就写过情书给石磊，刘美婷还给石磊的妈妈捐了肾，石磊的妈妈为了答谢刘美婷的救命之恩，为了石磊的前程，让他和刘美婷订婚。

石磊有多孝顺我知道，他母亲一个人把他拉扯大肯定是吃了不少苦头，母子俩相依为命，为了母亲做出这个选择我能够理解，可是为什么，之前都没有跟我说？

“对不起，小佳，我不该和她上床的，但是……我真的爱你……”石磊看着我，声音微弱，倒了下去。

医生说石磊除了腿部骨折之外，脑部也受到了撞击，需要好好休息。

我和黑子站在病房之外，两个人的脸色都不好看，我的思绪也全部被打乱了，为什么要我知道这些？如果我不知道，会不会有另外一种可能？

“小佳，刚才……”黑子看着我，又看了一眼病房，说，“磊子是真的爱你，去年我们刚到深圳，刘美婷就追去了，死缠烂打一个多月，石磊都没有多看一眼，年前石磊妈妈尿毒症病重，他一个人承担多少苦你知道吗？刘美婷当时也只是说找到了匹配的肾脏，根本没有说那是她自己的，石磊感谢她，所以才答应了她的要求，我不知道你撞见的那一幕是怎么样的，但是小佳，石磊和我做兄弟将近五年，我绝不会看错人的。”

黑子的意思是，刘美婷是故意让我撞见她和石磊在一张床上？

当初鼓起勇气跟石磊表白的事情刘美婷也是一清二楚，她没有阻止我，又为什么要煞费苦心地拆散我们？

去年美婷的确是出门旅游一个月，可是她跟我说是去了新加坡度假，也没有提到石磊。

她到底策划了多久？

“黑子，你照顾好他，我要去找刘美婷！”我咬着牙，直接冲出病房，没想到在走廊上，却被高子健拦了下来。

“陈玉佳！”高子健怒吼，“刘美婷从大一就喜欢石磊，只有你一个人不知道！”

我惊讶，问：“你说什么？你再说一遍。”

高子健瞪着我，说：“刘美婷从大一开始就喜欢石磊，明白？”

我倒吸了一口气，忽然察觉到异常，目光落在高子健脸上，紧张地问：“高子健，你早就知道这件事对不对？你早就知道石磊为什么会跟我分手对不对？”

他脸上一愣，怔怔地看着我，没有承认，也没有否认。

窗口吹来一阵冷风，不禁让我打了个冷战，我仰头看着高子健，心里面带着微微的希冀。

我宁愿，他是不知道的。

“小佳，对不起……”

“高子健，你早就知道刘美婷和石磊的事情，那天你恰巧就在郊区看到了我，现在想一想，琥珀山庄和刘美婷租的公寓一个城东一个城西，你……”我的鼻子酸酸的，“你出现在那里，并不是巧合！”

我明白了，自始至终，蒙在鼓里的人，只有我一个。

“小佳，你是不是想告诉我，在此之前，我们说的那些话，都不算数？”高子健忽然换了话题，声音清冷。

我看着高子健，不知道该如何作答。我的心好像被拧成了一团，根本理不清头绪。

“行，”高子健见我沉默，说，“我承认，我是早就知道磊子和美婷在一起的原因，但是小佳，很多事情，都是自己的选择，磊子的选择，没有人逼他。”

“高子健，石磊和我谈了三年，他最困难的时候，我没有在他的身边。他说过，他的亲人只有我和他妈妈，我一直觉得我在我们这场爱情中是最大的受害者，可是现在，我觉得我错了，我难过的是他一直默默地承受着这一切，我难过的是，我现在喜欢的这个人，和其他人一样，也瞒着我。”

“小佳……”

“你说得对，我去找美婷也是于事无补，我知道。”我声音淡淡，双手颤抖。

“小佳，现在，你也知道了磊子的苦衷，”高子健看着我，脸上带着丝丝犹豫，继续说，“如果……你还是放不下他，今天说的话，我可以收回。”

他可以收回！我抬起头，惊讶地看着高子健，不知该说什么。

“磊子和美婷走到这一步，我多少也该负点责任，现在，磊子愿意回头，以他的能力，养你，没有任何问题。你做的任何决定，我都会支持。”

冷风伴着高子健的声音轻拂过我的面颊，我感觉自己好像被人恶狠狠地打了一大嘴巴子，生活本就是喜欢处处给你惊喜，当他靠近的时候，你心里有些惧怕，当你选择不顾一切地靠近时，他又跟你说，没事，你跟他在一起，我会支持你的任何选择。

“高子健，你要祝福我？”我很紧张。

几秒后，高子健抬起头，耸耸肩，说：“当然，只要是你的选择，我都支持。”

他说得随意，整张脸上都写着“无所谓”，我想，是不是我对他的了解还是不够，所以他的随意，我看不透。

“好，那就这样吧，”我深吸了一口气，“你先忙你的，我去楼上看看他。”

我感觉到自己的声音有些急躁，有些沙哑，为了避免眼泪迅速地流下来，我抬起脚，直接朝医院奔去。

哭什么？人家是在祝福我，我干吗哭啊？

哭完之后已经是凌晨一点，我决定先回住处，好好思考我的人生。

打开门的一刹那，我的心底还抱着幻想，或许，高子健在家？而我的假设，都在开灯的那一刻，变成了空。

高子健生性豁达，他来也匆匆，去也匆匆，哪里会惦记我？

或许，是我应该离开的时候了。

周一晚上，我将行李打包，搬进了同事榴莲的公寓。

我总觉得我应该跟高子健说一声，或者，留一张纸条，电视里面不都是这么演的？但是想着昨天的场景，我叹了口气，果断地关上了门。

这是一场无声的告别，我知道。

榴莲所在的小区距离公司不远，每天早上可以睡到八点，有人分担水电煤气费，别提多开心了。

但是我的心，为什么会觉得空荡荡的呢？

正当我因为生活过于平静而感到烦躁时，莫名其妙的一场波澜就来了。周二上午，我再一次被经理请到了办公室，只是这一次，我们的组长也在。

听经理说，是因为上个星期我交到银行的银行存款日记账出了一点细节问题。但是上个星期我一直都在忙税务方面的账单，根本就没有插手银行存款日记账，转过脸问组长，她十分平静地说："小佳，出了问题没有关系，我们又不会追究你法律责任，你在工作上犯错也不是第一次了……"

我呆住了。

我明白了，组长是故意让我背黑锅，只是因为上一次我的小错误连累她被扣除了奖金。

工作不顺心，组长都要给我穿小鞋！我越想越火大，忍不住哭了出来。

午饭是和榴莲一起吃的，跟她说起这个事情时，她的脸上并没有任何惊讶，反而淡淡地说："职场本就是这么残酷，她高你一级，想给你小鞋穿，那是最简单不过的。"

我心中恼火，拿起桌上的面包，用力地咬了两口，吃得太急，卡在了嗓子里。

榴莲紧张地找水，一杯奶茶递到了眼前。

我不顾三七二十一就喝了下去，等呼吸畅通时，转脸道谢，笑容却僵硬在脸上。

是高子健。

因为太激动，手忽然一松，杯子就掉了下去。高子健迅速地伸出手，在奶茶倒地的前一秒，接住了杯子。

“还是那么不小心呀。”

我不想理他，转过脸看着榴莲，说：“我们先上去吧。”

“陈玉佳！”高子健提高分贝，“我还没吃饭！”

我恼火：“我又不是你家保姆，你没吃饭找我做什么？一楼全都是吃的，你爱吃什么就吃什么！”

“陈玉佳，你敢再走一步试一试！”高子健也怒了，在我的身后大喊。

“小佳，你看大奔也饿得厉害，我就先上去了，你们聊啊！”榴莲急忙松开我的手，急匆匆地朝电梯奔去。

我无奈地拿出钱包，说：“正好，房租我还没有给你。”

高子健声音微扬，说：“对啊，房租啊，水电费啊，你的确是欠我的。”

黑心鬼，绝对的！

高子健似乎是很满意我的表情，掏出手机，拿到我的面前，说：“根据市场行情，琥珀山庄的房子，一个月，最便宜的，也要八千。”

“喂，那么缺钱，你怎么不去抢银行？”我嘲讽他。

“一人一半，四千，”高子健按着计算器，乐呵呵地说。

上个月的奖金没发，工资加在一起才三千多，没事嘴贱跟他提什么房租，这下可好了，没法收场了。

我立即挤出笑容，展开了两人间的友好洽谈，谈的内容很简单，我现在手里面的钱不宽裕，昨天还交了房租，希望高子健能缓两天。

高子健眉头一挑，说：“房租可以再协商，不过，我有一个要求。”

我看着高子健，示意他直说。

“我们的协议到明天晚上十二点结束，也就是说，今天，明天，你还是我的。”

“喂，协议已经取消！”

“那算了，房租的事情你看就最近两天吧，至于明天美婷的订婚仪式，你自己去参加。”高子健白了我一眼，一脸淡然。

我怎么都忘了，明天，可是石磊和刘美婷订婚的日子，如果我不去，结果只是亲者痛仇者快，不划算。

“你继续。”

“我这个人最厚道了，就是我刚才说的那样，今天、明天你都是我的，明天午夜十二点，自由是你的，房租也免了。”

高子健的表情过于自然，以至于我真的以为，他只是要跟我做一个交易。

对于一个普通的上班族而言，我想，这是最好的选择了。我是个有骨气的人，但是在好处面前，我还是乖乖妥协了。

特别是，被那个坑人的组长穿了小鞋之后。

“好，明天一起去参加订婚仪式，十二点拜拜！”我看着高子健，十分确定地说。

高子健看着我，眼睛里闪过一道光芒：“昨天我打你电话，为什么不接？”

什么？

我有种预感，如果我告诉高子健我将他的手机号拉黑，恐怕，会有危险。

“我……我没听到。”我躲开高子健的目光，小声地嘀咕，“只剩下两天了，没必要一直打电话吧？”

习惯了接电话，习惯了等短信，真的没有的时候，还是一件让人难过的事情。

所以，在你的态度还是轻描淡写之前，我也是老实隐藏才对。

下班之前我收到了一条信息，是石磊发来的。他说他现在就在楼下，求我给他见一面的机会。

昨天他腿上还打着石膏，现在怎么过来的？

下了电梯，就看到了石磊木讷地站在那里，他的腿上还有绷带，面色平淡。黑色的西装衬托着他冷峻的面色，整个人却显得苍白。

我走过去，淡淡地笑了笑。

“小佳，我来是想告诉你一件事，”石磊忽然开口，说，“我会等你。”

“等等，”我打断了石磊的言语，说，“石磊，有些事情已经成了过去，就让我们都忘掉吧，你现在有着很有前途的工作，有个能支持你的老婆，我希望你……”

“小佳，”石磊看着我，忽然上前一步，抱住了我，“我现在明白了，工作没有了可以再找，可是爱的人，一辈子只有一个。我会等你，在你没有原谅我之前，我只会让自己变得更强大，再见。”

看着那个一瘸一拐的背影，我的心中忽然间升起了一种不安，石磊的话有几分真意？又要引起多少波澜？

转过身，就撞上了一个身影。抬起头看去，居然是高子健。

高子健浓眉紧锁，桃花眼里阴晴不定。我本能地后退一步，手腕却被他紧紧地攥着。

“高子健，疼！”我有些委屈。

“陈玉佳，”高子健冷漠地开口，“刚才的事情你不需要解释解释吗？”

暴力汉子，我不解释！

“我们现在是情侣，你必须解释！”高子健冷冷地命令着。

我被逼急了，说：“高大帅，如果我没有记错，你前两天还跟我说要我去追求自己的幸福，作为我的男朋友，你那么伟大的举动让我十分感动，所以我相信对于刚才我和另外一个男人的拥抱，你一定也能够理解，对吗？亲爱的、伟大的、善解人意的高先生？”

高子健盯着我，黑色的瞳眸闪过幽暗的光晕，双拳紧握，似乎是……真的在生气，不过几秒之后，又露出了笑意。

“陈玉佳，”高子健上前一步，笑着说，“我怎么觉得，你刚刚说话的意思里，有种撒娇的味道？”

撒娇？不可能啊。

“陈玉佳，老实说，其实，你也挺舍不得我的吧？”高子健又朝我的面前走了一步，说，“其实我看出来了，你这么恼火，实际上，是撒娇，对不对？”

好像忽然被说中了心事，我撒腿就跑，高子健抓住我的手，说："今天和明天你都是我的，反对无效。"

我抬起头看着高子健，直视他的目光，并没有看到其他情绪。

我不喜欢高子健这种行为，说喜欢的时候轻浮，占便宜时轻佻，他的行为在我的眼中既暧昧又有些不真实，让我不敢多想。

我只是老老实实地跟在他的身后，看着他有着伤口的手，心里面隐隐酸涩。

他没有问我为什么会离开琥珀山庄，他也没有问我有些事情能不能不要当真，他的样子太随便了，让我忍不住想要骂他。

至于我为什么不开口大骂，可能还是源于内心深处的那么一点小小的自尊吧？

高子健带我回了琥珀山庄，他遇事考虑周详，给我准备了礼服。

换衣服时，我看到了高子健床头的那个相框。

是高子然拿的那个。

出于好奇，我心慌地拿起来，相框里只有我和高子健，他一只手插在口袋里，一只手放在我的身后，和我不近不远的距离，笑容温和。

相片右下角，是一行模糊不清的钢笔字迹：如果可以，我愿意看着你，一直这么微笑下去。

难道说，高子健那个时候就跟我很熟？

"小佳，衣服换好了吗？"门外忽然传来了高子健的声音，我慌张地将照片放好，打开了门。

高子健淡然地站在那里，忽然目光落在我的身上，笑容僵硬了。

"怎么了？"

高子健低下头，轻咳一声，转过身走到我身后，淡淡地说："衣服……很不错。"

难道，高子健真的要让我和他穿着情侣服出现？

订婚仪式是在本市最有名的圣皇酒店举行的，时间为晚上七点整。五点半，高子健开着大奔准时出现在楼下，今天的他有些不同，整个人看上去高端大气上档次，只是忽然变得沉默。

上车之后，他没像以前那样有说有笑，而是只顾开车。我虽觉得压抑，但想着他心情善变，也没多说。车子开了一半，我的手机忽然响了，扫了一眼号码，我立即变得不淡定了。

即将订婚的男方，竟然在这个时候打电话给他的前女友？

我犹豫了两秒，瞥了一眼面色冷毅的高子健，接听了电话。

“喂？”

“小佳，我现在很想见你。”

我的心猛地一怔，并不明白石磊话里的意思，急忙回复：“别开玩笑了，今天你是主角，先准备吧，我先挂了。”

好奇又慌张，我的心情极度复杂。无助地看了一眼高子健，却感觉他的心情比我还要糟糕。

“高子健，我们距离圣皇酒店还有多远？”

我的话刚说完，高子健忽然刹车，停在了路旁。

我知道高子健心情不爽，弱弱地问：“怎么了？”

高子健拿出烟盒和打火机，看了我一眼，又收到衣服里，认真地说：“陈玉佳，我问你个问题。”

“你说。”高子健今天反常，太反常。

“如果磊子回头，你还会跟他在一起吗？”

高子健的问题过于犀利，想必他也知道，电话是石磊打来的。换作从前，我会有个肯定的答案，但是现在，不同了，因为——面前的这个男人。

只是这些话，我不敢轻易说出口。

“人家今天都要成了别人的未婚夫了，你觉得我像那种勾引别人未婚夫的女人吗？”我换了个答案，说得轻描淡写。

“你的意思是，万一他不是美婷的未婚夫，你就可能原谅他？”高子健竟然举一反三。

“高子健，没有这种假如，今天是美婷和石磊的大喜日子，咱就不在这儿瞎掺和了行吗？快送我去酒店……”我别过脸去，生怕高子健看出一二。

“小佳，今晚，我们不用去订婚仪式了。”良久，高子健这才开口，说，“因为订婚仪式，已经取消了。”

“取消了？”我惊讶地问，“你不是在跟我开玩笑吧？”

“陈玉佳，我说的是真的，现在，估计刘家已经乱了……”高子健躲开我的目光，说，“陈玉佳，当初石磊和你分开，我是知情人之一，却没有第一时间告诉你，我看得出来，你怪我。现在，那个男人放弃一切来找你，你，愿意再给他一次机会吗？”

我明白了，高子健开车把我送到荒郊野外，在刘美婷和石磊订婚的这天晚上，不是为了跟我发展进一步的关系，而是想向我确认，我愿意不愿意再给石磊一次机会。

“你和石磊联系了？”我佯装无事，尽量让自己的语气自然些。

“嗯，昨天晚上他找了我。”

“高子健，你今天的反常，是因为这个吗？”我不甘心地问。

高子健没有说话，算是默认了。

“看样子，高先生约我来这里，是为了弥补上一次的误解，真是辛苦了。”

我不难过，真的。是我自己有了幻想，所以才会觉得，他可能喜欢我。

“你好像没有什么要辩解的。”我看着高子健，问。

高子健转过脸来，淡淡地看了我一眼，唇瓣动了动，又转过脸去。

如果石磊在今晚的订婚仪式上忽然消失，那么他第一个要找的人，肯定是我。高子健没带我去酒店，除了一早知道石磊不在那里之外，会不会也是担心刘美婷会为难我呢?

“高子健，谢谢你。”我的声音沙哑，努力挤出一个笑容。

“谢我什么，你开心就好。”高子健摆了摆手，眼神依然看着窗外。

“你这么煞费苦心地帮我，差一点，我都误会了。”我没话找话。

“嗯？”高子健转过头，问，“误会什么了？”

“还能有什么，误会你喜欢我了呗！”

“陈玉佳，对于往日种种，你会恨我吗？”高子健看着我，目光里，好像带着怜惜。

“放心吧，我这人，善忘！”我摇了摇头，看了一眼时间，急忙转移话题，说，“既然你和石磊都约好了，现在，是不是要碰面？”

“陈玉佳，如果……我是说如果，如果我说，我觉得你挺不错的，也觉得我们之间挺合适的，你……愿不愿意……”

一辆卡车呼啸而过，我看着高子健翕动的嘴唇，却听不到他的言语。

“你刚才说什么？”我紧张地问。

高子健一脸郁闷，说：“陈玉佳，我老实跟你说吧，其实，我……”

高子健的话还没有说完，他的手机就响了起来。

“嗯……和我在一起，是的，你现在在哪里？”

打电话过来的，是石磊。高子健把手机递给了我，让我接听。

“小佳，老地方等你，如果你不来，我就跳下去。”石磊声音嘶哑，好像是喝酒了。

我还没有说完，电话已挂断。

跳下去？他说跳下去，难道……

护城河边，高子健一个急刹车，我急忙蹿了出去，朝护城河奔去。

上一次，我在这里，石磊为了跟我分手，跪在了地上，而这一次……

夜风在我的脸上扫过，让我不禁打了个寒战，周围只有几盏路灯，忽明忽暗。

护城河边，石磊衣着单薄地站在那里，眼神迷离，一脸忧伤。

“石磊！”

石磊听到我的声音之后，转过脸来，嘶哑地回了一声：“小佳！我不能没有你。”

“石磊，你先下来，我们慢慢说，好吗？”我看着石磊跨在了护城河边，心脏都要跳出来了，“就算你不想自己，也想想阿姨，她不能没有你。”

石磊原本平静的脸上在听到“阿姨”时，顿时变得激动，说：“小佳，对不起，我不应该听她的话，我不应该背叛我们之间的感情，小佳，你愿意原谅我吗？”

“我早就原谅你了，石磊，你先下来。”

我上前一步，石磊的手臂抬起，示意我不要靠近。

他的眼神看向桥下，整张脸上写着颓败，说：“小佳，大学的时候，你经常会问我，怎么不愿意带你回家去见见我妈，其实我也想，但是我害怕，小佳，我家的事，我难以启齿。因为我爸，在我八岁时，跟别的女人走了。我妈一个人领着我长大，她……她真的很苦。

“那一年，我十岁，还在读小学，放学后回到家里，就看到了我妈妈坐在门前，默默垂泪。我才知道，我爸死了，和那个女人一起死在他们的住处。

“小佳，遇见你之前，我的心都是死的，努力学习，低调做人，为的就是妈妈满意，我以为我做得已经足够了，没有想到，她还要逼我。”

“石磊……”

“小佳，以前我总想着为我妈活，现在，我想为自己活一次，”石磊看着我，风吹起他的衣领，“小佳，你愿意给我一次机会吗？”

石磊太苦了，他最初和我在一起的时候都很少笑，有同学说他长着一张好看的面瘫脸，后来才有所好转，他从未跟我说过任何关于他家的事，所以……我不知道他的苦衷。

现在我知道了，我们之间，却没有爱了。

我同情他，却不爱他。

“小佳，我知道，你不会原谅我了，”石磊看着我，脸上带着决绝，忽然低头看着河面，说，“我也觉得，我活着没有任何意义了。”

“不要！”我立即冲上去，死死抓住石磊的胳膊，说，“你不要死，我不许你死。”

石磊转身抱住我，他的呼吸在我的额头上挥洒，我听到他说：“小佳，没有你，我活不下去。”

命运有时候真的很爱捉弄人，我以为，很多事情，又回到了原点，却不知，再也回不去了。

十字路口，石磊紧紧拉着我的手，去跟高子健告别。

高子健站在远处抽烟，我不知道是我眼神的问题还是光线问题，我总感觉他站在那里，身影有些萧瑟。

似乎是察觉到了我们的眼神，他转过头，脸上一怔，立即朝我们走来。

“和好了？”高子健扔掉烟头，笑着看着我们。

石磊的手紧紧地握着我，说：“子健，这辈子，我都会记得你，谢谢。”

高子健不自在地摆了摆手，笑着说：“都是兄弟，跟我客气什么，要不，今晚去琥珀山庄住？”

他的表情很自然，自始至终，都没朝我这里瞟一眼。

“不用了，我租了房子，今晚就不麻烦你了。”石磊淡然拒绝，眼神看向我。

我知道，石磊要带我去他的住处。

“这样，呵呵，我送你们过去吧。”高子健指着车子，平淡地说。

车上很安静，高子健负责开车，我和石磊坐在后面。我偷偷地瞥了一眼，高子健的脸上没有一丝异常。

我在期待什么？所谓的温柔，期待，都是我的一厢情愿。

窗外是寂静的夜幕，一排排树木在我的眼前闪过，速度太快，晃得我眼睛疼。我偷偷地哭了。

到了石磊租住的地方，高子健没有下车，跟我们摆了摆手，绝尘而去。

石磊的手一刻都没有离开我的手，他掌心温热，好像某人。

进了门，石磊立即抱住了我，欣喜地说：“陈玉佳，以后这里，就是我们的家了。”

我紧张地推开他，指着冰箱，说：“你还没有吃饭吧？我先给你烧一点吃的……”

“小佳……”石磊认真地看着我，说，“你放心，我石磊发誓，这辈子都会对你好，再也不会让你受一点委屈。”

我沉默，又听到他说：“你先休息，我去烧菜。”

我怕榴莲担心，给她发了信息，不一会儿，榴莲就回：和大奔吗？

我心一紧，只觉得胸口堵得难受。

厨房里传来叮叮咚咚的响声，我低下头，看着手机发呆。

指尖在屏幕上滚了又滚，最后，停在了某人的号码上。某人淡定的表情，轻缓的语气，慌张的神态，都让我感到烦躁。

吃饭时，我让石磊给阿姨打个电话，却听到他说："这些事情都交给我，我明天会亲自过去一趟。"

相对无言，我知道，我们之间，早已经变了。

这一夜，我睡卧室，石磊睡沙发，我却睡得很不安稳。

第二天，到了公司楼下，正好遇到榴莲，她慌张地问："昨天不是和大奔一起的？"

"你怎么知道？"我有些惊讶。

"瞧，抽了一早上烟了。"榴莲跟我使了个眼色，一眼望去，高子健坐在花坛旁，大口地抽着烟。

我急忙跑过去，这才发现，他的身上还穿着昨晚的衣服，只是，蝴蝶领不见了。

"好巧……"我假装路过。

"是挺巧的啊……我正巧路过这里……昨晚睡得好吗？"高子健耸耸肩，搓搓手，笑着问我。

浓厚的烟草味钻进了我的鼻腔，我瞥了一眼地上的烟头："抽了不少烟呀！"

"没有……就几支。"

我低下头，忽然沉默。

"我……"

"你……"

同时开口，目光交织，两人都有些惊诧。

"你怎么了？黑眼圈貌似挺严重的，想要升级当国宝呀？"高子健率先开口。

“没。”我急忙避开他的眼神，若无其事地说。

石磊似乎是我们两人的禁忌，我们默契地避而不谈。

时间一分一秒过去，我尴尬地笑了笑，说：“我先上班了。”

高子健看着我，脸上带着犹豫，我知道，我在期待。

半晌，他张了张嘴，恢复了先前的笑容，说：“好，去吧，注意休息。”

高子健为什么会出现在公司楼下我不知道，他的行为需要我消耗脑细胞慢慢揣测，我一边期待，一边继续上班。

十一点，办公室的门忽然被撞开，“噔噔噔”的高跟鞋声在我的耳旁响起，我刚抬起头，一巴掌就狠拍在我的脸上。

火辣钻心的疼席卷大脑中枢，下一秒，一杯水又泼了过来。

“陈玉佳，学什么不好，偏偏学当狐狸精，怎么样，看我在订婚仪式上出丑是不是很快活？啊？”刘美婷声音洪亮，没有丝毫畏惧。

我抹了一把脸上的水滴，问：“刘美婷，是谁背着我去深圳？你不清楚？”

刘美婷睁大眼睛看着我，大波浪在她的肩头抖动，她的胸膛起伏不定，说：“陈玉佳，你们既然已经分手了，为什么偏偏要缠着石磊不放？昨天是我和他订婚的日子，我能为他妈妈捐出自己的一个肾，你行吗？陈玉佳，你最好不要跟我对着干，石磊是我的，谁都抢不走！”

我的衣服湿了，躲在卫生间里哭，哭完之后跟领导请假，这才走出大厦。

没想到，这种狼狈的时候，却遇到了高子健。

“你衣服怎么了？”高子健见我沉默，惊讶地看着我，问，“谁干的？”

我摇了摇头，说：“杯子没有拿好，就变成这样了……”

“我送你回去吧。”高子健无奈地看着我，说，“速度快一点。”

“不用了……”

“陈玉佳，老实说，谁找你麻烦的？”果然，还是没瞒住。

“高子健，没人能欺负我！”我躲开他的目光，低头看着脚尖。

“不肯说？”高子健叹了一口气，说，“陈玉佳，你连假装都不会，还装什么坚强呢？”

我抬起头看着高子健，他的手忽然抚摸着我的脸，说：“这里呢？你不要告诉我，没事自己扇着玩呢！”

“真没……”

高子健烦躁地撸了撸袖子，怒视着我，说：“陈玉佳，没看出来啊，挺有骨气的是吧，行，我打电话给磊子，我问问他……”

“不行！”我心虚地开口，立即去夺高子健的手机。

“陈玉佳，你在逼我。”高子健声音嘶哑，表情落寞，“你怎么就这么不会照顾自己？”

我忽然觉得，这个世界上，最让人无奈的是自己的遐想。最为动听的，是情话，而最想要听到的，则是实话。实话最真实，最残忍，最难做到，也最让人心疼。

比如此刻，高子健做着为我伸冤的好事，却从未说过一句正当的理由。昨晚他的残忍和今天的温柔，是两个让我无法接受的极端。

我瞪着他，他也瞪着我，良久，他仍然是一句话都没有说出口。

“高子健，其实我挺感谢你的。”

“……”

“正如你想的那样，一巴掌的确让我觉得委屈，但是如果一巴掌能够看清一个人的真心，其实，我一点都不委屈。”我摆了摆手，继续说，“这件事就到此为止吧，再见。”

再也不见。

“小佳，磊子对你不好吗？”

我耸耸肩，说：“他为了我，护城河都能跳，会对我不好吗？还是说，你担心他对我不好？”

高子健目光一冷，说：“我知道了，刘家我来处理，你不用担心。”

“高大帅这是发挥团结友爱精神啊，没事，还是不用了，你贵人事多，还是忙着自己的事吧。”我摆摆手，不敢多看他一眼。

“陈玉佳！”高子健再次开口，“如果有委屈，可以跟我说。”

“哈哈哈哈哈哈……”我抬头看着天空，笑着说，“高大爷，你还真的把自己当成救世主了，行啦，我先走了！”

我告诉自己，不要回头，千万，不要回头。

脚步越来越快，直到走到路的尽头，情绪立即失控，蹲下身，情不自禁地哭起来。

想当初暗恋石磊的时候也没这么痛苦，现在可好，死了几百个脑细胞勾勒出一场自以为是的浪漫，至于吗？

高子健，你别欠，小心姐把你踹到电线杆上唱《征服》！

石磊是在五点十分打电话给我的，十分钟后，他到了小区楼下，我简单地套上了一件外套，走下了楼。

我纠结的是，怎么向石磊开口。

没想到，石磊却比我先开了口：“小佳，我们终于可以在一起了。”

我心慌意乱，试探地问：“阿姨，同意了？”

石磊没有说话，双眼下垂，半晌，才开口说：“小佳，我现在只有你一个亲人了。”

“什么？阿姨怎么了？”

石磊侧过脸去，坚硬的侧脸上闪过一丝冷漠和倔强，我听到他说：“小佳，她要跟我断绝关系，我同意了。”

“石磊！”我紧张地推着石磊，说，“阿姨身体不好，你怎么能这么冲动？”

石磊看着我，眼神中闪过了一丝丝的不忍，说：“她会想明白的。”

“石磊，你现在立即打电话跟阿姨认错，我不希望别人说我的男人为了一个女人连自己的亲妈都舍弃了，那样，我也会……很愧疚。”

我想，每个人都会犯错，我并不想原谅他这个错误。但是看着石磊的决心，忽然间让我觉得，人生漫长，有些人，应该有一次改过自新的机会。

电话持续了很久，落日的余晖慢慢降落，夜幕在不知不觉中降临。

电话挂断，石磊脸上挂着微笑，说："妈妈明天过来，我想带你去见她。"

"这么快？"

"不，小佳，是我让你等待太久了，"石磊拉着我的手，说，"我这辈子最幸运的事情，就是遇到了你。"

我嘴角的笑容有些僵硬，刚准备说话，忽然间，看到刘美婷带着几个人从车上下来，直接就朝我们走来，细细的高跟鞋发出噔噔噔的声音，我知道，她走得很快。

"你们果然在一起。"刘美婷面露怒色，又看向石磊，说，"我想跟你谈一谈。"

"我已经和伯父谈过了，美婷，我们的事情到此为止。"石磊看着刘美婷，无比坚定地说。

刘美婷朝两个大汉使了个眼色，他们立即朝我走来，石磊急忙将我挡在身后，说："刘美婷，你住手！"

刘美婷嘴角勾起，说："我只想跟你谈一谈。"

"跟我谈一谈可以，让你的狗先走！"石磊瞪了一眼刘美婷身后的几个大汉，恼怒地说。

刘美婷使了个眼色，几人立即退了，石磊走过来看着我，说："你先回去等我，我很快就过来找你。"

我点了点头，才走一步，就听到刘美婷说："老公，我怀孕了。"

"美婷，如果你用这个借口来处理我们之间的关系，我只想说，对不起。"石磊斩钉截铁地说。

"老公，我没有骗你，我今天去了医院，化验单在这里。"

石磊伸出手，制止了刘美婷的动作，说："美婷，今天，你除了去医院，还去了哪里？"

刘美婷看向我，目光里透出了恨意，我知道，这一刻，她一定对我恨之入骨。

"是她告诉你的？"刘美婷咬着唇，问，"老公，我现在怀孕了，我们马上就会结婚，难道你宁愿相信一个外人，都不愿相信我吗？我是打了她，是她自找的！”

“你打了小佳？”

刘美婷一脸苦闷，指着我，说：“石磊，你告诉我，我到底哪一点比不上她？我没她爱你吗？”

石磊惊慌地转过身，并未意识到我在身后。

我不想去逃避，上前两步，说：“美婷，我记得大学的时候你问过我，如果遇见一个自己深爱的人，愿不愿意不顾一切，我说我会，你说你不会，实际上，你不仅会，而且比我做得更好。”

石磊看着我，眼神里闪过一丝丝的不忍，张了张口，被我制止了，我继续说：“话我都听到了，我也相信，上天给我们的每一次挫折，都是为了让我们更坚强，让我遇见一个错的人，只是为了在后面遇见正确的那个人，既然你们有了孩子，就好好地在一起吧。”

刘美婷震惊地张了张嘴，最终，没有说出一句话来。

“石磊，其实我知道，你比我，更喜欢孩子……”我吸了吸鼻子，拉着他的手，又伸出手去拉着刘美婷的手，“我祝福你们，好好在一起。”

一个，是我前半生最爱的男人；一个，是在我人生最为难忘的时刻，陪我逛街、吃喝玩乐、打破寂寞的人，我想，这是最好的结局。

我也是嫉恶如仇，对于抢走自己男人的女人，根本无法做到宽容，但，事已至此，再多的留恋、挣扎，都是无用。

特别是这两日我和石磊的相处，我能明显地感觉到，他在讨好我，刻意地讨好我。爱情需要两个平等的个体，他的故意讨好，已经说明，我们不必继续走下去。

最为重要的是，我的心底，还有属于自己的小秘密。

回到住处，我低下头，就看到了高子健送给我的礼服。

妈妈说，借了别人的东西是一定要还的，所以，我决定给高大帅打一个电话。

手机拨通，对方先我一步说话：“陈玉佳，你找我？”

高子健略带磁性的声音传来，我的心跳忽然加速，紧张地说："是这样的，上次你送来的礼服……我洗好了。"

电话那头是长长的沉默，我以为高子健挂了电话，看了一眼屏幕，还是亮着的。

"你在听吗？"

"在，"高子健声音轻轻地说，"你在哪里，我过去吧。"

"不用了，你跟我说你的位置，我过去。"就算真的是一场道别，也要让自己有骨气。

"哈，陈玉佳，磊子在你心中果然不一般啊，瞧你这声音，温柔得我都要醉了，你说，我咋就没有那福分呢？"高子健嘻嘻哈哈地开起了玩笑，变化太快，我没反应过来。

我心里难受，早就知道，高子健欠揍："行了高大爷，故意找骂是吧？礼服到底要不要，不要我就扔了！"

"陈玉佳，"几秒后，高子健开口，"好歹那件礼服价格不菲，你不稀罕，那送过来给我好了，还有鸭舌帽，也一起带过来吧！"

他居然还记得鸭舌帽！我偏不！

晚上九点，出门打车，不一会儿，就到了目的地。

李树告诉我，高子健在酒吧楼顶。我不能理解大晚上他爬到屋顶做什么，他这种有着特殊癖好的人，一直不在我的理解范畴。

推开天台大门，看到高子健穿着一件棉质的长袖T恤靠在围栏上，手里握着红酒杯，轻轻地晃动着。

我没敢出声，只是在这静默的夜空下注视着他的侧脸，千言万语，都在心口凝噎。

"陈玉佳，偷窥呢？"高子健抓到了我的小把柄，转过脸来，浓眉一挑，笑着说。

我翻了一个大白眼，说："咱们能不自作多情吗？"

高子健停止了笑声，目光在我的身上来来回回地扫视，问："大晚上的，穿得这么漂亮，约会啊？"

“要你管？东西给你。”我将东西递过去，手悬在半空中，高子健那么绅士，却一直站着，没接。

“到底要不要啊？”我瞪着他。

“你说，要，还是不要。”高子健嬉皮笑脸，故意加重了说话的语气。

我想着自己的遭遇，再看看高子健的面色，将东西朝桌上一放，说：“不好意思，我还有事，先走了。”

高子健脸上一愣，短暂的两秒，保持沉默。

我转身，一步一步地朝前走，又听到高子健说：“稍等片刻，东西我还没清点呢。”

我以为他会说别的，没想到，是来清账了。

高子健将礼服拿到桌上，仔细检查，那模样，简直就是夏洛克附身啊！

我做贼心虚，生怕他问起鸭舌帽的事，急忙催促道：“快点啊，我还有事呢，别耽误我正事。”

“约会吗？”高子健轻哼了一声，满脸不屑。

“不对，有问题……”几秒钟后，高子健忽然抬头，一脸了然地看着我。

我摆了摆手，说：“没有，绝对没问题！高大爷，你先忙，我先走了！”

“陈玉佳，鸭舌帽呢？”

“那个……其实，好像被我落在家中了。”我会告诉你是我故意的吗？

“哦？”高子健声音微扬，一双眼睛紧盯着我，笑着问，“哪个家？”

我脸上一愣，当然明白高子健言语中的含义，笑着说：“那你说，哪个家？”

高子健没有说话，表情也是淡淡的，其实我必须承认，我有点着急了。

因为渴望的，都没有听到。

“这么晚了，我送你回去吧。”高子健不愿多说，冒出了这么一句。

我点头，尽量不触及心底的那份失落。

实际上，我又怎么会不失落？

石磊和我在一起的痕迹是永远无法磨灭的，高子健是一个永远可以挺直腰杆选择女人的男人，而我不同。

我忽然厌恶起自己来。

榴莲说，爱情就是两个人的拉锯战，谁先动心，谁先退步，谁就爱得更多，我想，我的确是动心了，可是我没有勇气，主动说出那句话。

毕竟，我的身份，已经让高子健尴尬了。

上了车，我报了榴莲住处的地址，高子健一脸惊讶，问："怎么在这里？"

"不然呢？你以为在哪里？"我语气不善，内心窝火。

高子健松开了车钥匙，着急地问："陈玉佳，到底怎么回事？刘美婷又去找你的麻烦了？"

"你猜。"

"猜什么猜，我现在哪有心情猜啊，"高子健压低声音，说，"你放心，我保证，刘家没有人敢动你，倒是你，这样的结果，你觉得值得吗？"

值得吗？自己从榴莲的住处那么匆忙地跑到这里，值得吗？为了想见心里面觉得在意的人，值得吗？见了面因为小小的自卑不敢说出口，值得吗？小心翼翼地试探，值得吗？

没有人给我答案。

在刘美婷的眼中，或许我和她争夺石磊的这场小小的战役里，她胜利了，可是在我看来，爱情本就没有输赢，没有了石磊，我心中坦荡荡。

可是在高子健面前，我又怎么能够那么自信地说出心中的念想？

都说爱情里的两个人没有高低贵贱之分，但是真的没有吗？自古到今，有多少情侣因为这个原因没有在一起的？说没有的人，是因为从未经历过。

所以一旦觉得自己动心，就只能小心翼翼地藏着、掖着，生怕一不小心暴露，自己就成了一个刚被男友甩了，又去招惹男友兄弟的女人。

节操全无的是我，同样，更会影响别人。

现在，唯一能做的，就是借着送东西的缘由来见他一面，我又错在哪里？

小小的试探，获得的回应，少之又少。

我憋屈，高子健却一脸笑意地看着我，问我去哪一个家，他知不知道，这样一个小小的疑问句，就足以攻陷我好不容易鼓起的勇气？

想要听到一句肯定的回答，怎么那么难？

“陈玉佳，你怎么了？”高子健的手在我的面前摆了摆，说，“别担心，所有的问题，我都会帮你解决。”

“高子健，你这么乐于助人，那好，今晚你去石磊的住处，帮他解决解决生理问题。”我恼火，直接开口大骂。

高子健愣了，说：“开什么玩笑？”

“你不是想要帮我解决问题吗？去呀，我现在最头疼的就是这个，你去帮他解决吧，解决完了，我送你一块好人好事的长匾，叫你流芳百世。”

“陈玉佳……”高子健的脸果然拉长了，问，“磊子欺负你了？”

可恶，欺负我的人不是石磊！

我瞪着高子健，忽然觉得车内十分压抑，真的，说不出的压抑。

“要不，我打个电话，让他来接你？”高子健拿出手机，十分平静地说。

“高子健，你不用送我了，大晚上的孤男寡女在一个车上太不安全了，全市人民都喊着扫黄，再见！”

我“嘭”的一声将车门关上，转身沿着马路走去。

单恋永远是痛苦的。

十一点，熄灯，我终于长长地嘘了一口气，遭遇爱情红灯、黄灯、绿灯之后，我又回到了单身。

高子健给我发了一条短信，问我明天晚上是否有空儿为高子然送行。

我回他，到时候再说。

高子健回了一个“好”字。然后，手机安静了。

第二天下班，刚下电梯，就看到了高子健站在不远处，他上身穿了一件蓝橙撞色拼接修身短袖T恤，贴身，隐隐约约能够看到胸膛凸起的肌肉，下身是橘黄色的纯棉七分裤，白色的腰带斜跨在腰部，够骚，也够时尚。

看样子，他的心情不错。

“怎么了高大帅？今天发生了什么好事，打扮得这么骚？”我假装忘却。

昨晚当我在反复地自省和怒骂时，估计他早已经迫不及待地入梦了。

他那么春风得意，我却因为心底的秘密丢盔弃甲，不公平。

“走吧，一起过去。”高子健言语简略，好似看透了我的心思。

高子健太得意了，路上一直在哼那首*Young For You*，和昨天、前天的颓败相比，简直不是一个人。

这么强大的自愈能力，真是让人佩服。

到了酒吧，我们直接去了五楼，电梯里只有我们两人，我小心试探，高子健纹丝不动，很不正常。

下电梯时，高子健忽然回过头，目光触碰，我急忙闪躲，却听到他小声轻笑。

他奶奶的，我是不是又输了一座城池？

门开了，室内几人同时看向我们，脸上表情各不相同，直觉告诉我，有阴谋。

“嫂子！”几个人似乎商量好的，整齐地从沙发上站起，喊了一声。

我疑惑地看了一眼高子健，他笑容淡淡，并无异常。

离别会变成联欢会，一曲唱完，高子然将话筒递到我手上，提议道：“小佳姐，你和我哥也来一个合唱呗？”

我侧脸看向高子健，人家笑容淡淡，一脸高傲。我心里窝火，说：“好！给我们点一首《好汉歌》！”

众人雷倒，可对我而言，高子健第一次神秘出现时，我正是哼着这首歌的。

如果歌曲记得，如果时光记得，如果，那个人也记得。

“说走咱就走，你有我有全都有！”我试探性地看向高子健，没想到，他居然笑着看着我，起身朝我走来。

“该出手时就出手啊！”身后几人同时冒出这一句。

这句歌词含义太明显、太露骨，我慌忙低头，身后传来一阵哄笑，隐约间，我似乎察觉到了什么。

气氛热烈，李树提议玩骰子，谁的点大，谁就赢。

游戏规则有点离谱，点数最小的那一方，必须满足赢的那一方的所有条件。

李树先掷了一次，是六点。

第二个是魏征，居然是七点。

高子然和郑凯分别报上了点数，一个是十二点，一个是七点。

最后剩下了我和高子健，他看了我一眼，将骰子推到我面前，说："Lady first."

高子健说这句话时，嘴角勾起，眼神里带着杀意，我紧张地拿着骰子，晃了两次，压在了桌子上。

几双眼睛都盯着桌面，兴奋的、惊恐的，还有，嘲讽的。我抬起手臂看去，居然是三个二，六点。

某人嗤笑一声，说："真够二的。"

高子然"扑哧"一声笑了，而其他几人，则是想笑不敢笑，生硬地憋着。

我白了高子健一眼，说："输赢还没定呢。"

高子健面色冷静，他的手紧紧地抓着骰子，手指一甩，骰子就进入了防盗骰盅里，他的手臂左右上下地摇晃，看上去还挺专业，一秒后，骰子落定。

我和其他人一样，好奇地低着头，焦急等待结果。

高子健自信满满，目光落在我的身上，手臂一抬，开了。

一声唏嘘，我疑惑地看去，没想到，某人刚才骂我二，结果，自己也是三个二。

"哇，哥，你和嫂子二到一块儿了，哈哈哈哈，我的点最大，我可以问两个问题！"高子然兴奋地看着我们，说。

高子健耸耸肩，看着我，说："二，也是会传染的。"

我瞪着高子健，表示无声的抗议。

失败惩罚，我选择了大冒险，而高子健，则选择了真心话。

高子然兴奋拍手，问高子健："最心疼的那个女孩是谁？是从什么时候开始的？"

问题一出，所有人都安静了。我瞥了一眼高子然，看到李树跟她使眼色。

涉及隐私，大家没敢多说，可高子健却一脸淡然地说：“两个问题，选择其一。”

“这样呀，”高子然瞥了我一眼，“好吧，反正我知道哥哥喜欢的人是谁，问题是，你是从什么时候喜欢上她的？”

紧张，特别紧张，高子然问出了我的心声。

“换个问题！”高子健想要耍赖。

“大帅，君子一言，快马一鞭，让哥儿几个见识见识，咱们大帅的恋爱史呀！”李树急忙帮腔，又给身旁两人使眼色，魏征和郑凯也点了点头，高子健无路可退。

我自始至终都没敢说话，我太想知道答案了。

高子健轻咳一声，认真地说：“这个，要从很久以前说起了。那时候想法比较简单，第一次看到她的时候，还没有特别的感觉……”

“切！”

“哦？”

“准确一点来说的话，我想，应该是2011年的情人节吧。”

我那膨胀的小心脏忽然以最快的速度下沉，心里面，五味俱全。

高子健剩下的话我已经听不清了，我明白，他心底的那个人，不是我。因为这一天，我鼓起勇气跟石磊告白。

一阵唏嘘打断了我的思绪，高子然看着我，说：“嫂子，大冒险，是很简单的。”

我平静地点了点头，问：“内容是……”

“从在座的异性当中，选择一人，接吻一分钟。”

我知道，高子然是故意的，瞥了眼高子健，他正有意无意地看着我，我低着头，默默地说了句对不起。

“我喝酒。”我拿起啤酒瓶，直接朝嘴里灌，一瓶灌下去，相当迅速。

“这是第一瓶……”我笑着开口，又去拿第二瓶，手刚伸过去，就被高子健挡了下来。

“大帅，愿赌服输！”

高子健黑着一张脸，挑眉，瞪着我。

我们两人僵持，其他人趁机退场，硕大的包厢内，只剩下了我们两人。下一秒，高子健忽然抱住了我。

“昨天晚上，为什么不告诉我？”

说到昨天晚上，我更是窝火，瞪着他说：“你让我走，我敢不走吗？”

高子健不说话，只是我的目光，稍微有些缓和。

“高子健，我有自尊心的！”当着我的面提到另外一个女生，都不想想我的感受吗？

高子健轻轻地揉了揉我的脑袋，说：“陈玉佳，你很残忍。你那么着急地把我送的礼物还给我，让我很伤自尊。从来没有一个女人，敢像你这样对我。”

其实，鸭舌帽，我还偷偷留着。

“那你想过你的残忍了吗？”我没有看高子健，说，“你知道最残忍的事情是什么？不是知道他劈腿，不是知道他和别的女人在一起，而是，在这样困难的时候，有一个人，愿意一直支撑着我，告诉我，还是有人在乎我的，而这个在乎我的人，又轻易地说不在乎。”

“陈玉佳，我们……能不记仇吗？”高子健抬起头，目光在我的侧脸上扫动，轻轻地，吻住了我。

“陈玉佳，把你送到磊子那里，我……我一晚上都没有睡着。我问自己，为什么不主动一点，但是陈玉佳，以前我都不知道，如果爱情中出现了第三者，总觉得退出的那个，是懦弱的，但是，自己真正经历时，忽然间觉得，懦弱，也是因为心底的在意。”

我别扭地别过脸去，生怕自己流出眼泪。

高子健，谢谢你。

第一次正式的约会，是在街尾的小吃街上，点一份炒饭、一份凉皮。

我和高子健约法三章，绝口不提过去的不快。

我爸曾经告诫过我：一个女人最好的嫁妆就是一颗体贴温暖的心，一个男人最好的聘礼就是一生的疼爱与迁就。

我觉得很有道理。

在爱情的路上，我和高子健，考验才刚刚开始。

第二天晚上，我买菜去了琥珀山庄，石磊却打来电话。

他说："小佳，我只想见你，我真的只想见你一面。我快死了……"

我心慌意乱，假装淡定地说："我帮你打电话给美婷吧。"

"小佳，不要打给她，我只是想给自己一点点的空间，"石磊沮丧地说，"如果你还把我当朋友，就过来陪我最后一次，好吗？"

上车的前一秒，我还是有一点犹豫的，想着石磊决绝的声音，给刘美婷发了一条信息，直奔酒吧。

扫了一眼吧台，一眼就看到了正在喝酒的石磊，他似乎喝得有些多，握着酒杯的手臂晃晃悠悠的，抬起胳膊，又朝嘴里送。

我急忙走过去，伸出手，夺下他手中的酒杯，朝桌上"嘭"的一声放了下去。石磊疑惑地转过脸看着我，瞬间咧开大嘴，轻轻地笑了起来。

"现在回去吧，很晚了。"我的声音十分平静，既不难过，也不开心。

"小佳，我就知道你会过来找我，哈哈哈哈，"石磊的手臂伸了过来，瞬间拉着我的手，指了指身旁的位置，说，"坐下。"

我了解石磊骨子里和我一样的固执，所以我顺从地坐下，轻轻地叹了一口气，说："你觉得这样好玩吗？"

石磊看着我，乌黑的瞳眸里透着闪亮的光晕，他眼神专注，一如从前。

"陈玉佳，我想问你，你和子健在一起了？"

阴冷的语气，傲慢的态度，外加冷漠的眼神，哪里像电话中那个微弱的声音？哪里像那个脆弱的男人？

我知道，我被骗了。

"你已经知道的事情，没有必要再问我一次了吧？"我看着石磊，克制住心底的怒火。

"我想知道这是不是真的，"石磊看着我，脸上露出了浓浓的不悦，"我想知道，一个害怕我去死、心疼我的女人，现在，是不是跟了别的男人？"

这是我认识的石磊吗？我认识的那个男人，他虽然有着一张面瘫脸，虽然表情冷漠，但是，也不至于变成现在这个样子，我想，他是醉了。

"你喝多了，"我轻轻地吸了一口气，说，"我已经给刘美婷发了信息，她很快就会过来接你，我先走了。"

不等石磊给我回应，我从凳子上站了起来，直接朝门口走。

刺耳的声响让我觉得太阳穴轰轰轰直响，我本能地皱着眉头，刚转过弯，手臂就被抓住，我回过头，刚想看清那个人的面孔时，他的脸已经迅速压了过来，压在了我的唇瓣上。

我挣开双手用力地挣扎，可是没用，石磊的力气实在是太大，他将我的手紧紧地按在墙上，亲吻着我。

浓厚的酒精味在我口腔里穿梭，我瞪着他，根本没有喘息的机会，我不敢相信，石磊已经沦落至此。

张开嘴，让他的舌头伸进来，然后，不顾一切地咬了下去。

"嗷……"一声惨叫响起，石磊压着我双臂的手瞬间松开，我趁机逃开了他的压迫，刚走一步，一只手又被拉了回去。

"小佳！"石磊的声音里带着哭腔，说，"我不相信你这么快就爱上了子健，你告诉我，这不是真的！小佳，你最爱的那个人是我，我身上的这件西服，是当初我刚上班的时候你花了将近一个月的零用钱给我买的，学校情人湖的石头上，还写着陈玉佳和石磊的名字，小佳，你告诉我，这些都是骗人的，你只是想要气气我，没有别的意思！"

石磊的声音是撕心裂肺的，我知道他一定是哭了，可是他拉着我的手还没有松开，我转过身，看了一眼他身上的西服，心里面也是百感交集，我喜欢高子健是真的，但是有些事情，不是我说了算的。

时间会让我淡忘，只是时间太短。

"石磊，你真的变了，"我的声音里也带着浓厚的失望，"你已经不是当初那个有理想有抱负的石磊了，阿姨的选择可能会影响你，但是我相信，很多事情自己是可以做决定的，我不是在怪你，我只是想说，既然我们都做了决定，那就这样吧。"

我的手臂用力地甩开，试图推开石磊的手臂，可是他还是拉着我不放，一双眼睛里，已经充满了仇恨。

情人变成敌人，这是爱情细菌培养的最坏过程，我只能说，这是我的悲剧，也是石磊的悲剧。

“石磊，你的未婚妻就在来接你的路上，请你……”

“我不要什么未婚妻！”石磊忽然大吼一声，情绪也十分激动，双眼睁得溜圆，“陈玉佳，你知不知道我做了这么多都是为了你，我最爱的女人，也是你，一个男人为了权势去跟一个女人上床的确是最卑贱的，别说你嫌弃，我他妈的自己都会嫌弃，可是陈玉佳你知道吗？和别的女人上床的时候，我想的那个人，是你！一直都是你！”

我震惊了，我没有想到石磊会说出这样的话。

“石磊，请你冷静一点行吗？”我有些害怕，也有些激动，继续说，“你的左手上，戴着和另外一个女人的誓言，我认识的石磊，绝不会做出现在这样的行为，所以……就让我们的事情成为过去吧，我……”

“陈玉佳！”石磊上前一步，在我的面前，用力地将戒指拔了下来，随手扔了出去，我准备帮他去捡，他却扯着我，说，“小佳，我求你了，你不喜欢这枚戒指，我就扔掉，你讨厌的事情，我都不做，你再给我一个月的时间，等我大仇报了，我就回来娶你，我给你买你要的大房子，我给你养一只你喜欢的牧羊犬，房间里只有我们两人，小佳，我爱你，求你不要跟别的男人在一起，求你了……”

石磊一边说一边哭，眼泪鼻涕顺着他的脸上朝下滑，他的手扯着我的手，怎么甩，都甩不掉。我也心痛，我没有想到他现在还惦记着我说的房子，我说的牧羊犬。

但是对不起。

“石磊，你忘了我吧，现在，我的心底，已经有了另外一个人，也请你好好对待美婷，她是一个不错的女孩。”

我缓缓地推开石磊的手，却被他握得更紧了，他说：“陈玉佳，我可以不去打扰你，但是你这辈子，只有我一个男人，你爱上谁，我就毁了谁，直到你心甘情愿地回到我身边，你不要逼我。”

我惊慌地抬起头，看着石磊，看着这张让我陌生的脸，想要开口说点什么，却什么都说不出来。

我端起一杯饮料，毫不顾忌地泼到了石磊的脸上，紧接着手臂被人用力一推，我被推到了墙上，还没有抬起头，就听到了刘美婷的声音。

“老公，你没事吧，你怎么样？”

刘美婷一直都在，我不确定她到底听到了多少关于我们的谈话，但是我想，这已经跟我没有任何关系了，我需要做的，就是离开。

“小佳……”石磊的声音再一次响起，我没有转身，听到他用极冷的语气说，“我跟你说的，都是真的！”

我猛吸了一口凉气，抹去脸上的泪水，扶着墙，轻轻地朝前走。

我爱的那个人，已经不是他。可是为什么，我依然会觉得胸口很堵，那是因为，我曾经深爱的那个人，竟然会变成这样！

是时光改变了我们，还是我们自己改变了自己？物欲横流中，谁又能真正保持最初的真我？

墙壁的尽头站着一个身影，我看着面前的那双鞋子，忽然发现，好像这双鞋子，在哪里见过。

抬起头，我震惊了。

第六章

因为爱你，所以才会小心翼翼

刘美婷莫名其妙地出现在这里我并不觉得意外，毕竟来之前我给她发过一条信息，一来，我是想要避嫌；二来，是担心石磊真的醉了，没人送他回去。原本以为这是最好的解决方式，却不料，竟然把高子健也给招惹来了。

从脚下的手工鞋，到裤脚卷起的幅度，我基本就已经断定，可能会是高子健，带着一种侥幸的心理，抬起头，就看到了高子健一脸阴沉地看着我。

衬衫最上面的那颗纽扣还没有扣上，高高的喉结轻轻地抖动了两次，不知道是什么心理，我居然觉得有些心虚。

或许是因为，前男友这个名词，本就是十分敏感，而我，不但和这个名词牵扯上了关系，还是在将近午夜十二点的这个时间。

不得不说，在和高子健交往第一天这么美好的时间里，有着这样一个插曲，就等于一粒老鼠屎坏了一锅汤。老鼠无处不在，而且，老鼠的节操没有底线，所以，通常都是它们坏了事。

我不是在骂石磊，我所烦躁的是，接下来，我该怎么跟高子健解释？

我支吾了两声，感觉高子健慢慢地靠近，刚准备说话，却发现他与我擦身而过，转过脸，就看到了他和刘美婷一起搀扶着石磊。

真的挺为难他的，这个时候居然还能不动声色地助人为乐，让我佩服。不愧是我选择的高大帅，这个时候都这么冷静沉着，好样的。

不过，他为什么会来到这里，恐怕不是巧合，原因我已经明了，看了一眼正在扶着石磊的刘美婷，并未从她的脸上察觉到任何的异常。

准确一点来说，她的目光一直聚焦在醉醺醺的石磊身上，哪里还有时间跟我来一个眼神的交会？

三个人从我身旁走过，高子健瞥了我一眼，说："准备一直待在这里吗？"

天地良心，我今天过来真的是什么都没做，他有必要语气这么冷冰冰吗？还有，他怎么跟刘美婷扯到一块儿的？不是开着大奔好好回去休息了吗？

难道说，刚才我的庆幸，是高兴得太早了？

我是一个善于给问题找到答案的孩子，所以当我的脑海里存在这些问题时，我决定跟着高大帅走过去，顺便看看问题的答案到底是什么。

四个人在酒吧门口分开，刘美婷抱着石磊朝私家车内奔去，临走前，回头看了我一眼，不，或许这一眼，是看高子健的，我有种自家甜瓜被吃了一口的感觉。

石磊已经醉得不成样子，似乎分不清东西南北，我低下头，看着脚上的鞋子，不敢抬头看高子健，心里面也在默默地祈祷，不要发火，今天才是第一天，千万不要发火。

然后，我听到一个声音："还愣在这里做什么？人都已经走了。"

我知道这是气话，所以吸了一口气，没有回复。

"陈玉佳，我的意思是，咱们现在是不是可以回去了？"高子健的声音明显带着火。

"嗯，回去吧。"我抬起头，准备给高子健来一个微笑，可是他早已经转身，朝大奔走去了。

月色惨然，他的背影也显出一丝落寞，我完全能够理解他此刻的心情。

车门才刚刚关上，高子健就启动车子，直接冲了出去，速度不快不慢，整个车里面都飘浮着火药的气味，似乎一点就着。

我决定暂时保持沉默，等待时机成熟之后再去解释。

沉默了一会儿，高子健也是一字未说，车内静悄悄的，让我有种不安的感觉，我决定抬起头看向窗外，忽然间察觉到了异常，高子健不是带我回榴莲那里，而是带我回琥珀山庄。

我轻轻地咳了一声，问："咱们，是不是走错路了？"

高子健没有理我，继续朝前开。

"我的意思是……"

"闭嘴。"高子健冷冷的声音传来，只有两个字。

其实去住一晚本来也没有什么，但是高子健现在这个样子，我还是有些担心，于是，我缓缓地开口说："高子健，你还是先送我回去吧。"

车子猛地刹闸，这一次我似乎有先见之明，直接伸直双腿保持身体平衡，等到车子彻底稳定时，我有些恼火地看着高子健，还没有说话，就听到他说："陈玉佳，你就这么防着我？"

"我没有啊……"

"没有？没有去我那里住一晚怎么了？晚上那么着急回去，就是因为还要去见其他人？"高子健的那双桃花眼中蕴含的已经不再是温柔，而是怒火。

我想过高子健毒舌，但是没有想到，他竟然会说得这么直接，一点暗示也无，还带着浓浓的讽刺。

吵架是最伤感情的，小吵怡情，大吵留痕。心底的那道疤，即使愈合，也恢复不到从前。

所以，不到万不得已，我不想吵架。

"说完了吗？说完了就把我送回去吧。"我声音淡淡的，虽然有些颤抖，却控制得不错。

高子健冷哼了一声，继续说："陈玉佳，对于今天发生的事情，你难道一点愧疚感都没有吗？"

我惊讶地抬起头，看着高子健的那张脸，愧疚感忽然消失了。

“你不觉得，大半夜去和前男友私会，这件事情，应该跟我解释解释吗？”高子健的语气和神态似乎都在告诉我，我是一个不知廉耻的人。

我挑着眉，笑着说：“解释什么？”

“陈玉佳！”高子健的胸膛剧烈地起伏，说，“我不太懂你现在是什么意思。昨天我们不是已经确定关系了吗？你这么做，难道我连要一个解释都不行？”

我咬着唇，瞪了高子健一眼，说：“那你告诉我，大半夜的，你不睡觉，怎么忽然出现在那里？”

高子健的身上不可能放着定位器吧？和刘美婷联系，然后过来找我，又是几个意思？

“陈玉佳，你真是强词夺理，你是我的女人，你大半夜跑去跟别的男人约会，现在居然还用这么强硬的语气跟我说话，对于自己的行为不但没有丝毫的愧疚，反而来质问我，你厉害！”高子健说着话，扯了扯领口，指着我说。

“那你呢？大半夜和别人的未婚妻同时出现，又是几个意思？”

“你还有理了是吧？”高子健瞪着我，说，“陈玉佳，我从来没有见过你这种蛮不讲理的女人！”

我瞪着高子健，说：“对，你见过的都是大家闺秀，都温柔知性，就我蛮不讲理，好，你去找她们吧，再见！”

推开车门，我拎着包包，直接奔了出去。

偷偷地瞥了一眼高子健的方向，某人似乎还在车里，不一会儿，他竟然从车里走出来了。

按照言情剧的套路，这个时候的高子健应该迅速走过来，拉着我的手，让我不要生气，最终两人和好，完美大结局。

我这么想着，嘴角情不自禁地勾了起来，转过脸看着高子健，却听到他说：“陈玉佳，你的心里到底有没有我？你给我一个准话，我不想每天自己想着的那个女人心里面还想着别人。”

夜风在我的脸上扫了扫，我不禁打了个寒战，呆愣地看着高子健，说：“高子健，你闹够了没有？”

“陈玉佳，今天，你必须给我一个准话！”高子健皱着眉头，看着我，说，“我只想知道，你的心里到底有没有我？”

“高子健，我去你大爷！”情绪这个东西，真不是说控制就能控制的，我抡起手里的包包，直接朝高子健甩了过去，继续骂，“你要是怀疑我，就别跟我谈恋爱，我人品低下道德沦丧比不了你高大上，前走三米就是你的大奔，不送！”

“陈玉佳，你不要后悔！”高子健的声音在我的耳旁响起，我没有理睬，直接上了出租车。

十一个小时过去了，高子健竟然还没有跟我联系。

我失落地整理衣物，准备和榴莲一起出门，今天，她要相亲。地点在圣皇酒店，让我没想到的是，和榴莲相亲的对象，居然是郑凯。

这个世界有时候就是这么小，没准下个路口，你就能看到未来的孩子他爸。

当然，我也没有想到，跟着姐们儿相亲，还能遇见高子健。

深蓝色的纯棉T恤，搭配橘红色的纯棉长裤，白色板鞋，青春阳光。

对于我的存在，他也很意外。没等我说话，他就一屁股坐了下来，一脸鄙夷地看着我，说：“凯子，不错啊，相亲都相到自己兄弟头上了，啊？”

我明白了，高子健一定是误会我了。

“子健，你……”

“有些人就是自恋，还以为全世界的女人都要围着他转，幼稚！”我吸了一口面前的果汁，声音平静地说。

高子健瞪着我，说：“陈玉佳，你说你这人也忒没良心了吧，如果我今天不来，你是不是就准备在这儿相亲呀？”

“我……”我紧张地张了张口，看着高子健的傲慢模样，说，“那又怎么样？某些人不是跟我说不要后悔吗？我告诉你，我——不——后——悔。”

高子健黑着一张脸看着我，桃花眼已经瞪得溜圆，说：“陈玉佳，你狠！”

“怎么样？”我也瞪着他，不依不饶。

高子健没有理会我，转过头看着郑凯，轻轻地咳了一声，说：“要相亲？”

郑凯一脸委屈地看着我，果断地摇了摇头。

高子健似乎对郑凯的反应十分满意，转过脸来看着我，笑着说：“陈玉佳，我倒是要看看，除了我，谁还会要你！”

“你……行，高子健你行，我走，我走还不行吗？”我怒视着高子健，抬脚就走。

胳膊忽然被扯住，我听到高子健说：“陈玉佳，你能别闹了吗？”

一句别闹了，化解了我所有的委屈。

很多时候，吵架的真正原因其实并不在于谁对谁错，比的，也就是谁能宠爱对方多一点，谁能给予更多的宽容。

“高子健，我承认昨天晚上我的态度也有问题，毕竟换作谁，遇到这种事情都不可能理智，当时我考虑自己的感受多一点，所以，我道歉。”

高子健摸了摸我的头，说：“昨天我也不该凶你。”

我没有问高子健为什么会忽然出现在那里，有些事情过去就是过去了，而且，我也相信，真的感情，在历经磨难时，不可能轻易被分开。

前提是，我们在爱情初期的磨合期，能够受得了彼此的臭脾气。

令我惊喜的是，高子健告诉我，他和李树开了一家装修工作室，办公地点就在我们大厦对面。我为高子健的努力感到庆幸，我知道，他就是我的全世界。

我没想到刘美婷还会联系我，咖啡店里，她问我：“昨晚的事，你一点都不好奇？”

我假装淡定：“事实显而易见。”

“呵呵。”刘美婷笑容淡淡，说，“陈玉佳，你能找到高子健这么好的男人，还真的要归功于我呀！”

我看着刘美婷，保持沉默。

“石磊跟我很快就会结婚了，”刘美婷见我没有说话，继续说，“我希望，以后你们再也不要联系，任何情况下你都不会吃亏，为了感谢你，我再告诉你一件事，当初能够顺利地进入机构，还得谢谢你们家高子健的帮忙。”

高子然说进入机构要参加四轮考试，十分复杂。可那个时候，我和高子健还互相不熟悉……

边想边过马路，忽然，一道刺眼的光亮直射过来，我转过脸，瞳孔迅速地放大。

一辆黑色的宝马在我的身边停下，和我距离咫尺之间。

我的脑海里一片空白，转身离开。

第二天，照常上班，刚到公司就听到了八卦，市场部来了一位新经理，仪表堂堂，文质彬彬。

晨会时，见到经理孙一清。没想到，他居然是昨晚险些撞到我的宝马车主。

午餐时，孙一清坐到我面前，笑着说：“好巧，我们又见面了。”

“我也觉得意外。”我接话，下一刻，身旁就坐了人。

“这位是……”孙一清看着高子健，好奇地问。

“陈玉佳的男人。”高子健伸出手，十分绅士地说，“幸会。”

午餐后，我和榴莲说了孙一清的事，她一脸八卦，问：“孙一清不是对你有意思吧？”

我鄙视地看了她一眼，这怎么可能？

“这个孙一清，好歹也是清华的博士后，长相清秀，又有才学，早上你没有看到吗？白衬衫下……隐隐约约的肌肉……”榴莲一边说一边比画。

为了配合榴莲的节奏，我唱着：“一边是肌肉，一边是腹肌，真可爱，真可爱！”

榴莲果然被我逗乐了，使劲跟我使眼色，我顺着她的目光看去，却看到孙一清端着咖啡站在办公室门前。

这不科学。我人品用光了？

下班之前，又一次碰到孙一清，他笑着说：“我需要一些数据，你看多久能出来？”

我的舌头瞬间打结，说：“请问您需要哪些数据？”

孙一清一一交代之后，我在QQ上给高子健发了信息，便开始埋头苦干。

半个小时后，工作完成，我急忙按下了打印键，将资料递给孙一清，便朝电梯走去，没想到，他也进了电梯。

两人同时下电梯时，恰巧遇到高子健。孙一清点头示意转身离开，而高子健的脸上，写着复杂的表情。

“和那个人一起加班了？”高子健懒洋洋地看着我。

“是的。”

“以后加班给我打电话，我上去等你。”高子健盯着孙一清远走的方向，冷漠地说。

为了促进两人感情，我给高子健准备了爱心午餐。不声不响地去了对面大厦。刚到他们工作室门口，就听到了一个陌生女孩的笑声。

“子健哥哥，你多吃一点，你平时工作辛苦，要多补充脑力和体力，来，吃一个鹌鹑蛋。”长发美女拿起勺子，朝高子健的口中送去。

哟，有饭吃了。我淡定地转过身，直接下了电梯。

我在一楼找个位置，掏出饭盒，拿起筷子，自品自尝。

“没和男朋友一起？”

抬起头，孙一清好奇地看着我。

“哦，他吃过了。”我淡定回答，想着刚才喂食的那一幕。

“咦？今天的菜很特别呀？”孙一清淡然一笑，瞥了眼我的饭盒。

“自己烧的，尝一尝？”

孙一清一脸惊讶，说：“那我不客气了。”

谁知他的筷子刚落下，一只手就伸了过来。

是一只熟悉的手。

高子健一脸恼火，看着我说：“走。”

电梯外，高子健黑着一张脸看着我，说：“陈玉佳，你到底什么意思？你和别的男人分享食物的时候，有没有想过你还有个男朋友？”

“你不是有鹌鹑蛋了吗？”

“原来说的是鹌鹑蛋啊！”高子健沉默好一会儿，这才笑了出来，说，

“吃醋呢？”

奇怪，我怎么这么容易生气了？

给孙一清送资料时，我犹豫了很久，说：“孙经理，中午的事情，很抱歉。”

孙一清若无其事地看了我一眼，拿着我递来的资料，说：“不错呀，我只是抽样调查，你居然举一反三，不过这里还有些问题，下班之前改好。”

对于中午的事情，孙一清绝口不提。我想，这就是风度吧。

数据整理其实是一件辛苦的事情，一次绝对不行，至少要检查两次，整理完毕时，已经晚上七点半了。

将资料递给孙一清之后，我便下班了。到大厅时，听到有人喊我名字。转过头，顿时又是惊讶。

喊我名字的不是高子健，而是石磊。

“好久不见。”我淡定自若，应付自如。

石磊看着我，说：“下午过来谈生意……好久不见了，怎么样？最近好吗？”

我点头，说：“挺好的，一会儿他过来接我，我先走了。”

“小佳！”石磊急忙跟过来，说，“我听美婷说，你已经知道我工作的事了？”

“嗯，知道了。”我不动声色地回答。

“这件事是子健帮忙，所以我们才达成协议的，你别怪他。”

“你说什么？”我惊讶地看着石磊，“你们达成协议？”

石磊脸上一惊，说：“你不是知道了？”

我假装淡定点头，转身便走。刚走两步，就看到穿着睡衣的刘美婷站在身前。

“你怎么在这儿？不是让你在家好好养身子吗？”石磊朝刘美婷走去，抱怨地说。

“老公，我这不是担心你吗？”刘美婷娇滴滴地说，“这么巧啊，遇到小佳了。哎哟，子健，好久不见了。”

好巧，四个人又到齐了。

高子健拉着我的手，说："好巧。"

"可不是吗？"刘美婷挽着石磊，说，"我也没想到这么巧，不过话说回来，我老公能在机构工作，还得谢谢你高大帅帮忙呀。"

高子健脸上一惊，说："我们还有事，先走了。"

我总觉得，高子健有事瞒着我。

回到琥珀山庄，我和高子健分工明确，他负责洗水果，我负责晚餐，鱼汤端上来时，他正在浴室洗澡。

桌上的手机震动两次，我好奇地瞥了一眼，拿起了手机。

是一条短信，来自刘诗涵。

"子健哥哥，阿姨说你最近太辛苦了，明天我继续给你送点吃的好不好？"

署名诗涵妹妹。

盯着屏幕，我烦躁地躺到了沙发上，思考着如何妥当处理高子健这个"妹妹"的问题，手机又震动一次，一条信息冒了出来。

只是这一次，发短信的不是刘诗涵，而是刘美婷。

看着短信的内容，我脸上的表情僵住了。

高子健恰巧从浴室走出来，脸上还噙着笑意。

上辈子我和刘家结怨了吗？这辈子遇到的两个难缠的女人，都姓刘。

"怎么了？"高子健敏感地问。

我尽量控制语气："高子健，我刚才翻了你的短信，抱歉。"

高子健一脸毫不介意，说："多大点事儿，矫情！"

我将手机放到茶几上，说："高子健，你真的是无处不惊喜呀。"

高子健好奇地看着我，表情略不镇定，紧接着拿起了手机。

下一秒，高子健急忙看向我，说："小佳，你听我解释。"

我心如死灰，说："高子健，你厉害！你告诉我，这事，是真的，还是假的？"

高子健面露犹豫，低下头，答案已经明显。

眼泪在这一刻夺眶而出，我推开门，跑了出去。

我记得情人节那天，我在刘美婷的住处发现她和石磊躺在一张床上之后，狂奔半小时，最后，在一个停用站台，默默地流眼泪。

高子健恰巧出现，而这个巧合，居然是他和刘美婷在捣鬼。

刘美婷的短信：高子健，管好陈玉佳，不然，我就把我们联手拆散她和石磊的事情公之于世。

上次石磊车祸住院，高子健承认他早就知道石磊妈妈的事，没想到，他居然还跟刘美婷联手！为了能够顺利地拆散我们两人，高子健主动放弃机构的工作。

我打电话质问刘美婷，她却说："陈玉佳，我长得比你好看，家里比你有钱，凭什么凡事都不如你？石磊喜欢你，我费尽心思抢了过来，可是他还是对你念念不忘。我咽不下这口气，陈玉佳，我得不到的东西，我宁愿将他毁了，让我过得不舒畅的人，她也别想过得舒畅！"

四年好友，不过如此。

这世间有一种人，自己过得不幸福，偏偏将原因赖在社会、他人身上，有时候我在想，与其去抱怨这些，不如自己稍微再努力一点，任何一个人的成功，都是脚踏实地走出来的，表面的荣耀，靠的是背后的艰辛。

报复社会，报复他人，永远都是最无知、最傻的行为。

我能够理解刘美婷，但是不代表我会原谅她。

高子健在楼下等我，挡在我面前，压制火气说："陈玉佳，你就不能听我解释一下吗？"

理智告诉我，需要听解释，可我做不到，只要想到他和刘美婷联手欺骗我，浑身上下的细胞都在叫嚣！

"我们晚几天再说吧！"我抬脚，说，"我们都冷静冷静。"

高子健抓着我的手，问："必须这样吗？陈玉佳你必须这样对我？"

"那你呢？我们在一起这么多天里，你有没有哪一刻，想过跟我坦白的？

高子健，我们在一起的每一分每一秒，你都有机会跟我坦白，可你没有。”

高子健做得太像了，所以每一刻，他说的在意、喜欢，我都当真了。

他的真心，到底有几分真？

“陈玉佳，任何一对情侣之间都会出现欺骗，难道你要抓着把柄不放吗？”

我惊讶：“你还觉得自己没错？”

高子健瞪着我，说：“陈玉佳，你这么激动，是不是觉得，你跟着我高子健委屈你了？是不是觉得，要是没有我和刘美婷的搅和，你还可以继续跟磊子在一起？你是不是觉得，我高子健做得再多，也不如磊子一半好？”

“啪”的一声，一部手机就飞了出去。

“我想，我们先各自冷静两天再说吧。”我颤抖地说完，转身离开。

“陈玉佳，让你原谅我一次就这么难吗？磊子对你而言就那么重要吗？”高子健怒吼，“你是不是，还在乎他？！”

高子健的这句话，是真的伤到我了。

我断得干净，问心无愧，可是他不信任我。

“高子健，你到底想说什么？”我停下脚步，颤抖地说。

“陈玉佳，我真的累了，”高子健过了一会儿，说，“在你这里，我丢了面子、自尊，可现在，你让我觉得伤自尊。陈玉佳，你可以为了磊子去跳护城河，为什么就不能给我一次解释的机会呢？我高子健在你这里，就这么一文不值吗？”

我惊愕：“喜欢我，让你委屈？”

都说爱情让人变得盲目，都说爱情让人自尊扫地，都说爱情到了最后很伤人。

“高子健，真的对不起。”我抬起头，让眼泪不要流下，说，“是我太自私，让你受了委屈，是我太彪悍，没有考虑你的感受，我想，我们之间的问题，比想象中严重得多。还是分开一段时间，各自冷静冷静吧。”

高子健猛地抬起头，说：“陈玉佳，你果然是后悔了对吗？即使磊子现在戴着订婚戒指？”

我知道过多的言语都是无用的，信任与宽容，我们两人，都做不到。

“你口口声声说要冷静，”高子健猛然开口，说，“不就是在怨我拆散了你们一对苦命鸳鸯吗？陈玉佳，我认了，你不就是想跟我说……分手吗？”

“分手”俩字从我的心口划过，我惊慌地张了张口，声音却卡在了嗓子里。

“你不愿意说出口的，”高子健再次开口，“我帮你说了，再见！”

我转身躲在走廊里，哭得声嘶力竭。

我多么想在你的生命里、世界里、心里猖狂一辈子。只是，我没有勇气说出口……

榴莲说，高子健的极端，是男人自尊心的表现，“前男友”这三个字对哪个男人而言，都是雷区。

吵架容易和好难，和好容易，有个台阶下难。一觉之后，忽然间所有的问题都明朗了，且不说刘美婷和石磊，我在意的是，高子健现在的想法。

我的确应该听一听高子健的解释，至少，给他，给自己，都有一次辩论的机会。想着昨天他摔飞的手机，我做了一个决定。

中午下班，我直接冲进了手机店铺，选了一款华为手机，我不知道高子健会不会嫌弃，但这也算是我道歉的小小诚意吧。

高子健，就是随时可能爆发的火山，我在学习和火山相处，更在学习如何更好地去爱一个人。

拿着手机等电梯，却等来了两个人。是高子健和刘诗涵。

“子健哥哥，西环有家特色法国菜，我们去吃好不好？”

“嗯。”

“太好了，终于有人陪我去了，”刘诗涵挽着高子健的胳膊，要多自然就有多自然，“子健哥哥，听说你手机坏了，你看看这个，是否合适？”

高子健瞥了一眼，说：“挺好的，谢谢。”

我低下头，看着手中的手机，心情沮丧。直到两人离开，都没人看到我。

大厦外，一群人围在一起，声音嘈杂，一问才知道，城管打人了。

我挤到人群中间，看着地上两个小贩已经面目全非。愤怒之下，我掏出刚买的手机，拍了城管的照片，忽然，一根棍子指向我，怒吼："你拍什么？谁让你拍的？"

我收起手机，看着指向我的城管，问："小贩也是人，你凭什么打他们？"

"哎哟喂，一个姑娘多管闲事啊，怎么着，还想拍照上传啊？"另一个城管也走了过来，不屑地看着我。

我愤怒地说："怎么？小贩也是人，你们执法也要讲点道理，拿着我们的税收，还要打人，养条狗都会知恩图报，你们却反其道而行，是谁给予你们这样的权力？"

"你！"

"你什么你？"我看着另外一个城管，说，"小贩违规的确应该惩罚，但是绝对不是这种方式，你们身为执法者，却知法犯法！"

"还有你，"我指着另外一个拿着棍子的城管，说，"我的手机一千两百万像素，连你脸上这颗痣都拍得一清二楚，你现在马上把小贩送医院，否则我发微博曝光你！"

"对！发微博！找记者！"

"别吵，大家都别吵！"一个城管又挥起了棍子指向人群，勒令大家不要吵闹。

我直接上前一步，指着自己的脑袋，说："怎么了？城管还想暴力解决啊？整天拿着棍子在自家门口欺负自己人，有本事开着游轮去收复钓鱼岛啊！"

"对！送医院！"

"打电话，叫救护车！"

"别让这三个人走了！"

一行人纷纷围了上来，不一会儿，就听到了救护车传来的声音，大家齐心协力将小贩送上了救护车，警车也过来，将几个城管带走了，事情总算平息了。

我见事情已经解决得差不多，长长地嘘了一口气，这才走出人群，没想到，却碰到了孙一清。

一楼，奶茶店。

“刚才在人群里大喊的，是你？”孙一清一脸惊讶。

我不打算隐瞒，说：“是我。”

孙一清嘴角勾起，忽然笑了起来。

“喂，孙经理，你至于吗？”我满脸不悦，说，“你这笑容好像告诉我，你这两天让我加班，是故意的？”

“呵呵，”孙一清轻笑，说，“有意思，很特别。不过，那位不是你男朋友吗？”

我顺着孙一清的目光看去，居然看到了高子健。他不是去吃西餐了吗？

“这样好吗？”孙一清看着我，说，“是不是有误会？”

“我过去打个招呼。”我狠狠地吸了一口奶茶，朝高子健走去。

刘诗涵背对着我坐着，声音甜腻地说：“子健哥哥，你的黑眼圈很严重，多吃一点木耳。”

“高子健，我想跟你谈一谈。”我走过去，紧张开口。

“子健哥哥，这位是……”刘诗涵轻轻地捋了捋耳垂的长发，好奇地问。

“高子健，你说你想吃鹌鹑蛋、黑木耳，你打电话给我说一声也就是了，麻烦人家小姑娘做什么？人家不知道的，还以为你女朋友亏待你了，是吧？”我鼓足勇气，看着刘诗涵，笑着说，“自我介绍一下，我叫陈玉佳，高子健的女朋友。”

高子健轻咳，果然不淡定了。

“子健哥哥，要不，我们换个地方吧？”刘诗涵难以置信地瞥了我一眼，说。

“别呀，”我拉着刘诗涵的小手，说，“这才刚跟嫂子见面，怎么就急着走了呢？嫂子还有个故事要跟你说，别急啊。”

“嘭”的一声，高子健怒了，他看了我一眼，说：“陈玉佳，你掉到时空夹缝里被夹蒙了吧？”

“我……”

“小涵，我们走。”高子健拉着刘诗涵，抬脚便走。

我知道，论狠心，我不如高子健。

“吵架了？”孙一清递来纸巾，关切地问。

我扯出笑容，说：“不，我们这不是在吵架，我们是在考验彼此的耐性。”

“老实说，《西游记》里面，给金角大王和银角大王端着小葫芦倒酒的那个小妖精，其实是你吧？”孙一清故作神秘，立即把我逗笑了。

我惹祸了。

事情是这样的，晚上我去夜城找高子健，谁知在三楼遇见几个流氓，高子健让他们吃了拳头，自己也进了救护车。

重点是，照顾高子健去医院的，是刘诗涵。

而我，只能站在路旁拦车。巧合的是，路上遇见了孙一清，他送我去了医院。

病房门口站着一大群人，那群人里，我只认识刘诗涵。

在夜城，她告诉我，高子健不想见我。而来之前，李树跟我说，高子健上救护车前，找过我。

刘诗涵哭了，拿着小手帕一边哭一边说：“原本去唱歌，没想到会这样，叔叔阿姨，是我没照顾好他。”

“不管怎么样，动手打人就是不对，这几年我一直由着他的性子，现在越发不可收拾，等医生出来，我要好好教训教训这个臭小子！”

中年男子一声怒吼，我想，应该是高子健的爸爸。

“小涵啊，别哭了，阿姨知道你心疼子健！”这位是高子健的妈妈。

看到这么多关心高子健的人在他身旁，我愧疚地叹了口气，转身离开。

高子健住院了，作为罪魁祸首，我早上五点起床，去菜市场买了条大黑鱼，准备给高子健补一补。

七点半，黑鱼汤煲好，我换上衣服，直奔医院。去病房时，在楼梯口，我居然遇到了刘诗涵。

刘诗涵今天穿了一件粉色印花A字连衣裙，长长的黑发盘在了脑后，妆容精致，惊讶地看着我。

“子健哥哥还在睡觉，你现在过去，不大好吧？”

我挑眉，说：“昨天晚上在夜城，你也是这么跟我说的。”

刘诗涵又是一愣，笑着说：“有吗？是姐姐你听错了吧？呵呵。”

我不悦，抬脚准备离开。

刘诗涵不急不躁，说：“姐姐，我老实告诉你吧，我爸和高叔叔是大学同学，我妈，也经常跟阿姨一起去做SPA，我在七岁时就认识了子健哥哥，你觉得，你有胜算吗？”

原来，是来跟我下战书来了。

“说到你爸妈，我正好有件事情想要问你，”我瞥了一眼刘诗涵那张无比精致的脸，说，“你妈有没有教过你，别人的东西，就是再喜欢，也不要打主意，这是做人的基本原则。还有，你可能认识姐姐的时间短，姐姐忘了告诉你，姐姐的胳膊肘很厉害，上次在街上，一个小偷就是被它磕破了几颗牙。”

我说着话，微微抬起胳膊肘，在刘诗涵的面前比画。

“你不敢打我，”刘诗涵看着我，说，“子健哥哥就在前面的病房休息，你要是敢打我，子健哥哥会立刻跑出来，到时候，你只会给他留下泼妇的印象。”

刘诗涵的语气笃定，她的高傲和自信我是学不来，当然，也不想学。

既然该说的我已经说了，那我就没有必要跟她浪费时间了，耸了耸肩，笑着说：“妹妹，我还有事儿，拜拜！”

刘诗涵目光落在我的保温瓶上，笑着问：“送汤？想用这种方式讨好他？”

“嗯，你也可以试一试。”我点了点头，笑着说。

“这样啊！”刘诗涵抬起大眼睛看着我，掏出了自己的手机，“那姐姐，你手机号码是……”

“号码是……”

忽然，保温瓶被用力一扯，从我的怀中飞了出去，“啪”的一声，跟地面来了一个亲密接触。

“你！”我愤怒地看着刘诗涵，又看了眼撒了满地的鱼块。

“啊！”刘诗涵惊慌地叫了两声，“救命啊！救命啊！”

她叫救命做什么？

“陈玉佳，你在做什么？”

“子健哥哥……啊……”刘诗涵兴奋地看着高子健，不料脚下居然踩空了，我一咬牙，伸手去拉她，只可惜……

我不是一个好人，所以想做一件好事，老天爷也没有给我机会。虽然我极力想要扯住刘诗涵，无奈脚下太滑。于是，我和刘诗涵，同时从楼梯上滚了下来。

闭眼前，耳旁好像是高子健的声音，他喊的是“陈玉佳”。

醒来时，病房里空荡荡的。浑身痛得我不敢动，却已饥肠辘辘。一抬头，就看到窗口摆放的百合。

“呀，至于这么娇气吗？住院部都被封锁住了，又照X光又拍CT，嫌弃医院设备差，真是娇气！”

“你别说，你看对方的穿戴，全是手工裁剪，不便宜。”

“小声点，别让人听到了，小心人家一个不高兴，咱们的工作就丢了。”

病房外，两个护士在聊天。

“郑医生。”

病房的门推开，几个身影由远及近，没有高子健。

“陈玉佳，你可真是皮糙肉厚啊，从那么高的楼梯摔下来，居然只是擦伤，佩服！”榴莲在一旁调侃。

我瞪了榴莲一眼，没有说话。

白大褂郑凯忍不住笑了，说：“陈玉佳，原本我还担心你身上的部件这一次需要修一修，现在看来，完全没事呀！”

“切，不要小看我，老娘可是……哎哟……”我赔笑，腿上传来阵痛，心里却是苦涩。

高子健真狠心，我都快变成二级残废了，他都不露个面？可窗台上的百合又是谁送的？

饭后，榴莲和郑凯离开，却收到孙一清发来的信息：医生怎么说？

我开玩笑回了一句：最后一口气了。

半小时后，病房门开了，进来的不是高子健，而是孙一清。

他的手里拿着精致的甜点盒，还有一个保温杯。

“陈玉佳，晚饭吃了吗？”

我摇了摇头。

孙一清打开保温瓶，倒了一碗热汤递过来。

想到高子健，我心里酸酸的，又听到孙一清说：“喝吧，伤筋动骨一百天，喝点骨头汤，补一补。”

骨头汤香味扑鼻，甚是可口。

“这是朋友介绍的提拉米苏，你尝尝。”孙一清指了指身旁的那个精致的糕点盒，说。

关键时刻，男友不在，上司在。

瞥了一眼孙一清，并未发现任何不妥。

“今天朋友给我出了一个脑筋急转弯，太难，你帮我想想？”孙一清一脸忧郁，“什么鸡没有翅膀？”

我皱了皱眉，思考良久，说：“田鸡。”

孙一清惊讶地看着我，我也看着他，两人同时笑了。

忽然，病房的门被推开，门口站着高子健，摆着一副臭脸！

孙一清起身，说：“不早了，你好好休息，我先回去了。”

“不用！”

“不用！”

我和高子健同时开口，听到他说：“你们继续待着吧！”

“高先生，”孙一清笑容淡淡，说，“我晚上还有个饭局……”

“那行，手脚不灵便，的确是一件麻烦事。”高子健一脸不悦，吞吞吐吐地说。

孙一清离开后，病房只剩下了我和高子健两人。

他的头发很乱，肩部明显垫高了，想必是医生包扎了伤口，衣服换过，变成了一身正装。

“骚包鬼。”

“嘀咕什么呢？”高子健靠在病房门口，问。

“要你管！”我白了他一眼。

“都狼狈成这样，还有心思笑别人！”高子健挑眉，挑衅地看着我。

我被说中心思，急忙讽刺：“你真是过奖了，昨晚你不是一对七吗，就凭这勇气，也可以给你颁一个野兽搏斗奖了呀！”

高子健笑容僵硬，问：“陈玉佳，刚才那个孙经理，和你什么关系？”

我心微颤，说：“你这是关心我？”

高子健别过脸去，说：“先跟城管动手，又在夜城晃悠，陈玉佳，你以为你是变形金刚？不知天高地厚，怎么不摔死你！”

“摔死我？我也奇怪怎么没有摔死我！摔死我之后就不会再碍你和刘诗涵的眼！”我激动地说，“自己从水帘洞里跑出来的，还说别人满身是毛，哼！”

“你！”高子健眉头紧皱，指着我说，“行啊你陈玉佳，有人给你送吃的就给我得意忘形了是吧！”

我看了眼手中的提拉米苏，轻咳一声，说：“羡慕我？你高大帅想吃，那个刘诗涵还不给你送两卡车！”

“陈玉佳，你！”高子健瞪我，说，“你是不是从楼梯上滚下来把脑袋里唯一一点脑细胞都给撞死了？”

“是！我是没脑子，你那个诗涵妹妹家世好、身材好、脑子好，出门右拐，自己去找，不送！”我怒吼，眼泪蓄满眼眶。

高子健冷冷地看着我，视线相对，我看到了他眼中的厌烦和冷漠，同时，也看到了他眼睛里那个力不从心的我。

明明是想念，才刚见面，就变成怒不可遏；明明是担心，说出口的话却带着尖刺。为什么？

骄傲如他，卑微如我？

我累了。

“谢谢你来看我，”我收回眼神，说，“你也看到了，我皮糙肉厚，根本没事。你走吧，我先睡了。”

“行。”高子健冷冷地冒出一个字，走出了病房。

门刚关上，眼泪便涌出了眼眶，我们怎么了？

高子然给我来了电话，“小佳姐，你怎么样了？”

“安全地躺在医院病床上。”我垂头丧气。

“我知道啊，”高子然神秘地问，“我哥过去陪你了吗？”

这个时候，居然还有心情讨论八卦。

“没，他走了。”我也老实回答。

“小佳姐，你怎么让我哥走了呢，他被老爷子骂得狗血淋头，刘伯伯今天请了律师说要告医院，还有你……”

“律师？”我震惊，刘诗涵家的律师？

“小佳姐，我哥被老爷子罚跪了。他去找了刘伯伯。”

高子健之所以没有第一时间出现在我的面前，是因为这些？

不行，我得去找高子健。

小心翼翼地推开门，瞬间惊住了。

黑暗的走道上，星点亮光在我眼前闪烁，红色的蜡烛铺满走廊，从病房门口，慢慢地延伸到远处，既新奇，又浪漫。

我扫了一眼空旷的走廊，说：“高子健。”

整个楼层的病房都是紧闭的，每走一步，“高子健”三个字便在心口颤抖。鞋子与地板轻轻触碰，夹杂着我的心跳声，让我愈加紧张。

“高子健？”试探地问，红烛中，却没他的身影。

下一秒，高子健便出现在我的眼前，他瞪着我，一只手背在身后，说：

“我还以为你会喊着别的男人的名字。”

我想着高子然的话，不忍地说：“还没气饱啊？”

忽然，高子健上前一步，将我抵在了墙边。一只手垫在我的脑后，一只手捧着我的脸颊，墨黑的双眼里带着一丝狠厉，说：“想把我逼走你可以试试，后果自负。”

“我没……”我慌张地说。

“没有最好，”高子健笑着看着我，来了一个长长的kiss。

我忽然觉得，这一刻，就是天长地久。

“我们和好了吗？”

“你的感应器官出了毛病。”

大半夜，高子健带我去了学校，我们坐在操场的看台上，手牵着手，心情舒畅。

高子健说，要告诉我一个秘密。

“高子健，你不会告诉我，你在外面有个私生子吧？”我心里紧张，试探地问。

高子健瞪着我：“谁给你勇气，别告诉我是梁静茹！”

我笑了笑，说：“对呀，我的确挺喜欢梁静茹的。”

高子健瞪了我一眼，说：“陈玉佳，你再跟我嬉皮笑脸，信不信我直接抱着你从这里摔下去？”

我拉着高子健的胳膊，笑着说：“高子健，你肯定舍不得。”

高子健被我这么一逗，无奈地笑了笑，将我扯到怀里，在我的额头上轻轻一吻，说：“陈玉佳，老实说，我和刘美婷那么做，你一定恨我吧？”

我没有想到高子健会如此坦白，他为人光明磊落，即使这一点涉及我的前男友石磊，他竟然说得一点都不含糊，对于他的坦白，我很感谢。

我怎么可能不怪呢？可是那都是过去，如果因为过去的那些事儿让自己觉得难受，岂不是自己给自己找罪受？

“知道的时候很生气，现在，只剩下……”我瞥了一眼高子健，没有说下去。

“现在？”

“现在，只是好奇。”我抬起眼看着高子健，问，“好奇你是什么时候跟刘美婷勾搭上的？好奇你这么做的原因。”

高子健忽然捏了捏我的脸，笑着说：“有疑惑不开口，陈玉佳，你不乖。”

我瞪他：“我要是问了，你就没机会主动坦白了。”

高子健脸上一愣，忽然狂笑：“学会耍心眼了是吧？”

我嘿嘿傻笑，说：“胆子一直都不小，不然，怎么敢跟大帅谈恋爱？”

高子健瞪我：“学得倒是挺快的！”

“你也不看师傅是谁！”

高子健一双眼睛紧紧地盯着我，目光澄澈，忽然俯下身来，狠狠地吻着我。

细细碎碎的吻落在我的耳垂，高子健小心翼翼地说：“陈玉佳，我喜欢你。”

我难以置信地抬起头，一不小心撞到了高子健的牙龈上，抱歉地问：“高子健，你刚才说什么？”

“陈玉佳，你这个彪悍的女人！”

“不是这句，另外一句！”我追问。

“陈玉佳，我的门牙都要被你的脑门撞掉了，你竟然一点都不关心我？”高子健恶狠狠地说，“信不信我让你三天三夜下不来床！”

我淡定地说：“行，除非你重复一句刚才的话。”

“不说。”

“说呗。”

“好话只说一次，不说。”

“说嘛。”

“陈玉佳你怎么这么烦啊，不是说了吗？”

“说了什么？”

“我喜欢你啊！”一问一答速度超快，高子健想都没想，直接回答了我。

我惊讶，又欣喜。

“陈玉佳，你这是什么表情，中风了？”高子健的手在我的面前摆了摆，笑着问。

我屏住呼吸，认真地说：“高子健，我也喜欢你。”

这次中风的不是我，反而变成了高子健，他缓缓开口：“陈玉佳，如果我说，老早之前，我就喜欢你，你会不会信我？”

“陈玉佳，很早以前我就知道，刘美婷和磊子的关系，她第一次来找我，是在去年年底，她想让我帮她，可是我拒绝了。”高子健看着我，继续说，“年后，我听朋友说刘美婷去了磊子的老家，那个时候，我就已经预料到了这个结果。”

果然，和我想象中的差不多。

“陈玉佳，第一次，刘美婷找我的时候，我没有答应，甚至对这样的举动觉得很不屑，可是第二次，我答应了她，或许你会觉得她的行为不可理喻，但是当我真正和她一样想要为了自己喜欢的那个人而行动时，她的行为，我又能够理解了。陈玉佳，我这么说，你懂吗？”

高子健说话的态度十分谦卑，谦卑得让我意外。

“我总觉得，喜欢一个人，没有必要一定去争，去抢，但是……你除外。”

弱水三千，我除外。

“陈玉佳，你为什么都不问我，为什么刘美婷的朋友那么多，偏偏会找我？”高子健见我没有说话，又说。

我紧张地问：“为什么？”

高子健的双臂搭在我的肩膀上，目光与我对视，我看他轻轻地吸了一口气，说：“因为……陈玉佳，很早以前，我就喜欢你。”

我和石磊大二恋爱，毕业后分居两地，在此期间，我对高子健没有多深的印象。

高子健说，陈玉佳，很早以前，我就喜欢你。我在想这个“早”具体指的是什么时候，去古镇玩的那一次？在观月台拍照的那一次？还是，其他时间？

我还没有来得及询问，高子健的电话就响了。

电话那头是怒斥声，我知道，又出事了。

原来，是老爷子得知高子健没有去探望刘诗涵而跑到医院去找我这个女朋友，被气得住进了医院。

高叔叔住在专属病房，阿姨和子然陪在病床前，脸色十分难看。

“妈。”

阿姨看着我们，示意我们安静，然后走出了病房。

阿姨脸色凝重，让我有种不祥的预感。

阿姨带我们去了另外一间病房，她看了我一眼，又看了高子健一眼，说：“你们两个坐下吧。”

第一次和阿姨见面是在民政局，那时候我和高子健只是再普通不过的朋友，哪里有现在的紧张感。

婆婆面前，乖巧是真。我能够做的，就是尽量控制减分的幅度，以免被直接踢出局。

高子健紧张地问：“妈，医生怎么说？”

“老毛病又犯了呗，”阿姨淡淡地看了我一眼，说，“你们年轻人谈恋爱，我们也不管，但是凡事还是要有个度，刘家在本市的地位不容小觑，诗涵也是个乖孩子，子健，你这次做得不对。”

“妈，诗涵是自己从楼梯上摔下来……”

“好了，你也老大不小了，夜城就交给李树他们，经常出入那种地方，传出去了名声也不好，更不能……”阿姨说着话，又看了我一眼，继续说，“谈恋爱了，也要有个分寸，哪家丈母娘都不喜欢打来打去的女婿，明白吗？”

阿姨的眼神告诉我，哪家的婆婆，都不喜欢从楼梯上滚下来的媳妇。

这一夜，我睡得很不安稳。

且不说最近发生的这些事情，就说阿姨那一个眼神，都让我觉得不安。

第二天做了体检，医生说并无大碍，我便准备出院。出院之前，我去看望高叔叔，不巧撞见刘诗涵。

“阿姨，你哪里老了？上次我们去美甲，导购还说你像我姐姐。”刘诗涵能说会道，夸得阿姨合不拢嘴。

高子健不在，我在病房十分突兀，急忙找了个借口准备离开。

刘诗涵跟在我身后，到了楼梯口，她开口说：“姐姐，小心点，楼梯滑，路也滑。”

我点了点头，又听到刘诗涵说：“听说你和我表姐是大学室友，我表姐夫，你也认识吧？好像，叫什么石磊？”

刘诗涵的声音在我脑子里一直挥散不去，我有预感，她就是传说中神秘的女杀手。几天之后，我又发现了一个问题，自从出院之后，高子健总是有意无意地避开我。我的心里愈发恐慌，一来是高妈的态度；二来高子健最近很少给我打电话，也没邀请我去琥珀山庄；再者，还有刘诗涵这个插足者，这明显是劈腿的前兆……

给高子然打电话探口风，高子然反问：“小佳姐，你不知道吗？这么大的事情我哥居然没跟你说？”

有阴谋！高子然这么迅速地挂掉电话，绝对有阴谋。

我又给李树打过去，却听到他说：“陈玉佳，恭喜你啦。”

我顿时大窘，恭喜我什么？

李树：“咳咳，嫂子，这个你得去问子健，具体的，其实我也不清楚，先这么说啊，夜城最近挺忙的，我先挂了啊！”

李树也找借口挂电话，难道，高子健劈腿了？

我决定去琥珀山庄探一探，没想到刚下电梯，就听到几个大汉的声音，我疑惑地望去，却惊恐地发现，高子健家的门，被撬开了！

我一个快步冲了上去，怒吼：“哪里来的小贼！”

几个大汉同时笑了，其中一个看着我说：“小姑娘，走错门了吧？我们可是在装修啊！”

“请问，户主是高子健吗？”高子健装修房子，我怎么不知道？

“是的啊，高先生聘请我们过来的。”

“小姑娘，高先生说了，他最近需要用新房，让我们把这两间房子以最快的速度装修好，我们可是有劳动合同的……”

“小姑娘，我们可不是跟你开玩笑，琥珀山庄住的可都是大老板，擅自闯进来那可是违法的！”

下了楼，我鼻子酸酸的，给高子健打了电话。

“陈玉佳，怎么了？”高子健声音温和，加重了我的愧疚感。

我鼻子一酸，眼泪就往下掉，高子健有所察觉，急忙开口：“遇到麻烦了？被经理批评了，还是没挤上公车？”

我吸了吸鼻子，说：“高子健，我在琥珀山庄。”

电话挂断，我抹了抹脸上的泪水，想到装修师傅说的那句话，心里面涌上一阵暖意——“小姑娘，新房，新房，你说这是做什么的？”

十分钟后，高子健冲下车，紧紧地抱着我，说：“笨蛋，哭什么？不喜欢？”

我瞪着高子健，说：“你这两天对我不冷不热的，我吓坏了。”

高子健说：“陈玉佳，我们已经拿下一个装修案子，只要这第一个案子做得好，以后，我真的可以养你，不需要依赖任何人。”

不依赖任何人？我小心翼翼地问：“那叔叔阿姨怎么说？”

高子健耸耸肩，说：“他们也觉得这是一份历练的工作，所以没反对。”

高子健说的不是“同意”，而是，“没反对”。

“陈玉佳，现在有一份快递要送给你，请问你能过来签收吗？”

我疑惑，听到他说：“此快递独一无二，仅此一份。”

我好奇，忽然，高子健在我的额头落下一吻，说：“保质保量，5201314。陈玉佳，搬过来，和我一起住。”

我点头，开始准备搬家。

周六早上，我意外地接到了孙一清的电话，他说要出差，让我帮忙照顾小黑。

小黑是一只泰迪犬，我喜欢小动物，就答应了。给小黑喂了狗粮，出门去北二环找高子健。

到了装修店铺前，高子健顶着鸭舌帽站在炽热的阳光下，让我有种骄傲的感觉。

这是我的男人，用他的汗水在为我们的未来努力。

不料，刘诗涵也在，我见她给高子健递水，急忙走上去打招呼："高子健，我来了。"

高子健满脸诧异，随即又变成了喜悦，他邀请我和刘诗涵一起吃午餐，我故意挽着他的胳膊，气走了刘诗涵。

午餐之后，我和高子健在路口分别，他给了我一个长长的kiss。

高子健最近工作太拼命了，拼命得让我疑惑。打电话给高子然，再三逼问下，才套出了问题的关键——高爸和高妈收回了高子健的财政大权。

从高子然的话中我得知，这件事与我有关。

想到这里，我更加心疼高子健。

沿着马路一直朝前走，一辆黑色的面包车停在我的脚边，一双粗壮的胳膊伸过来，把我拉向了车内。

这些人是谁？他们想要做什么？为什么会在这个时候出现？

忽然，脑后被重重一击，眼前一片漆黑。

抓我的人是谁我不知道，他们为什么抓我，我也不知道，唯一知道的就是，如果没人来救我，我肯定惨了。

他们不是要劫财，那么，只有一种可能。

右脸被甩了几巴掌，我抬头看去，昏黄的光线里，几张恐怖的脸出现在我的眼前。

"小姑娘长得不错呀？多大了？"

"哎哟，我最喜欢无辜的眼神了，来，让爷看一眼，爷今晚保证让你爽个够！"

鼻尖是壮汉身上的恶臭，我转过脸，躲开他的手掌。

"呜……呜……"我紧张大喊，可嘴巴被堵得严实。

高子健？高子健你在哪里？

“你，还有你，还有你，先去外面给我守着，今晚，老子一定要好好地爽一把！”

关门声后，面前的男人猥琐地盯着我，好像要把我吃掉。

“不要……”我紧张，又害怕。

壮汉慢慢靠近，“哧”的一声，撕开了我的衣服，拿着相机，“咔嚓咔嚓”地拍照。

我挣扎，于事无补，就在我绝望之时，忽然，门外响起了争斗声，一个身影快速走来，抱着我，说：“小佳……别怕……”

不是幻觉，他正抱着我。

“小佳，我是石磊，我们没事了。”

可是真的没事了吗？那个壮汉，那猥琐的眼神，还有相机的快门声，在我的耳旁一遍遍地响起……

醒来时，已经是第二天午后，我躺在陌生的地方，身旁站着石磊。

他告诉我，那些人已经被警察带走，现在我很安全。

我很想念高子健。可是，我现在这个样子，不能见他，不想被他看到我的狼狈。

我把他们拍照的事告诉石磊，石磊说，那些人，很可能是有意为之，这个需要时间调查。

“有意为之”在我的心底沉重一击，让我惶恐，到底谁要故意整我？

回去时已是傍晚，刚到小区楼下，就看到了高子健站在不远处。他也看到了我，急忙跑了过来。

“昨天晚上打电话给你一直没人接，今天发了短信也没人回，去了你家敲门，也没人应，你要急死我？”高子健紧抓着我，面露怒色。

我尴尬回应：“刚……刚回来。”

高子健惨然一笑，说：“一脸心事，有事瞒着我？”

我慌张抬头，刚准备解释，却看到高子健顶了两个浓重的黑眼圈。

鼻子忽然酸酸的，想要坦白，话却卡在了喉咙里。高子健的性格我太了解，这种关键时刻，我实在没法开口。

高子健看我太累，便让我先回去休息，房门关上的那一刻，我终于按捺不住心底的压抑，放声大哭起来。

榴莲吓了一跳，问我有没有将这事告诉高子健，我摇头，说出了自己的理由："昨天我去了装修现场，高子健穿着工作服在太阳底下拎水泥，他该穿着阿玛尼在酒吧喝酒的，可是他的裤脚上却沾满灰尘，榴莲，高爸已经收回了高子健手中的一切支付工具，他现在喝不了咖啡吃不了西餐，可是依然对着我笑，我不想再给他添乱了。"

我心疼他，比以前更心疼他。

我的声音已经嘶哑，我知道，这是我最卑微的挣扎。

晚上石磊打来电话，他的号码我没有存，但因为这个号码他自大学开始就用，所以我印象也算深刻。想了想，便接听了电话。

"一切还顺利吗？"他问。

"还好，照片的事情怎么样了？"

"还在查，不用担心。"石磊声音嘶哑，又问，"子健去看你了吗？"

"嗯。"忽然觉得没话题，只能尴尬地沉默。

石磊似乎也意识到了这一点，便匆匆挂了电话。我盯着手机发呆，一夜无眠。

第二天一早，高子然给我打来电话，电话那头，她的声音火急火燎："小佳姐，你快点过来！求救！"

高子然在市中心等我。我远远地看到两个穿着时尚的男女站在高子然的对面，怒视着她，女的穿着十二厘米左右的高跟鞋，模样十分嚣张。

原来，是两岁半的小孩吃坏了肚子，在步行街路旁小解，小解之后妈妈准备处理，正巧这对情侣路过，美女一不小心踩了上去，立即对这位妈妈破口大骂。

这对情侣是外地来的游客，美女勒令小孩妈妈必须擦干净她的鞋子，否则不允许他们离开。

高子然的意思我已经明白了，我想这也不是什么大事，便走过去，笑着说：“美女，事情都已经发生了，没必要这么较真吧？你看……”

不等我说完美女就瞪了我一眼，用一口闽南语喷了我，大致意思是，她的鞋子是某某大品牌的鞋子，一双要好几万块，必须擦干净。

“这么说，事情必须得照你说的方式解决了？”

美女十分确定地点了点头。

周围的议论声越来越明显，我笑着说：“美女，一点小事，跟小孩子计较什么，对吧？”

“小孩子也不行，我的鞋可贵了，哎呀呀，脏死了！”

我蹲下身，看了一眼那双金黄色的高跟鞋，的确是大牌，只能无奈地说：“你把鞋脱了吧，我来帮你擦。”

周围又响起了一阵议论声，高子然伸手拦我，只见美女将鞋子脱掉，笑着看着我。

我拿起鞋子，看了一眼旁边的电线杆，立即冲了上去，抡起鞋子，直接朝电线杆上砸去。左一下，右一下，又狠又准。

当然，耳旁还有那女人的尖叫声。

等到鞋子差不多废掉的时候，我转过来看着她，笑着说：“连小学生都知道‘包容’两个字怎么写，你说你们两个这么大的人了，何必为难一个两岁的孩子？人类社会的基本文明都学不会，还有什么资格讲法治社会，讲什么素质？自认为在有钱人家当了几年奴隶，从阔主子那里长了些见识，是吧？”

美女的男朋友惊恐地看着我，直接用英语骂了脏话。

“少他妈的跟我说英文，这里是中国，喊一句姑奶奶听听！”我叉着腰，直接奔了过去，瞥了一眼美女，问，“鞋子多少钱？”

“妈，你怎么在这里？”正当我和美女认真谈话时，高子然的声音传了过来，我转过脸看去，顿时变成了缩头乌龟。

我没有想到在喧闹的大街上会和高子健的妈妈来一个偶遇，更让我没有想到的是，这个偶遇里，除了阿姨之外，还有我不想见到的一个人——刘诗涵。

显而易见，刚才我那么剽悍神勇的动作和语言，肯定是被阿姨准确无误地

看在眼中，通过她脸上的表情可以看出，她并不屑于我此番的争论。

我们四个人找了一间咖啡厅，选了个靠窗的位置面对面坐下。

我悄悄地瞥了一眼阿姨，豹纹翻领西服，配上黑色的针织衫，盘在脑后的发丝，以及漂亮的毛衣链，眼角淡淡的鱼尾纹，即使上了年纪，依然能够体会到她那低调中绽放的知性。

我想，高子健长长的睫毛、挺直的鼻梁，一定都是遗传阿姨的吧。

“阿姨，需要加糖吗？”我试探着问她。

“不用，我很少加糖。”阿姨淡淡地回应。

我尴尬地收回手，瞥了一眼刘诗涵，见她嘴角勾起，并未插话。

高子然似乎意识到了我的局促，笑着说：“小佳姐，我喜欢加糖，给我来两块。”

我尴尬地笑了笑，更加小心翼翼。阿姨到底是一个比较有涵养的人，说起话来一套一套的，绵里藏针，给了我一个大大的下马威。

我有些难堪，找了借口朝洗手间奔去，用凉水冲了冲脸，这才冷静下来。

阿姨说，一个人的生活环境决定一个人的内涵修养，我对儿媳没有太多要求，只要求她能知书达理。

我早就知道，原本自己的得分在阿姨那里就不高，加上刚才被她看得一清二楚的骂街行为，恐怕……

看着镜子里的自己，我轻轻地吸了一口气，眼睛一瞥，便看到迎面走来的刘诗涵。

论长相，论气质，我感觉自己要被秒成渣了。

她看了我一眼，掏出手中的化妆包，拿出一只淡色的唇膏，笑着说：“小佳姐，气色还不错嘛！”

我冷笑：“还行。”

刘诗涵看着我，黑色眸子在我的身上扫来扫去，最后，停在了我的脖子上。

“小佳姐，这么不小心呢？”

我转过脸看了一眼镜子，果然，衣服只要稍微下拉，紫痕就很明显。

“你想说什么？”

刘诗涵缓缓地擦着唇膏，冷笑道：“小佳姐，你想多了吧，我只是想要告诉你，高家的地位，和你想象中的有些差距，他们，还是比较喜欢有身份的儿媳妇。”

身份？地位？刘诗涵每一个字都在我的心里面深深地划上一刀。虽然我明白，这个社会本就这么现实，但是被人直接拆穿的感觉，依然很不好受。

“谢谢你的好意提醒。”

“小佳姐，有件事情我很奇怪，你身上有着这样的紫痕，子健哥哥没说什么吗？”刘诗涵的手轻轻地伸过来，想要触摸我的脖子。

我双眸瞪大，有些难以置信地看着刘诗涵，问：“是你干的？”

刘诗涵眨了眨长长的睫毛，笑着说：“小佳姐，你说什么，我怎么听不懂？”

我深深地吸了一口气，瞪着刘诗涵，说：“果然是你，我说怎么就那么巧？刘诗涵，有本事咱们就公平竞争，别在我面前装纯情，你装纯情的时候回头瞅瞅，你背上壳太小盖不住你这么大的脸！”

刘诗涵耸了耸肩，笑着说：“我根本不明白你是什么意思，不过，你应该跟子健哥哥说的，子健哥哥办事能力那么强，只要你说了，事情不就很快能够解决了吗？”

我气得发抖，说：“谢谢你的提醒，我会告诉他的！”

不想再跟刘诗涵说一句话，我怕我会忍不住甩她一个耳光。抬脚朝前走，又听到刘诗涵说：“小佳姐，你可以回去告诉子健哥哥，现在的他，的确是需要高叔叔给他一点帮助，只要事情闹大一点，市里的记者估计也会很感兴趣，还有，你还不知道高叔叔退休前是做什么的吧？”

刘诗涵极端，但是，我没料到的是，她如此极端。

“高叔可是数一数二的人物，光荣史都能拍成一部电视剧了，你说，作为子健哥哥的女朋友，有记者采访，是不是会更光荣？”

“你在威胁我？”

“不，我只是好心提醒你。”刘诗涵放好化妆包，继续说，“凡事都要有证据，小佳姐，这个你应该明白的！”

怎么办？单反相机，拍照片，如果流到报社，可能会让高家颜面尽失。

思及此，我决定保持沉默。

如果高子健知道了这件事，肯定会立即找刘诗涵，她若是不承认，他会有办法吗？越是这么想，我越是心慌，重新坐回座位上，我的心里更是焦灼不安。

“今天就到这里吧，我和诗涵晚上还有一场音乐会，就先走了。”阿姨留下一句话，起身便走。

送走阿姨，站在十字路口，我的心里面有了一阵阵的迷茫。

如果说先前的隐瞒是因为更想把那件事想象成意外，当成过去，那么现在，应该是我坦白的时候了。

想到这里，我深深地吸了一口气，拿出手机，按下了高子健的号码。

第七章 感谢命运的考验，让彼此更坚定

高子健的电话没有打通，手机提示是关机，我给他发了信息，乘坐了公交，直接朝自己的住处奔去。右眼皮跳了两次，我的心底隐隐约约有些不安。

下了公交已经是晚上六点半了，想着下午和高子健的约定，这个时候，他应该已经过来接我吃饭了。凉风嗖嗖的，有点变天的征兆，我急忙往回赶，刚到小区门口，就被一个身影拦了下来。

是一个陌生的壮汉，我有些疑惑地看着他，却见他目光朝后瞥了一眼，我顺着他的目光看去，就看到了穿着毛衣而来的刘美婷。

“找我有事吗？”

刘美婷看着我，右边的手指放在身前，无名指上套着钻戒，淡淡地笑了笑，说：“陈玉佳，你以为你们两个偷偷摸摸背着我干的那点事情我不知道吗？”

我心里一惊，多少有些紧张，说：“你不要多想，我和石磊什么都没有……”

“什么都没有？”刘美婷瞪了我一眼，脸上的表情有了丝丝的委屈，“我说这些天他怎么忽然回心转意了，原来，是因为晚上出去跟你勾搭了。陈玉佳，你口口声声说的祝福呢？怎么现在……”

我轻轻地叹了一口气，说：“昨天晚上的事情你让石磊跟你好好解释吧，我有些累了，先回去了。”

先要应付刘诗涵，现在她的表姐又过来找碴儿，我实在是应付不来，可是手腕处被狠狠抓住：“陈玉佳，你最好小心点，要是毁了我的家，你也别想好过！”

顾忌到刘美婷是个孕妇，我轻轻地推开了她的手，说：“我们真的没有什么，你不要误会。”

“孤男寡女共处一室，第二天大中午才回来，你跟我说没事，陈玉佳，当我是傻子吗？”刘美婷胸膛起伏，已经失去了理智。

我无奈地摇了摇头，说：“我们真的没有什么，昨天晚上我们的确是在一起，那是因为我遇到了一点意外，你……”

“所以你是承认了？你们根本就是在一起？”

我低下头，不知道该如何解释，因为这本就是一件无法解释清楚的事情。

“陈玉佳，你这是默认吗？”刘美婷冷冷地盯着我，上前一步，走到了我的面前，恶狠狠地说，“石磊是我的！”

我只觉得耳旁一阵风吹来，刘美婷狠狠一巴掌甩过来，她这是——要打我？

一只手拦在了我的身侧，是石磊。

没有想到，我竟然会沦落到这种地步，人家夫妻吵架，居然会闹到我们小区门口，而且，还招来了这么多的看客。

“你为什么要拦着我？石磊，你放开我！”刘美婷的胳膊被石磊按住，她嘶吼的声音在整个人潮里响起，“贱人！勾引别人老公！贱人！”

我看了一眼刘美婷和石磊，轻轻地叹了一口气，转身绕出人群。

抬起头，就看到了站在两步之遥的高子健。

我紧张地看着他，想着刚才刘美婷口中的污言秽语，顿时愣在原地，不知所措。

身后又是一阵骚动，我还没有来得及转头，头发就被狠狠地揪住了。我疼得皱着眉头，眼泪在一瞬间涌了出来，下一刻，一个强健的手臂伸到了我的身旁，将我揽到了他的怀中。

“别怕，我在这里。”

我下垂的双手忽然紧紧地环抱在高子健的腰上，我那么满足，因为我的男人，他还是会保护我。

很多话都堵在了嗓子里，说不出来，却是我最为真实的感受。

“都给我闭嘴！”高子健怒吼一声，一只手臂紧紧地搂着我，拖着我上前两步，说，“刘美婷，你们刘家的事情我一点都不想掺和，但是你记住了，我可以给足你面子，也可以扇你耳光！要闹滚回家闹去，别在这儿丢刘家的脸！”

我的身体瑟瑟发抖，担心刘美婷会将自己的误解说给高子健听，手指紧紧地抓着高子健，泣不成声。

耳旁的喧闹已经变成了安静，高子健的另外一只手也紧紧地拉着我，又说了一句：“这是我的女人，谁动她，我会直接朝死里办，你们记住了，我只说一次。”

我想要抬起头看着高子健，可是还没有张口，他的另外一只手已经将我举起，横抱着朝前走。

我吸了吸鼻涕，抬起头瞥了一眼高子健，泪眼蒙眬里，只能看到他刀锋般的侧脸和冰冷的下巴。

我们回到住处，高子健去了厨房，而我躺在客厅的沙发上，思考着接下来该如何解释。

过了一会儿，高子健端着脸盆过来了，盆里是热水和毛巾，他轻轻地拧了两下，将热毛巾敷在我的脸上，轻轻地擦拭。

“高子健，我有话要跟你说。”

高子健没有理我，将一旁的纸巾拿了出来，放在我的鼻子上，示意我可以把鼻涕释放出来。

我用力呼了一口气，看着高子健有条不紊地蹲在一旁，说："高子健，你手机怎么打不通？"

高子健转过脸看了我一眼，说："可能……坏了吧。"

高子健手机坏了只有一种可能，要么是被偷了，要么，就是被砸了。

至于是哪一种可能，我现在还不知道。

"眼睛有没有不舒服？"高子健将毛巾放在热水里洗了洗，看着我说。

我抬起头看着高子健，说："手机……又报销了？"

高子健瞪了我一眼，接着就点了点头，说："没事，我喜欢用华为的国产机，不喜欢用三星的。"

我脸上一愣，顿时有些吃惊，貌似上次买手机的事情，我还没有跟高子健提过，他是怎么知道的？

高子健看了我一眼，示意我朝沙发这头挪一挪，他直接坐下，将我搂到了怀里。

我将脑袋从他的臂弯里伸了出来，问："是不是……有人惹你生气了？"

高子健瞪了我一眼，没有说话。

我有些紧张，急忙解释说："昨天晚上我确实是和石磊在一起，可是我们什么都没做，你要相信我，我……我……我其实……"

我的嘴巴被高子健堵住了，还没来得及说话，他已经把我按到了沙发上，唇齿迅速上前，轻轻地咬着我的舌尖，滚动着，掠夺着……

"高……"

"不许废话……"高子健将我压在沙发上，瞪着我，说，"再大的事情，一个小时后再说……"

小黑也很烦躁，一直在屋子里叫个不停。

高子健迈着大步走到卧室，将小黑拎了出来。

他问："陈玉佳，就是这个小东西在屋子里乱叫的是吧？哪里来的？"

我看了一眼高子健，小声地说："它叫小黑，是孙经理寄养在这里的。"

高子健瞪着我，说："你和那个孙经理，到底怎么回事？他家的小东西自己不照顾，怎么在你这儿了？”

我一五一十地解释，看着高子健稍微缓和的表情，这才忽然想到，原来，正事还没有解释。

所谓的正事，就是刘美婷口中的那些话。

“高子健，下午在楼下，我的确是骗了你。”

“所以呢？”

“昨天晚上，我是遇到了一点麻烦，石磊经过那里，带着我……我们虽然处在一间房间里，但是真的……”我担心高子健会大发雷霆，所以只能这么生硬地解释。

“陈玉佳，”高子健缓缓地开口，说，“你说你这个暴脾气，怎么忍得住不告诉我的？”

“我……”

“别人的想法我不想多说，但是陈玉佳是什么人，我心里面清楚，不用别人指手画脚，明白吗？”高子健轻轻地靠近我，将我搂到了怀中。

实际上，我此时此刻还是有些焦躁的，想到白天高子健问我关于脖子上的紫痕，我想解释，又不敢解释。

高子健愿意相信我轻描淡写的几句话吗？

“陈玉佳，等装修完成，我就可以拿一部分钱出来，到时候，我们买一套自己的小居室，你觉得怎么样？”

我抬起头，有些惊讶地看着高子健，他的双眸中露出了无比肯定的神色，更加确定了我的猜疑，于是，我缓缓地开口，说：“琥珀山庄你再也不能回去了吗？”

高子健别过脸没有看我，说：“陈玉佳，以后你可得负责我的伙食。”

我的鼻子酸酸的，紧紧地握着高子健的手，说：“没有大房子住，没有银行卡刷，高子健，我让你吃苦了。”

高子健握着我的手，在我的额头上轻轻地一吻，说：“说什么傻话呢？是我让你吃苦了。陈玉佳，我现在和普通社会青年没啥区别了，你还愿意跟我在一起吗？”

我情不自禁地笑了出来，说：“当然愿意。”

高子健看着我，说：“陈玉佳，现在这样挺好的。金钱是考验情感的第一手段，我很乐意接受这样的考验。”

我直接在他的嘴上啄了一口，说：“高子健，我们合租吧！”

高子健笑着看着我，说：“原本是想给你准备新房的，现在……陈玉佳，你想好了吗？”

我无比确定地点点头，握着高子健的手，说：“高子健，你为我做的付出，我都看在眼里，记在心里，从今天起，陈玉佳愿意做你的贴心小棉袄，负责你的饮食，也愿意攒钱，为我们买房子做准备，但是……”我吸了一口气，泪光在眼眶中闪烁，说，“叔叔阿姨那里，我希望你们不要闹得太僵，我怕……”

高子健摇了摇头，说：“陈玉佳，他们是我的父母，我怎么会闹得太僵呢？只不过，我也想试一试，没有他们的庇佑，自己到底是不是能够成就一番事业。”

我吸了吸鼻子，笑着说：“我知道，我会做你背后的小女人，尽量控制住自己的脾气，不吵架，支持你！”

自小，我还算是父母手中宝，但是因为父亲喜欢赌博，将爷爷留下来的两套房子都输了，六岁开始，到我上高中，住校，爸爸妈妈一直处于吵架、打架的挣扎中，很多个夜晚，我都能看到妈妈躲在角落里哭泣，那个时候我就在想，既然这么不幸福，为什么不离婚呢？

我上了大学之后，爸爸也终于转变了，不再沉溺于赌博。我每一次回去，都能看到他们相亲相爱的模样，那个时候我忽然明白，爱，或许不是每一天的浪漫与炽热，而是，一辈子的默默陪伴。

我想要和高子健成为这样的夫妻，即使有打闹、有争吵，但是更多的时候，我相信，我们还是相亲相爱的。

愿得一心人，白首不分离。

周一，正常上班。不幸的是，挤公交的时候扯坏了包包的拉链。幸运的是，高子健告诉我，他一早就看到了一家合适的合租房间，晚上就可以过去看，合适的话，今晚就可以搬过去。

在看租房信息的同时，我特意浏览了网上的兼职信息，记在了记事本上。

MSN上跳出了孙一清的信息，他说，晚上要过来接小黑，问我时间上如何安排。

我打电话给高子健，问他看房的具体时间，高子健说和房东约好晚上八点之后看房，在那之前，时间我自由安排。

我跟榴莲说了孙一清的事情，原本就这么敲定了，直到下班之后，榴莲忽然说要去约会，只剩下了我和孙一清两人。

将狗狗放在车上，孙一清转过脸来看着我，彼时夜色已浓，小区里的路灯散发出暖黄的光，他的这个眼神，让我觉得紧张。

"我……"孙一清转过身打开后车门，从里面拎出一个精致的礼盒，笑着说，"也不知道你喜欢什么礼物，这个送给你。"

我惊讶地摆摆手，笑着说："孙经理，不用这么客气。"

孙一清将礼盒塞到我的手上，说："男朋友挺不错的，祝你幸福。"

我还没来得及道谢，他已经转身上了车，关上车门，离去了。

我呆愣地看着手中的礼盒，只觉得心脏急速跳动，看着消失在视线之外的车子，这才慢慢回过神来。

孙一清有问题。

忽然，榴莲的电话打了过来："小佳，方便过来一趟吗？"

"你不是去约会了吗？怎么紧张兮兮的？明明说好一起回来的，死没良心的……"

"陈玉佳，现在不是开玩笑的时候，你最好过来一趟吧，我们都在夜城，这里要出大事了！"

"到底怎么回事？"我瞥了一眼脚上的拖鞋，着急地朝大门口奔去，一边走一边问，"是不是高子健出事了？"

榴莲在电话那头倒吸了一口凉气，说："你还是先过来吧，我看那个势头，有点不对劲。"

榴莲都这么说了，肯定是跟高子健有关了，我连忙拦了一辆车，直接奔了过去。

到了夜城门口，我拉着榴莲的手冲进电梯，问：“到底发生了什么事？”

榴莲调整呼吸，说：“高子健……把三个壮汉，带到了包厢里。你家高子健，表情有点……惊悚……”

我心里一惊：难道是绑架我的壮汉？

电梯门刚打开，我飞也似的冲了出去，一步一步地朝包厢靠近。

高子健、李树和郑凯坐在沙发的这一边，手里面端着红酒，神色平静，另外三个人低着头坐在另一边，双肩紧张地缩着，面露惧色。

听到我和榴莲开包厢的门，六个人同时朝我们看来，我的目光与高子健的目光触碰，他直接从沙发上站了起来。

“高子健，这件事，要不……”

高子健轻轻地抚摸着我的脑袋，说：“乖，坐在一旁等我，一会儿事情就解决了。”

我看着高子健笃定的眼神，乖乖地坐在另一处，紧张地做一个“旁听者”。

李树说：“要不这么着吧，相机留下，多少钱，你们开个价吧。”

我一怔，难道高子健连相片的事情都知道了？

“李少，你这不是跟我们开玩笑吗？我们完全听不懂你在说什么……”其中一个肌肉很壮实的男人率先抬了头，说，“你就是借我十个胆子，我们也不敢动高大帅的人啊，是不是？”

轻轻的一声冷哼，郑凯晃了晃手中的红酒杯，笑着说：“你是不是在跟我开玩笑？给你台阶你不下，你这是在逼我呀。”

三个人一脸惊慌地看着郑凯，笑着说：“郑先生，我们真的没有啊……我们……”

“你知道我在医院里是玩什么的吗？”郑凯将红酒杯放在桌上，轻轻地笑了一声，说，“手术刀，就是，拿着刀朝病人的身体里……这样！”

我和榴莲都缩了脑袋，因为郑凯给人的感觉是温文尔雅的，从未见过他如此刻这般阴冷，他的笑容带着冷傲，外加手上的动作和额前微微飘逸的刘海，以及那带着冷笑的双眸，自然而然给人一种邪魅的感觉。

至于高子健，人家拿着红酒杯在一旁品酒，压根就不参与这几个人之间的讨论。

我怎么会不认识这三个人呢？化成灰，我都认识。

高子健的心里面应该也清楚这一点，他让我置身事外，我想，只是不想让我再一次与这几个人之间有任何的瓜葛。

他的良苦用心，我都明白的。

至于这三个还在狡辩的男人，我想，高子健一定有方法应对。

"看样子，对方的面子是比我们大帅的面子要大一点。"李树从沙发上站了起来，缓缓地上前两步，在三个人的面前晃了晃，继续说，"知道自己做了什么蠢事吗？我呢，不喜欢说废话，只想再问你们一句，知道错了吗？"

李树弓着身子，手指在面前的茶几上轻轻地晃了晃，我还没有看清楚怎么回事时，桌上的一个果盘就这么砸了出去。

恰巧砸到了那个欺负我的人身上，他一动未动，坐在沙发上，一句话没说。

"大树，"高子健从沙发上站了起来，将红酒杯放在了茶几上，微微地撸了撸袖子，朝前走了两步，走到了三个人的面前，轻轻地咳了一声，"你们先回去吧，最近天气不好，下雨，路上小心点。"

"大帅！"被砸的那人忽然抬起头，紧张地看着高子健，"照片真的不在我们这里，我们……我们……"

"他妈的，忽悠老子呢！"李树抡起了红酒瓶，直接甩了过来，我和榴莲紧张地站了起来，生怕事情真的会闹大，谁知道高子健已经先行一步，将酒瓶挡了下来，示意李树不要轻举妄动。

李树冷哼了一声，扯了扯西服的衣领，退后了两步，至于高子健，则将红酒瓶放了下来，说："你们先走吧。"

三个人同时抬起头，似乎对高子健的言语有些不可思议，不仅仅是他们，我也觉得有些不可思议，高子健又摆了摆手，然后，三个人迅速地退出包厢，走了出去。

门还没关上，我就忍不住蹿了出来，毫不犹豫地抱着高子健，靠在他的胸膛上，却什么话都说不出来。

李树抱怨："他妈的，以为多有种，全他妈的软蛋，子健，为什么不给他们来点硬的，说不定，他们直接就能作证了。"

高子健说："从刚才他们的表现来看，他们只是受人指使，找麻烦之前，并不知道对方是谁，现在猛地知道了，肯定是受到些惊吓，需要一点考虑的时间，不过这个已经不重要了，最重要的东西，我已经问出来了。"

"什么？"

高子健淡淡地笑了笑，说："这个你们就不用操心了，由我来搞定。"

从夜城出来，带着我去看房子。

到了门口，高子健笑着说："陈玉佳，你先闭上眼。"

"都到门口了……"

高子健没有理我，一只手盖在我的眼睛上，拉着我朝前走，不一会儿，我听到他说："陈玉佳，惊喜来喽！"

我睁开眼，看着面前的公寓房，心里面一阵感动。

房子五六十平方米，典型的公寓房，厨房设计在阳台上，和室内隔了一道玻璃门。卫生间是单独隔出来的一间，里面有热水器。

房子不大，但是基本的生活用品是齐全的。地板是普通的木地板，不豪华，但温馨。

"高子健，这里一个月多少钱？"我拉着高子健的手，问。

高子健看着我，说："这个问题不是你要解决的，现在告诉我，喜欢这里吗？"

我点了点头，高子健抱着我，指着厨房的位置，说："那里是你的天下，以后你得负责我的一日三餐。"

我看着高子健，想着琥珀山庄的房子，一阵愧疚，说："行，高子健的三餐，都由我来负责！"

高子健将房门钥匙给了我，笑着说："下班乘坐22路，坐两站就是这里，陈玉佳，喜欢吗？”

我的鼻子酸酸的，想要说话，却只能紧紧地抱住高子健。一切，都在不言中。

高子健将我送了回去，让我把东西都打包好，明天过来接我。我们笑着在楼梯口告别，刚走两步，就听到了高子健对着电话说：“明天中午我们单独见一面，对，就在那家星巴克。”

他要跟谁单独见一面？刘诗涵，还是……

高子健的电话是背着我打的，心里面的好奇越加浓厚，我记住了他说的时间和地点，一整个早上，情绪都有些不明朗。

周二上午十点，一件大事发生了。上周给兰顿集团做的预算出了问题，公司会损失十万元以上的金额，所有人都是人心惶惶的，没人敢多说一句话。

榴莲给我使了个眼色，示意我万事小心，主要是因为这份预算之前我也参与过。

正当我为此小心翼翼地继续工作时，组长喊了我的名字，示意我过去一趟。

我和组长都到了经理的办公室，组长一直没有看我，指着桌上的数据，将其中的纰漏说给经理听，最后，向他说明，这份报告，是出自我手。

兰顿的预算分为多个部分，我们每个人都负责其中的一部分，组长指出来的数据，的确是我负责，但是……我看了一眼页面上的时间，又察觉到了异常。

“经理，我想这里面可能有点误会，”我指了指桌上的数据，说，“这份数据的确是出自我手，但是这一天，我并未参与。”

那天一整天我都在忙着孙一清给我安排的工作，根本没有再涉及这份报告，肯定是哪里出了问题。

“小佳，这份数据自始至终都是你一个人负责的，现在出了问题，不是推卸责任的时候，”组长看着我，缓缓地开口，说，“我承认，作为你的上司没有管理好手下的员工是我的问题，但是我不希望，你在出了问题之后不自我反省，而是逃避责任。”

组长说得义正词严，我承认很有道理，如果是我的错误，我愿意承担，但是不是我的问题，我又为何去背这个黑锅？而且，这个黑锅，还可能使公司损失十几万元。

这后面的利益关系，我又怎么会不懂？

“经理，负责这个数据的人的确是我，但是表格上显示的这一天，我是在忙着孙经理安排下来的工作，并没有参与其中，这一点，你可以问一问市场部的孙一清。”我直接开口说。

组长一脸惊诧地看着我，我也看着她，不愿退步。

经理轻轻地叹了一口气，说：“这件事情必须有人担负责任，我会和市场部沟通，你们都先出去吧。”

组长张了张口，似乎还想要辩解什么，但是经理表现出来的态度已经十分明显，于是，我们都走了出来。

我准备直接回去，但是却被组长喊住。她拉着我走到了走廊空旷地，笑着看着我，说：“小佳，上两次你犯了错，我可以帮你，因为错误不大，而这一次，十几万的损失，公司不可能不追究责任，我帮不了你了。”

我轻轻地摇了摇头，说：“这件事情会查清的。”

组长看着我，笑着说：“整个部门的人都知道你和孙经理关系不一般，是真的吗？”

我轻轻地扯了扯嘴角，没有说话。

如果我没有记错，上一次的问题，组长似乎也是故意让我背黑锅的，她已经吃定我了。可是这次失误和上次不同，十几万块，且不说公司追究的问题，如果承认有了这个错误，在这个行业，谁还会要你？

榴莲给我发了信息，说是在餐厅等我。我一五一十地将问题说明，最后，榴莲得出的结论是：上辈子我抱着组长的儿子跳了井。

我明白了，这件事情必须有个人出来承担责任，其他几位在这里工作的年限都比我长，平时也没有听说有任何前科。而我不同，我来公司不足一年，还有过两次前科，这次失误，她理所应当找我来背黑锅。

但是榴莲说了，报表上有时间，孙经理又能证明，摆脱黑锅没问题，但是这个月的奖金，没有了。

我有些难过，一点饭菜也吃不下去。看了一眼时间，忽然想到昨天晚上高子健说的事情，跟榴莲匆匆告别，转身朝星巴克奔去。

我不知道高子健要见的是谁，只是担心那晚遗留的问题会影响到他。

一楼是玻璃门，室外露天的遮阳伞下，高子健坐在那里，面色平静。

他的身上穿了一件海蓝色的衬衫，对面，则是着装漂亮的刘诗涵。

忽然，刘诗涵上前一步，靠在了高子健的肩膀上，情绪似乎有些激动，嘴巴一直动，不知道在强调什么。

高子健的手定格在半空中，最终，落在了刘诗涵的肩膀上。

我快步朝星巴克奔去。等我走到了两人面前时，高子健和刘诗涵已经保持了安全距离。

高子健有些错愕地看着我，问："小佳，你怎么在这里？"

我瞥了一眼刘诗涵，说："没事，恰巧路过。"

"小佳姐，太阳这么大，要不喝点冷饮再走？"刘诗涵一脸伪善的笑容。

"谢谢，最近大姨妈光顾，不能喝！"我冷冷地说了一句，拉着高子健就走。

高子健看着我，又看了一眼刘诗涵，说："小涵，你让司机过来接你吧，我要跟你嫂子先走一步了。"

刘诗涵上前一步，笑着看着我们，说："没事的，子健哥哥去陪小佳姐吧，如果有什么需要我帮忙的，直接跟我说。"

我没有看错，刘诗涵的眼睛是红肿的，她刚才一定是哭了。

居然用苦肉计来博取同情！

我轻轻地吸了一口气，说："行了刘大小姐，咱们能别笑了吗？你帮忙，我看还是算了吧，你当我这双眼睛的像素是白赋予的？猫哭耗子假慈悲！"

刘诗涵一脸委屈地看着我，说："小佳姐，你什么意思啊，难道我……我做错了什么吗？"

我还没来得及说话，高子健已经把我扯到了身后，我听到他说："小涵，你帮的忙我记在心里了，早点让司机来接你，我们就先走了！"

"高子健，她哪里好了？她哪里好了？"我脱口而出。

高子健没有料到我会如此火大，震惊地看着我，说："小佳，别闹了，走，我们回去再说。"

"子健哥哥，既然照片你已经拿到了，我就先走了。小佳姐……她似乎对我有点误会。"

我转过脸看着刘诗涵，问："照片你给高子健了？"

刘诗涵惊恐地看着我，说："是的，已经封锁了，小佳姐，你放心吧。"

我看着刘诗涵那双眼睛，纯情中带着委屈，简直就像一只胆小的小仓鼠，那天在步行街她可不是这么说的，她想做什么？

"刘诗涵，别跟我装了听见没有？《名侦探柯南》几百集我都看完了，你在我面前迈这种犬步，跟老娘装什么纯情！"

"小佳姐……你……"刘诗涵的眼泪立即从眼眶流出，转身跑开了。

"小涵……"

高子健追了一步，转过脸来看向我，说："陈玉佳，咱们别闹了行吗？你看你……"

我看着高子健，声音平静地问："高子健，刘诗涵跟你说什么了？她跟你说了什么？让你这么待见她！"

高子健惊愕地看着我，路旁的几个行人也朝我们看过来，我继续问："高子健，你知不知道你在跟谁喝咖啡？要不是刘诗涵，我能被……"

"陈玉佳，"高子健打断了我的话，轻轻地叹了一口气，"平时你怎么闹，我都不管你，可是今天，你有些过分了。我知道你这两天委屈，可是小涵也只是想要帮我的忙，相机的内存卡是小涵帮我们拿回来的，你误会了。"

我浑身一怔，低下头看了一眼高子健手中的内存卡，顿时明白了事情的原委。刘诗涵一直跟我强调如果我说出了事实，不但没有人会相信，还会连累到高家，她的目的在于，不让我说出自己的遭遇来。

而高子健，他昨天晚上只是问了那三个人几句话，我本以为他是能够知道真相的，却不料，刘诗涵快我一步，找到了高子健。

内存卡给了高子健，不仅仅会取得高子健的信任，还会让我有苦说不出。这一招，真狠！

我冷哼了一声，夺了高子健手中的内存卡，朝地上一扔，用力地踩了下去。

“小佳……”高子健拦着我，说，“都过去了，那些人都受到了惩罚，别怕……”

我的下巴靠在高子健的肩膀上，委屈地说：“高子健，我不喜欢刘诗涵。”

“好好好……”高子健轻轻地拍了拍我的背，“小涵这次帮了我们的忙，我得谢谢她，我保证，以后再也不跟她见面了，行吗？”

刘诗涵这好人装得实在是太像了，表面上，她帮了我们的忙，我应该谢谢她。可是实际上，她料定了，我在高子健的面前，不会表现得过于憎恶她。

公司的事情没解决，这件事情又变成了这样，我怎么这么倒霉？

MSN上跳出了信息，孙一清让我去一趟他的办公室。

我轻轻地叹了一口气，朝市场部奔去。

他让我坐下，并且端了一杯咖啡给我，安慰我说：“兰顿的事情的确非同小可，具体的你们部门经理已经跟我谈过，陈玉佳，我只问你一句，这件事，到底是不是你的纰漏？”

“孙经理，真的不是我！现在我们组长十分笃定地将这个责任推给了我，可是那一天，我真的没有动过里面的任何数据。”

“责任推卸这种事情其实十分常见，如果那天的数据不是你做的，又会是谁？这个要查一查考勤，看看你们部门那天谁过来上班，碰了这份数据，就知道结果了。”

我瞥了一眼孙一清，说：“考勤在人事部，我这种小职员，怎么查啊？”

孙一清轻轻地咳了一声，说：“先回去吧，这件事，交给我了。”

我也不知道为什么会觉得孙一清靠谱，转过脸看去，他已经在查看桌上的文件了，在公司里，这件事说大不大，说小也不小，他愿意帮我，让我十分感激。

好不容易熬到了下班时间，晚上还要搬家，我让榴莲先行一步回去，而我，则等着孙一清查到的线索。

十分钟后，孙一清让我去他的办公室。我看着他脸上的神色，不安地问："查到了吗？"

孙一清指着文件，说："你自己看看吧。"

我低下头，瞥了一眼人事部递来的考勤表，顿时惊住了。

那一天来上班的人，除了我和榴莲之外，别无他人。

孙一清开口："这个是按照指纹打卡记录下来的，你看……"

"不可能。"我轻轻地摇了摇头，"榴莲不是这种人，如果是这样，那我去主动认错。"

"你现在去哪里？"孙一清喊了一声，直接朝我走了过来，说，"我的话还没有说完，你急着走什么？"

我转过脸看着孙一清，说："反正，我就是不喜欢别人说我的朋友。"

孙一清叹了一口气，手指朝我的脑袋上拍了拍，我有些呆愣地看着他，听见他说："这只是表面上的数据，明天看一看监控，就知道捣鬼的人是谁了。"

在公司这种复杂的情况下，遇到这种需要背黑锅的事情，孙一清的行为无疑是给了我莫大的帮助，出了电梯，我半开玩笑说，如果事情能够解决，那孙一清可算是我的衣食父母。

孙一清转过脸来看着我，笑着说："衣食父母？"

我点了点头，说："是啊，这份工作对我而言很重要，没了它，不就没了衣食父母了？"

孙一清的眼神瞥向我的右侧，问："拉链坏了？"

我低下头瞥了一眼自己的包包，点了点头，说："早上挤公交挤的……"

"拿来，我试一试……"孙一清伸手，接过了我的包包。

孙一清细长的手指在轻轻地摆弄着包包，忽然间，"哗"的一声，里面的东西掉了出来。唇膏、记事本、圆珠笔等瞬间落在了地砖上，我急忙低下头去捡，谁知脑袋被撞了一下，直接朝后仰去。手腕被抓住，身体被用力地扯了过去，然后，压在了某人的身上。

捡东西撞到了脑袋，因为惯性，身体后仰，孙一清眼疾手快，将我扯了过去，结果他自己又摔了下去。我有些呆愣地压在他的身上，反应过来时，迅速后退了两步，急忙说着对不起。

孙一清翘着嘴角笑了，他绅士地从地上站起来，上前两步，走到了我的面前，伸出手，要拉我起来。我有些窘，看着孙一清的手，不知道该上前，还是后退。孙一清直接弯下身来，双手扯着我的胳膊，猛地用力，就把我从地上拉了起来。我的鼻尖是他身上的香水味，一刹那的靠近，让我双颊不由自主地红了起来。站稳之后，我慌忙蹲下身，开始捡地上凌乱的物品。孙一清也没有说话，蹲在我的对面，一样一样地朝我的包包里装。

我耸了耸肩，笑着说："今天谢谢你。"

"真的要谢我，可以等明天看了监控再说。"

手机响了，是高子健打来的电话。

"现在在哪里？"高子健说话总是直奔主题。

"公司楼下。"

"嗯。东西我都已经搬过去了，现在去接你。"

我抬起头，看了一眼对面的大厦，问："高子健，你想好了吗？"

对我而言，同居，不仅仅意味着两个人生活在一起，同时，也有着和婚姻一样的承诺和责任。

高子健自由惯了，散漫惯了，我真的担心他会不适应。

"陈玉佳，这句话应该我问你，"高子健恼火的声音传了过来，说，"你确定，从今天起，不再接受其他男人的好意，一门心思地接受我的宠爱了吗？"

我一不小心就笑了出来，暴露了我此刻欢愉的心情。

"我确定。"我笑得有点傻，我知道。

"我也是。"

我和高子健住在一起了。匆匆地和榴莲告别，就回到住处打扫卫生，高子健负责卫生间和厨房，剩下的交给我。

我想给我们两人共同居住的地方取一个名字，因为它对于我和高子健而言，需要很大的勇气。

它就是“家”。

整理完行李已经到午夜了，我和高子健躺在大床上，第一次觉得，幸福原来可以这么简单。

他将我拥抱在他的臂弯里，声音轻轻的，他说了很多话，但是我记得最为清楚的，就是那一句——陈玉佳，我高子健，绝不会让你一辈子都蜗居在这样的小房子里，我一定会用自己的双手，创造我们的未来。

我没有说话，但是眼泪已经流出了眼眶。我和高子健在一起，虽然时间不久，但是大多数情况下，都是他在宠爱我，也是他的宠爱，让我那么快地忘记对一些人的憎恶。

高子健抱着我，舌尖在我的泪水上轻轻地划过，他说，味道是甜的。他的吻是深情的，从我面颊上慢慢地滑落，每一步，都是那么温柔。

我的浑身都是颤抖的，原本疲倦的状态被他慢慢地赶走，我们彼此相拥，好像未来，就掌握在彼此的手中。

多少年后，我偶尔还是会回到这个我们第一次居住的地方，虽物是人非，沧海桑田，但是关于那一晚，我知道，有些东西，已经像文身一样深陷入心脏中，永远，都磨灭不掉。

第一天一早，高子健早早地去上班了。我换了衣服，这才发现包包的拉链坏了。

孙一清送的礼物，是一个嫩粉色的包，在这个时候，正好实用。

到了公司，依然能够感觉到空气里浮动的不安分子。

我紧张地打开MSN，看到孙一清给我留了言。

午饭时间，我和榴莲一同坐在一楼的餐厅，等待着孙一清的答案。

“根据保安室的录像，那一天，你们组长也在。”孙一清看着我和榴莲，声音平静地说。

我和榴莲相互看了一眼，又听到孙一清说：“我查过她的账户，有件事，我不知道该说不该说。”

“说呀，孙经理。”榴莲催促道。

孙一清看了我一眼，平静地说：“你们组长，前一个星期得到了一笔款项，而转账给她的人，或许，你们都认识。”

“嗯？”我和榴莲疑惑地对望了一眼。

“之前小佳不是说有个朋友姓刘？我查的这个机构，它的所有者，也姓刘。”

我看了一眼榴莲，又看了一眼孙一清，说：“不会是刘诗涵吧？银行隐私，你怎么查的啊？”

孙一清顿了顿，说：“我托朋友查的，不会有错。”

我咬了咬牙，拿起手机，直接给高子健打了电话。

高子健最近太忙了，电话响了两遍才被接听，我轻轻地吸了一口气，说：“高子健，我现在有话要跟你说。”

“我刚忙完，要不你来公司？”高子健的声音里透着笑意。

我刚准备说话，就听到了电话那头传来的声音：“子健哥哥，你也过来吃一点呗，那么辛苦。”

这个声音是谁我比谁都清楚，这说明什么？说明刘诗涵现在就在高子健的工作室！我深深地吸了一口气，问：“高子健，刘诗涵是不是在你那里？”

高子健轻轻地咳了一声，说：“十分钟前来的，给李树他们带了一点吃的，你中午要是不忙，就一起过来？”

我抓起桌上的包包，电话没有挂，直接朝对面的大厦冲了过去，一边走一边说：“高子健，我有一件很重要的事情要跟你说，我告诉你，其实照片的事情，就是……”

一辆公交车在马路中间鸣起了喇叭，电话那头什么都听不到，等我穿过天桥到了对面时，高子健的电话已经挂断了。

我看了一眼大厦的大门，深深地吸了一口气，直接奔了上去。

如果说照片的事情就此已经成为过去，那么现在呢？刘诗涵居然收买了我们的组长，就是为了将这个错误推在我的身上，毁我工作、毁我名誉，真是卑鄙!

是可忍孰不可忍，这一次，我绝对不会再忍了!

刚走到工作室门前，就听到了里面传来的欢笑声，里面的女人不是别人，正是刘诗涵!

我轻轻地吸了一口气，抬脚就冲了进去，直接冲到刘诗涵面前，问道："刘诗涵，你什么意思？有本事咱们就公平竞争，装纯情装到你奶奶面前了？狗眼瞎了？"

刘诗涵惊讶地看着我，满脸委屈。

"装，继续装！"我朝刘诗涵大吼，"你以为给我工作上使了点绊子我就怕了你了？"

"小佳姐，我到底做错了什么？"刘诗涵的眼泪直接冒了出来，看着我说，"你要是不喜欢我来看子健哥哥，我以后不来就是了，用不着……"

"刘诗涵，别装了行吗？你收买了我们组长，让她在我的数据报表上做手脚，你真是卑鄙！"我生气地看着刘诗涵，继续说，"你说你小小年纪什么都不学，尽学这些歪门邪道，你爸妈得承受多大的心理压力把你养大啊？嗯？"

刘诗涵看着我，深深地吸了一口气，两行眼泪已经滑落，看了一眼李树，说："李树哥哥，我先走了，我……"

"你把话说清楚！"我挡在刘诗涵的面前，抓着桌上的饮料，泼到她的脸上，只听一声尖叫响起，刘诗涵就倒在了地上。

"五十毫升的饮料就把你泼到地上了，你怎么这么会装啊？"

"嫂子，是不是有什么误会？"李树扯着我的胳膊，小声地说，"你先消消气，消消气。"

"我骂你都是对你客气了，没事就喜欢装，以为你爸是王中王，你妈是谍中谍啊！"

"陈玉佳！"一声怒吼传到了我的耳中，高子健提着饭盒站在门口，看着地上的刘诗涵，"怎么回事？"

“高子健，你问问刘诗涵，你问她是怎么背地里使坏的？”我指着地上的刘诗涵，大声地说。

高子健蹲下身，看了一眼刘诗涵，问：“怎么回事？”

刘诗涵看了我一眼，咬着双唇，眼泪又吧嗒吧嗒地掉了下来，说：“子健哥哥，不是小佳姐的错，是我自己……是我自己活该……都是我的错！”

“你知道是你的错就好，这一次也就算了，要是再有下次，我绝对不会这么客气！”

刘诗涵泪眼汪汪地看着我，扯着高子健的胳膊，说：“子健哥哥，以后我再也不会来看你们了，都是我自己多事，我不该下班后……我再也不惹小佳姐生气了……”

我的双眼瞪得椭圆，看着高子健伸出手，将刘诗涵抱了起来，歉意地说：“你嫂子只是‘大姨妈’来了，别哭了。”

李树将纸巾递到了高子健的手上，淡淡地看了我一眼，高子健扶着刘诗涵坐下，小心翼翼地擦着她脸上的泪水。

“高子健……”我扯着高子健的胳膊，说，“她是故意的，她……”

高子健瞪了我一眼，说：“陈玉佳，别闹了。”

我吃惊地看着高子健，说：“高子健，现在闹的人不是我，你问问她，你问问她干了什么好事！我工作都要丢了，你还说我在闹，高子健，你……”

高子健看了我一眼，拉着我走出了办公室。

电梯口。

“小佳，你今天有点太过分了。”高子健看着我，义正词严地说，“刘诗涵和我的关系就是普通得不能再普通的朋友，她见李树和我这两天加班辛苦，所以顺道带了一点吃的过来，你……”

“高子健，你的意思是我无理取闹了？你知不知道刘诗涵对我做了什么？错不在我，你怎么什么都不问，上来就批评我？我陈玉佳在你心里面，就是无理取闹的人吗？”

高子健轻轻地叹了一口气，说：“陈玉佳，我们就事论事，我没有别的意思。”

“就事论事？”我瞪着高子健，无奈地说，“是不是因为她主动将存着我的照片的内存卡交给你，你就觉得她非常善良、纯洁，就我陈玉佳是粗俗不堪的？”

“小佳……”高子健上前一步，拉着我的手，说，“我能接受你的所有行为，但是我并不希望，我喜欢的女人……”

我想解释的，可是不知道为什么，话到嘴边，却什么都说不出来了。不是刘诗涵厉害，而是我太笨。

解释是徒劳的。就是这一点点的事情，有些东西，我也看清了。

电梯门开了，我走了进去，说：“让我一个人静一静吧。”

刘诗涵耍诡计厉害。她厉害，所以拍了照片可以主动奉上；她厉害，送了午餐过来，笼络了所有人心，所以只要我跟她有冲突，就连我最喜欢的高子健，都觉得是我做错了。

我承认，刘诗涵很厉害。

下了电梯，就被榴莲和孙一清叫住了，两人都是期待的眼神。

我叹了口气，说：“走吧。”

下午去了孙一清的办公室，竟然发现，我们的组长也在。

办公室的窗帘和门都是紧关的，看这个阵势，孙一清是有事要说。

“我相信刚才我们的谈话内容已经将我的意思表达得十分清楚明了，我需要一个准确的回应，你看呢？”孙一清双手放在办公桌上，一脸镇定地看着组长。

他和组长说了什么？为什么组长脸上的神情如此沮丧？

“小佳，我和组长已经确定过了兰顿的失误问题，你看，是用法律程序，还是私下解决呢？”孙一清一副从容淡定的模样，看着我，声音沉稳地说。

法律程序？私下解决？难道，孙一清已经跟组长确定过了？我看着孙一清的那张脸，轻轻地咳了一声，刚准备说话，就听到组长说：“孙经理，这件事情是我们财务部内部的事情，就不麻烦您了，我看，还是我去跟我们经理私下协商吧。”

“那兰顿的失误问题……小佳……”

“孙经理您多虑了，和小佳一点关系都没有……”组长看着孙一清，从椅子上站了起来，笑着说。

孙一清也站了起来，跟我们组长握了手，笑着说：“嗯，公司是问责制，但是兰顿的失误还是可以用那个方法弥补的，希望能帮上你的忙。”

组长尴尬地笑了笑，抬脚走了出去。

这是我第一次看到这个更年期的女人的笑容，比我想象中的更难看。

门关上之后，我好奇地问：“怎么回事？事情解决了吗？”

孙一清笑着对我说：“没问题了。倒是你，跟你男朋友说得怎么样了？”

我低下头，尴尬地说：“没怎么样。”

孙一清没有说话，我想到刚才我们组长的客气模样，好奇地问：“你是跟我们组长摊牌了？那她会不会负全责？听说，她家里还有个吃奶孩子……”

“她不负责，那这件事谁负责呢？把一己私利放在第一位，这种行为本就是错误的，”孙一清看了我一眼，义正词严地说，“不过，我已经将损失降到最低了，她只要按照我说的做，工作还是能够保住的。”

我轻轻地嘘了一口气，说：“那就好，我们组长的工作经验丰富，但是做我们这一行，一旦名声败坏了，找工作也就难了。”

孙一清点了点头，笑着看着我，说：“在你心里面，我就是那么不近人情啊？”

我摇了摇头，说：“没有没有，今天真的谢谢你。”

下班之前，高子健没有给我发信息，我借口加班，直到晚上八点半，他依然没来接我。

我失落地朝电梯口走去，恰巧遇见孙一清。

他笑着看着我，说：“好巧。”

我耸了耸肩，说：“如果你也失恋的话。”

孙一清按了电梯，失望地说：“我是想知道失恋是什么感觉，只可惜，没有人跟我恋啊！”

我扯出了一个笑容，说：“真的恋爱了，你就没有这么期待了。”

“买的时候就觉得适合你，没有想到，真的很适合。”孙一清指了指我手上挎着的包包，笑着说。

“你是想说我的形象很甜美，适合这种甜美系的？”我尽量让自己显得幽默。

孙一清十分肯定：“如果不发火，绝对是。”

他说得笃定，不禁让我看了一眼电梯上自己的倒影。长发飘飘，浓眉大眼，不胖不瘦，还算可以。

只可惜，高子健觉得，我就是那种喜欢撒泼的人……

电梯的门开了，我和孙一清径直朝前走，忽然，他转过脸来看着我，说：“如果真的有误会，可以试一试好好沟通，你这么皱着眉头，分数骤减啊！”

“我是想去沟通解决的，可是对方直接把我毙掉了，根本没机会。”

孙一清停下脚步，目光温和，平静地说：“那你还喜欢他吗？”

我毫不犹豫地点了点头。

孙一清又说：“瞧，问题已经解决了。”

我疑惑地看着孙一清，问：“哪里解决了？”

“你那么聪明，怎么这点问题都想不清楚呢？试想，如果你们彼此相爱，其他的问题，根本不是问题。”

我想了想，这才恍然大悟，兴奋地给孙一清鞠了一躬，笑着说：“你说的我都明白了，今天真的非常感谢你！孙经理，我发现你真的是太有才了，公司的事情要不是因为你，我可能……改天我和高子健请你吃饭吧！”

孙一清脸上一愣，瞥了一眼别处，说：“瞧，他来了。”

我顺着孙一清的目光看去，就看到了不远处走来的高子健。他面色平静，问：“下班了怎么不过来找我？”

语气不太友好。

孙一清主动告别，朝停车场奔去。只剩下了我和高子健两人，高子健又说：“你们市场部的经理，怎么作息时间和你们部门同步？”

我听出了他话里的讽刺，回应道：“人家千金大小姐，不也是跟你们同步吗？”

高子健看着我，说：“陈玉佳，别闹了行吗？”

我很不喜欢高子健说这句话，至少现在听上去，像是对我重重的讽刺。我转过脸看着他，想要说点什么，却什么都说不出来，最后，变成了那句，回去吧。

回到家中，高子健疲倦地朝床上躺去，我听到他“哎哟”一声，开了灯，这才看到，他是躺在包装盒上了。

高子健将包装盒拿起来，瞥了我一眼，目光缓缓下沉，最后，落在了我手上的包包上。

“买的？”

“上次帮孙经理照顾小黑，他不好意思，给我带回来的礼物。”

“孙经理？刚才在你们公司楼下遇到的那个孙经理？”

我看着高子健的表情，疑惑地问：“高子健，你到底想说什么？”

高子健看着我，说：“我没想说什么，我就是不喜欢这个包。”

“高子健，你这是不是没事找事？”

“陈玉佳，老实说，那个孙一清，是不是在追你？”高子健站了起来，阴阳怪气地质问我。

这一次，我真的很不高兴了。

“高子健，名字记得倒是挺清楚的，怎么了？我帮孙经理照看狗狗，人家送我一个包包，难道有问题？”

“陈玉佳，你现在这么理直气壮是什么意思？照看狗狗就要送Prada的限量款，到底是你傻，还是他傻？”高子健指着包包上面的logo，开始跟我辩论。

“高子健！”我将包包拿了过来，窝火地说，“你现在是无理取闹你知道吗？你是想说孙经理，还是想说我？你是觉得孙经理有问题，还是觉得我有问题？”

高子健看着我，说：“陈玉佳，你别以为我不知道那个孙一清到底什么意思，昨天晚上你们在门口的那一幕我看得清清楚楚，今天晚上你们又是一同下班的。孙一清！你没有发现我们回来到现在，就围绕这个人一直在转吗？”

我惊住了，想到刘诗涵的事情，忽然委屈得说不出一句话来。

“陈玉佳，”高子健瞪着我，说，“你想怎么闹，我都能由着你，你有脾气，不满意，我也都可以宠着你，但是昨天晚上你和孙一清在你们公司楼下，发生了什么，我都看得一清二楚，我只想告诉你，你任性可以，但是用错了方式。”

“够了！”我怒吼了一声，将桌上的包包拿了起来，笑着说，“高子健，我这个臭脾气我估计是改不了了，你也不用委屈了自己，既然你觉得我们在一起不合适，行，那我们就先冷静冷静吧。”

“可以。”一个轻轻的声音传到了我的耳中，“你现在要是觉得跟我在一起过得不开心，就去找你的孙经理吧。”

我的手有些发抖，转过脸看着高子健，只能看到他清冷的侧脸，没有任何表情。

我不知道他为什么会这么说，但是听到这些话，心，是很痛的。

我和高子健搬到一起的第二天，我的小生活还没有开始享受，就被赶了出来，说起来，这真的是一个笑话。

我跑去跟榴莲诉苦。

榴莲说：“你们两个真的是我见过的最有意思的情侣，这才第二天啊陈玉佳，居然直接闹到了回娘家，算了，分了吧！”

我惊讶地说：“不至于这么严重吧？”

“男人就是用来疼女人的，说了那么多的废话都是没用的，关键时刻，居然让你一个人跑回来，就算他高子健是个龙太子，一样滚蛋！”

我轻轻地咳了一声，没有说话。

“不过陈玉佳，你是真的不知道这个包是限量款？”榴莲对我挤了挤眼，似乎在试探。

我瞪了她一眼，说：“上次在医院，他送的那个甜品我都没要，怎么可能会收这么贵的东西？”

榴莲看着我，拍了拍大腿，说：“我就说嘛，这个高子健，真的不识好歹，让他滚蛋，你呀，好好享受享受单身生活。”

我还是哭了。躺在床上，眼睛又忍不住盯着高子健的手机号码，几个小时了，他也没给我发信息。

我和高子健闹别扭了，这一次，他不理我，我也没理他，和前两次不同，他居然连短信、电话都没有。公司里的事情终于解决了，五一放假了。榴莲和郑凯去欢乐岛度假，留下我一人在家。

去厨房弄吃的，手上的力气用得太大，水龙头里的水像是脱了缰绳的野马一样，直接朝外涌，我紧张地看着越来越大的水势，急忙找房间里的水闸，可找了好久，都没有找到。

水势越来越大，我拿起手机给榴莲打电话，只可惜，电话无人接听。

走到了门外，询问了邻居，才知道水闸的位置，只可惜，水闸是被锁起来的。

厨房的水越来越多，我急急忙忙地换了鞋，手机在这个时候响了起来，我直接按了接听键。

“榴莲，咱们家水龙头坏了，怎么办？厨房的水一直朝外冒！”

“小佳？”是一个男人的声音。

我看了一眼手机，居然是孙一清的电话。

“孙经理，我家的水龙头坏了，厨房的水一直朝外冒，我……”

“别紧张，马上去找物业，我就在附近，一会儿就能到。”

物业也放假了，水闸的钥匙没有找到，我家现在已经水漫金山了，当我看到孙一清抄起螺丝刀冲上去时，我顿悟了。

孙一清撬开了锁在水箱外面的那把锁，然后关掉了水闸。

客厅里只落了浅浅的一层水，我急忙拿着拖把朝厨房的位置甩，孙一清不知道从哪里变出的吸水拖把，直接将木地板上最后一层水给吸干了。

好好的五一，差点就变成了惊魂五一，我累得趴在沙发上，不停地抱怨。

孙一清却笑着说：“这算是打扫卫生啊。”

我佩服他的幽默，瞥了一眼面前的这人，纯白色的亚麻衬衫和墨绿色的休闲裤，看上去也算灵气十足。之前很少看到孙一清露出胳膊，现在的他，袖子挽得老高，露出了结实的胳膊，显得男性魅力十足。

我又很不争气地想到了高子健，他也喜欢挽着袖子。

“饿坏了吧？水龙头坏了，先去外面吃，回来的时候买一个换上，就没问题了。”孙一清将拖把挨个放好，平静地说。

从昨天晚上到今天中午十二点，一口饭没吃，能不饿吗？

换了衣服，跟着孙一清一起出了门。

没有走太远，就在小区门口吃的饭，三菜一汤，十分简单。

孙一清吃相优雅，又很绅士，不停地给我夹菜，我原本就饿，吃得很欢，最后，心满意足地抬起头，就看到了孙一清明媚的笑容。

饭后，孙一清带着我去五金店买了水龙头，这时我才知道什么叫作经济适用男，别看孙一清在公司里一副领导模样，在选水龙头时，那叫一个专业。包括水龙头的材质，阀芯，适用水压等问题，问得清清楚楚，最后，选了一个399元钱的包了起来。

付款之后我问他，为什么水龙头要选一个价格这么高的。

孙一清幽默地回答我：“这是家居日用品，和选老婆一样，不求多，只求好。况且，399元钱，物美价廉。”

我觉得孙一清说得挺有道理的，就跟着他朝回走，到小区门口，我忽然有种不安的感觉。

门口停了一辆奔驰SUV，我好奇地瞥了一眼，这一看，我就愣住了。

车内不是别人，正是高子健。

他也看到了我，面色平静，伸手去开车门，然后，又停了下来。我知道，他一定是看到了我身后的孙一清。

孙一清上前一步，跟高子健打招呼。

高子健瞪了他一眼，从车上走了下来，说：“陈玉佳，你还真是无处不惊喜呀！”

孙一清转过脸看着我，表情似乎在询问我怎么回事。我轻轻地吸了一口气，对着孙一清说：“你先上去吧，我要和他单独谈一谈。”

孙一清点了点头，直接走向楼梯口。原地只剩下了我和高子健两人，明媚的阳光洒在他的身上，却掩盖不了他身上的戾气。

冷战，然后莫名其妙地消失两天，又莫名其妙地出现，这就是高子健。

我们两人都保持沉默，高子健看着我，说："陈玉佳，你什么意思？我只是两天没有联系你，你就跟我闹这出，给谁看啊？"

我轻轻地咬着唇，瞪了高子健一眼，保持沉默。

高子健扯着我的胳膊，打开后面的车门，说："Prada的限量款，这些都是给你的，你手里的这个，还给他吧。"

我瞥了一眼车内，十几个包整齐地摆放在车内，全部印着Prada的logo。我惊讶地看着高子健，问："银行卡不是停了吗？你哪儿来的钱？"

高子健瞪着我，没说话。

"高子健，你……"我疑惑地看着高子健，他的眼神明显地带着回避，扫了一眼身前，目光落在眼前的奔驰SUV上，顿时恍然大悟，说，"你卖了你的大奔？"

高子健看着我，声音冷冷地说："是，我就是不喜欢看着自己的女人挎着别的男人送的包包，陈玉佳，只要你把这个包包还回去，你想要什么，我都可以给你。"

我轻轻地吸了一口气，看着高子健此刻的表情，声音平静地说："高子健，我现在明白我们之间真正的问题所在了。你愿意听我心平气和地说完剩下的话吗？"

"陈玉佳，为什么你会跟孙一清在一起？别跟我说凑巧，天底下没有那么多的巧事。"

我的目光与高子健长长地对峙，他和我一样，固执地昂着下巴，不愿意低头。

我深深地吸了一口气，笑着说："高子健，我想，我们真的不合适……"

高子健有些惊讶地看着我，动了动嘴唇，没有说话。

"我承认自己在沟通上的确存在问题，或许是从小养成的那种叛逆的性格才会让我如此倔强，其实，某种意义上来说，我的确是要对你服软，跟你坦白，"我后退一步，尽量让自己的双手不再颤抖，继续说，"比如，我和石磊，我没有处理好，会让你觉得我最在意的那个人，不是你；比如，我和刘诗涵，如果我说内存卡的事情并不是你想的那样，而是跟她有关，你都不会相信；再比如，我在公司里发生的一些事情，是孙一清帮了我，而我，却因为自己心底的一点点小小的自尊，没有向你阐明，我觉得……或许应该……”

高子健转过身，伸出手，一拳头重重地砸在了车身上，恼怒地看着我，说：“陈玉佳，我今天来找你，根本不是为了听你说这些的！”

我吸了吸鼻子，笑着看着高子健，继续说：“是，我知道，如果我现在不跟你说，我怕以后我们都没有机会说话了，我们两个人的思想原本就存在着这样的差异，再朝远处走一点，只会激化更多的矛盾，不如在该停下来的地方停下来，或许，还能彼此留下一点好感，你说呢？”

我们两人的性格都很倔强，所以，最后，只会带给彼此伤害。

高子健的倔强在于他的傲气，殷实的家底，良好的教育，外加那张让多数美女百看不厌的面孔，他有倔强的资本，完全不需要看任何人的脸色，所以，他可以霸道。

而我则相反，我家庭背景一般，性格暴躁，渴望被爱，还没有骄傲的资本。

我们两个人能走到现在，完全是依靠心底的那份喜欢在支撑，爱情会蒙蔽人的双眼，以至于我们不知道自己是否适合对方。

高子健的双拳紧紧地握着，他烦躁地扯了扯衣领，轻轻地咳了一声，说：“陈玉佳，原来真的是我自作多情了这么久！”

“高子健，我们就不能好好说说话吗？”

“说什么？说我们存在着多大的矛盾？说我们要彼此多留下一点好感？陈玉佳，你说得对，我们就是太天真了！要冷静是吧？行，你慢慢冷静吧！”

“高子健，我……”

我的话还没有说完，高子健直接关上了车门，扬长而去。

我没有觉得委屈，我只是觉得悲哀。前一年，我还自豪地说了一声，爱情决定一切，在爱情面前，所有的问题都不是问题，现在看来，很多问题，都是问题。

可是高子健，我还是爱你。

我也终于明白，为什么我和石磊在一起的时候，不会有这些问题发生，他虽然是单亲家庭里成长的孩子，但是骨子里的那份倔强，带着倔强的卑微，和我是相似的。

我和高子健在一起，沟通得太少，所以才会有这样那样的问题。

我怕了，不敢向前走，所以只能朝后退。

蹲下身，看着地上的影子，我已经泣不成声。

这一晚，我和高子健再也没有联系过。看着那串熟悉的数字，我的手指按下拨打键，又收回来。

午夜梦回，我从梦中惊醒，梦见一个人拿着大刀砍着另一个人，模样凶狠，我惊恐地跟着被砍的人一起跑，大刀在我们身后乱砍，直到刀锋落在他的脖子上时，他喊出一声陈玉佳，我才顿悟，他不是别人，是高子健。

我想高子健了。

几乎是本能地，我直接拨了他的电话，结果却是无人接听。我的右眼皮跳得厉害，心里面那种不安越来越强烈，套上外套，拿着钥匙，我奔出了门。

是凌晨一点，小区内十分安静，街道上没有行人，也没有出租车，我疯狂地朝高子健的住处奔去。

站在小区楼下，一方面，我惊讶于自己竟然会干出这么冲动的事情；另一方面，又有些担心高子健并不待见我，思来想去，我再一次拨打了高子健的号码。

这个时候拨打电话的心思是特别的，在我们一次次的争吵之后，梦境里，暴露了我思想中最为不舍的心思，电话那头响起的声音和自己的心跳声形成了一种微妙的旋律。割舍不下，并且不愿割舍。

手机依然处于无法接通状态，我咬了咬唇，直接冲上了电梯。

门开了，一股浓浓的酒精味窜动在我的鼻尖，室内是昏暗的，但是依稀能够看到室内东西摆放凌乱的样子，我的目光直接落在了床上，但是床上没人。

高子健不在这里！那他又去了哪里？

稍微朝前走了一步，地上的酒瓶挡住了我的去路，我低下头，整个地板上狼藉一片，酒瓶、饮料瓶，到处都是。

“高子健？”我轻轻地喊了一声，再扫一眼室内，依然没有看到高子健的身影。

卫生间的门是关上的，我带着不安的心理推开了卫生间的门，一股恶臭直接冲到了我的鼻尖，我开了灯，马桶上都是吐出的污秽，我的胃里一阵翻滚，急忙走了出来。

室内的光线亮了，可是床上并没有高子健的身影，我急忙朝阳台看去，阳台上的窗户开到最大，一种不安的感觉顿时席卷我的心头，眼泪直接就冒了出来。

“高子健……”我的手颤抖不停，伸出头朝窗外看，更加心慌，呢喃一句，“高子健……”

没有任何回应，我终于控制不住自己的情绪，放声大哭起来。

我的哭声越来越大，再伸着脑袋朝窗口看，除了沉睡的城市，别无其他。

“高子健……”我喊得有些撕心裂肺。

“噼里啪啦”的声音忽然响了起来，我不安地转过头，从阳台走到室内，疑惑地看了一圈，最后，目光落在了床底下。

我想我这辈子都不可能忘记高子健此刻的样子，他头发凌乱，衣衫不整，横着躺在床脚下，嘴角还有些污渍，周围都是易拉罐，要多憔悴就有多憔悴。

我两步走到了他的面前，瞥了一眼他的胸口，好在，还有呼吸。

深深地吸了一口气，我看着地上的高子健，愧疚地喊着他的名字。

高子健身上的酒味太重了，感觉到我的呼喊，他稍微有些反应，朝床腿外面挪动了一点，我这才发现，他的手上，握着我们一起抓的娃娃。

我的鼻子酸酸的，将高子健的衣扣解开，小心地扶着他起来，嘴里不停地喊着他的名字：“高子健，我是陈玉佳！”

“陈玉佳……陈玉佳……”高子健抬起了手臂，伸向了我的手。

“是我……高子健……你喝酒了……”

“陈玉佳？”高子健的声音带着一丝丝的疑惑，说，“陈玉佳不是和那个孙子在一起了吗？陈玉佳怎么会来找我？”

孙子？

“陈玉佳根本就不喜欢我……陈玉佳……根本就不喜欢我……”高子健直接在地上打滚，手和脚不停乱动，似乎在挣扎着。

“谁说的？”我有些委屈地看着高子健，说，“你先起来，起来再说……”

“我不起……”高子健眯着眼，醉醺醺地推开我的手，说，“你让陈玉佳过来，你让那个孙子滚蛋！你让陈玉佳过来……陈玉佳……”

高子健醉了，声音有些嘶哑，似乎带着哭腔，我心里面有些烦，可是他还在地上打滚，根本拉不住。

我想扯开话题，可是根本不知道扯出点什么。

高子健的手在地板上抓了抓，抓到了娃娃，抬起手，说：“这个是我和她一起抓的，那个时候她的心里面就没有我……可是怎么办，我就是喜欢她……”

高子健似乎是哭了，声音涩涩的，我拉着他想让他起来，可是他依然不理我，浑身上下无一处干净的，我心疼地去接水，蹲在他的身旁。

高子健很蛮横地推开了我的手，说：“别碰我，把陈玉佳给我叫来！让陈玉佳过来！”

高子健的手臂乱甩，两条腿也蹬个不停，他那样注意形象的人，哪里有过这种狼狈的模样，嘴里一直不停的，就是“陈玉佳”三个字。

我哭了，声音哽咽地看着高子健，说：“陈玉佳只喜欢高子健，她自己说的。”

“不是的……她不喜欢我了……”高子健侧过身，蜷缩成一团，“我知道，我现在什么都给不了她了，签个合同，被人骗，房子是租的，想给她买个包，还得卖了我的车，我什么都给不了她了……”

“高子健，你睁开眼看看，陈玉佳现在就在你面前！”我恼怒地说，“高子健，陈玉佳很喜欢你，陈玉佳不喜欢那个刘诗涵，不喜欢刘诗涵在你面前晃来晃去，她不是故意泼了刘诗涵的，因为刘诗涵找人抓了她，还拍了她的照片，最后还要在你面前装好人，所以陈玉佳才会发火的……”

高子健睁开了眼，怔怔地看着我，一秒，两秒，三秒……

忽然，他从床底下直接蹿了出来，紧紧地抱着我，说：“陈玉佳，我不会是在做梦吧？我……”

“高子健，陈玉佳不会嫌弃你穷，不会嫌弃你没房子、没车，她就是想跟你好好说话……”

说着说着，我也忍不住哭了出来，高子健紧紧地抱着我，他醉醺醺的，手臂却抱得我很紧，说：“小佳别哭，小佳别哭……谁欺负小佳，高子健都会讨回来……”

“高子健，我委屈。孙一清送我包，是因为我的包包拉链坏了，你……你……”

“陈玉佳不哭……”高子健的下巴搁在我的肩膀上，说，“是高子健的不对，高子健是大浑蛋，高子健是大笨蛋，都是高子健的不对……”

“高子健本来就是大浑蛋，”我的眼泪忍不住流了出来，说，“陈玉佳的前男友甩了她，她觉得自卑，她觉得配不上高子健，她觉得高子健这样的男人怎么可能喜欢上自己，她是没脑子，太粗鲁，没给未来的公公婆婆留下好印象，可是她不能说，她就那么一丁点的自尊。她依然喜欢高子健……”

高子健松开我，用衬衫袖子擦着我的鼻涕，小声地说：“高子健知道错了，高子健不知道有人欺负陈玉佳，是高子健的不对，高子健不知道陈玉佳包包坏了，也是高子健的不对，高子健自己惩罚自己！”

他的话刚说完，手腕一甩，就朝自己的脸上甩了过去，又快又狠，我根本没有阻止的时间，紧接着，他又要去打自己，我急忙扯着他的手，放在了自己的脸上。

“我们都有错，要打，就两个人一起打吧！”

高子健看着我，说：“对不起，是我忽略了这些，是我最近太忙了没有时间跟你沟通，是我自己没有自信，觉得会让你吃苦，陈玉佳，我爱你……我真的爱你……”

我吸了吸鼻子，说：“水龙头被我弄坏了，孙一清只是帮忙修理……”

“对不起……”

高子健的确是哭了。他那么骄傲的一个人，被他的父母，被我们之间的感情，被现实三重压力折磨，我知道，他承受的一定不比我少。

高子健说出了他的错，我何尝不是呢？如果我愿意敞开心扉地跟他谈一谈，又怎么会出现彼此间的折磨？

爱情需要经营，不是一味地争吵，在我和高子健经历了这些之后，我们彼此都懂得了对方的底线、对方的心性，或许在大多数过来人看来，彼此间的争吵是一个笑话，但是怎么办呢？爱一个人，也是需要学习的。

高子健在学习中，而我，也是在学习中。生活本来就赋予我们很多经验，关于爱，我们都要学习。

第八章 我们都在学习如何去爱

高子健居然约了刘诗涵一起吃烧烤，这一点让我觉得意外。不过，经历了昨晚的事情之后，我信任他，便老老实实地跟了过去。

我和高子健穿的情侣装。

和我想象中的一样，刘诗涵看到我们时，脸上的笑容的确有那么一点点的僵硬，尴尬的表情只停留几秒，便露出了笑脸。

饭桌上吃得平静，不一会儿，刘诗涵拉着我去了洗手间。我知道，狐狸尾巴就要露出来了。

“呵呵，小佳姐，你的忍耐力真的是不同凡响。”

我转过头看着刘诗涵，压制住心口的怒火，笑着说：“你也不错啊，看到我们这么恩爱，还能笑得出来。”

“陈玉佳，不要高兴得这么早，高家的情况我比你清楚，笑到最后，才笑得最美。”

刘诗涵朝我走来，推了我一下，手里拿着唇彩，还在上妆：“小佳姐，今天的衣服挺漂亮的啊。”

我疑惑地看着刘诗涵，下一秒，她的唇彩就蹭到了我的衣服上。

“情侣服？呵呵。”

坐回座位上，高子健一眼就瞄到了我胸前的唇彩，问：“这是怎么回事？”

“子健哥哥，这是……”

“我在问你嫂子，你先不要说话。”

“刚才在卫生间，诗涵妹妹不小心……”

“子健哥哥，这个不是我弄的，真的……是小佳姐自己拿着唇彩朝衣服上画的，我……”

“够了！”高子健从座位上站起来，拉着我的手，转过脸看着刘诗涵，“原本我看在你父母的分儿上是想跟你客客气气地说声不见的，没有想到你竟然一而再、再而三地做出令自己难堪的事情，刘诗涵我告诉你，你要是再这么闹下去，别怪我对你不客气！”

刘诗涵双颊已经憋得通红，目光忽然转向了我，眼神里带着一种冷冽的光芒，说：“高子健，你凭什么这么说我，就为了这个粗鲁的女人？”

高子健淡漠地瞥了刘诗涵一眼，拉着我朝外走。

“高子健！”刘诗涵手捧着化妆包追了过来，厉声说道，“你为什么要这么对我？她是什么东西，她说什么就是什么？为什么你都不能听我一句解释？”

高子健松开我的手，走到刘诗涵的面前，说：“她是我高子健的女人，你，什么都不是。”

刘诗涵双眼瞪大，脸憋得通红。

“高子健，你会后悔的！你一定会为你这个决定后悔的！你等着！”

刘诗涵的声音已经被我们抛到了脑后，但是她的最后一句话却在我的脑海里留下了深深的印象，我回过头看了一眼身后，一种不好的预感顿时席卷而来……

没有想到，这种不安，很快就来临了。正在逛街的我和高子健，居然撞见了高子健的妈妈。

而且，是在一家冷饮店，还是在高子健准备吻我的时候。

三人同桌，阿姨缓缓开口：“子健，从小到大，你在妈妈的心里面都是一个很有分寸的孩子，什么事情该做，什么事情不该做，也要看时间、地点的，你真是越来越让我们失望了！”

高子健神色自然，并未显示出任何的惧怕，我紧张地将他握紧的那只手往回缩，却被握得更紧。

高子健说：“妈，我现在是成年人，我做任何事情都有自己的打算。既然你和爸已经决定让我自己处理身边的事情，还是不要过问太多。”

“嘭”的一声，咖啡杯被重重地放在桌子上，阿姨瞥了高子健一眼，冷哼一声，说：“子健，你需要找一个什么身份的女人你应该比我更清楚，你玩可以，但是不要玩过火了，到时候你爸那里，你自己去说去！”

玩过火？我有些惊讶地看着阿姨，刚准备说话，又听到高子健说：“妈，我一直觉得你温柔知性最懂我，没有想到你竟然也和那群人一样，小佳是什么人我比你清楚，况且，我第一次带她去见你的时候，也没见你如此反对，你说我让你失望，其实你更让我失望！”

“子健……”我拉了拉高子健的手，看了一眼阿姨，说，“对不起阿姨，我们以后会注意的。”

阿姨看都没看我一眼，双眼瞪着高子健，说：“那个时候我也只是见了她一面，对她了解得并不多，如果我知道她是那个样子，你以为我会默认你们交往吗？”

“那个样子”四个字从阿姨的口中说出来时特意加重了语气，让我十分疑惑。

“妈，不要轻易地评价一个你根本不了解的人，陈玉佳，我娶定了！”

“高子健！”阿姨生气地拍了拍桌子，说，“她和刘家那女婿的事情我一清二楚，别天真了！”

我有些惊慌地看着阿姨，张了张口，竟然一句话都没有说出来，高子健直接站了起来，拉着我的手就朝外走。

我们两人像是落荒而逃的败兵，说不出的狼狈。我的耳边清晰地出现了那句话——她和刘家那女婿的事情我一清二楚。

高子健的胸膛也是起伏不定，他轻轻地吸了一口气，握着我的手，说：“对不起，我向你道歉，替我妈妈向你道歉。”

我轻轻地摇了摇头，说：“没事。”

和高子健在一起，最不愿意说的那些话，都在前天那个醉酒的夜晚，毫不犹豫地倾诉出来，关于家庭环境、关于我的性格，我说得都很清楚。我那小小的自尊，被我掩藏得很好，可是我哪里料到，高子健的妈妈，居然如此直接地拿出来批判。

我似乎不是一个合格的女朋友，因为我没能在未来婆婆的面前赚足分数，而且每一次，最狼狈的时刻，都会被她看见。

我不能说我倒霉，因为喜欢与厌恶，在我这里，也十分地直观。

五一假期的最后一天，清晨的日光从窗口照射进来，我和高子健躺在被窝里补觉，他的电话慌乱地响了起来，刚一接听，他的脸色就变了。

是负责装修的包工头打来的电话，貌似是高子健的店面的装修出了问题，高子健匆忙地穿上衣服，直接朝门外走。

我不放心他一个人过去，换了鞋子跟了上去。

远远地就听到了一个大嗓门的女人和几个民工吵了起来，原本假期人就多，围得里一层外一层的，高子健拨开人群，直接蹿了进去。

我虽然挤在人群外，但是里面的声音却听得清楚，大嗓门的不是别人，正是这家店面的房主，她将装修问题交给高子健的公司，一条龙服务，从设计到后期施工，全部承包下来，房主预计的装修时间是两个月，今天偶然过来查看，竟然发现房顶漏水，直接闹了起来。

而房顶之所以漏水，原因在于装修工人施工造成管道漏水。只能向店面设计的承包者索赔，但是施工人员说得清楚，五一放假前期，房内的设施没有任何问题，是今早过来一看，才发现这个问题的。

也就是说，管道漏水引发的吊顶石膏板从房顶整块往下掉，木地板上有积水的问题是意外，而不是施工工人造成的。

公说公有理，婆说婆有理，两方争执不下，差点动起手来。

我急忙拨开人群，看着高子健心平气和地向店主解释，无奈店主过于泼辣，不但不听解释，反而又吵又闹。

男人最不能应付的，就是泼妇了。

我也顾忌不了那么多了，直接走到了身材魁梧、声音洪亮的店主面前，还没有来得及说话，她就喷了我一脸的唾沫星子："明明是你们的错误还不承认啊，我们一家老小都依靠这个店面生活的呀，你们这么做，简直是昧着良心啊！"

"大家静一静！"我也使出了吃奶的劲，大喊一声，"大家静一静！"

连续喊了四声，周围终于安静了一点，而店主大姐一脸好奇地看着我，说："你谁呀？多管闲事！"

我笑了笑，直接拉上了她的手，说："大姐，刚才你说的问题我都已经听清楚了，不瞒你说，我非常同情你，你在这里大喊大叫也没用，不如进去坐一坐……我们……"

"你谁呀？你让我进去就进去？忽悠人呢？"店主直接甩开我的胳膊，我一个踉跄，就摔到了地上。

高子健一个箭步冲了上来，我立即抬起手，制止了他，从地上爬了起来，笑着说："大姐，房子装修出现问题，这事出在谁身上，都会觉得窝火，但是问题总是要解决的吧？你看，你站在门口大吵大闹，根本解决不了问题，还浪费唾沫和体力，你应该静下心来，到屋里面好好说，这样才能解决问题，大家说，是不是呀！"

群众被我这么一煽动，果然一个劲儿地点头。

我继续说："当今社会，因为房子装修问题出现的纠纷非常之多，老百姓不懂法律，很多情况下都会被忽悠。我们装修房子为了什么？最重要的，不就是住得安心吗？你放心，如果施工单位果真如你所说，我可以百分百地保证，帮你找到律师，依法维护你的权益！"

"好！""好！"人群中传来了两声欢呼，我瞥了一眼店主，她的脸上也出现了一丝丝的动容，反握着我的手，说："小姑娘，真的谢谢你，谢谢你了！"

我摇了摇头，拉着店主朝店内走去，人群也渐渐散去，到了店内，我将高子健拉了出来，跟店主详谈。

高子健给店主立下了军令状，保证解决问题，否则双倍赔偿。

店主大姐总算答应，这才离去。高子健小声跟几个民工交代了几句，也让他们先行回去。

高子健说，店内只有三把钥匙，每一步都是他亲眼看着做的，不是拿着钥匙的人有问题，就是有人故意破坏。

故意？

我惊讶地看着高子健，不由得心里面一凉，这种事情，也能故意使坏？

高子健去找了李树，而我直接回了家，让我没想到的是，高子健的妈妈居然来找我了。和她一起来的，还有刘诗涵。

阿姨开口了，第一句是："诗涵，你去厨房烧一点开水。"

我惊讶地看着阿姨，支开刘诗涵，是要说什么？

刘诗涵去了厨房，室内只剩下了阿姨和我，我也不打算逃避什么，迎上了阿姨的目光，声音平静地说："阿姨今天过来，有什么事吗？"

阿姨皱了皱眉，脸上挂着淡淡的笑容，说："房子还算整洁，就是小了点。"

我轻轻地点了点头，又听到她说："你和子健住在一起，你的父母还不知道吧？"

我没有开口，表示默认。

"这么说，你和你的前男友在一起，你的父母也不知道了？"

我轻轻地笑了笑，说："阿姨，我这个人说话喜欢直来直往，你有什么要跟晚辈说的，尽管直接开口，我洗耳恭听。"

阿姨脸上一惊，一只手轻轻地搭在椅子上，笑着说："你这孩子，倒是聪明。这么说吧，我觉得你和我们家子健，不能在一起。"

或许我早已经料到阿姨会跟我说这些，所以听到后我镇定地笑了笑，说："谢谢阿姨，但我很想问阿姨一句，什么原因呢？是什么原因让你觉得我们不能在一起？"

阿姨看了我一眼，说："我不知道你和子健交往的时间里，他有没有跟你提过他的家庭。"

"家庭的问题，和我们之间的感情关系不大。"我回了一句。

"你错了，"阿姨直接否定了我的回答，说，"家庭背景的不同，直接决定了两个人的思想水平也不同，我这么跟你说吧，天安门的阅兵式看过吗？子健的爷爷和爸爸，都是参加过阅兵式的军人。不瞒你说，子健爸爸也觉得，你们只是玩一玩。"

我看着阿姨，从她精致的妆容，到她的谈吐和气质，不得不说，的确很不一般。

家族利益决定了他们的长远想法，这个我完全能够理解。

"既然只是玩一玩，又何必亲自来一趟呢？还是阿姨觉得，我们并不是在玩一玩？"我尽量让自己的双手不再颤抖，使自己镇定一点。

阿姨笑了，且笑容里带着一种鄙夷。她的目光看向我，说："看样子诗涵说得没错，你果然挺厉害的。两个人在一起，肯定是要经历很多事情才会明白是否真的合适，当年我和子健的爸爸，也是经历了很多才走过来的，子健现在已经脱离了家庭的帮助，你们两个人的生活也不会那么容易，何必呢？"

"阿姨，既然你说到你和叔叔之间的感情，那你应该明白，两个人的感情不会因外界因素阻挠就能断的，我喜欢高子健，所以很抱歉，我不能答应你了。"我假装淡定地回答。

阿姨波澜不惊地看了我一眼，说："听说，你父母的工作也挺辛苦的，不如，我给他们安排安排？"

"阿姨，我的父亲虽然只是一名普通的包工头，但是他花的每一分钱都是自己辛苦赚来的；我的母亲，虽然只在工厂里上班，月薪微薄，但是她也是自给自足；至于我，我也是有手有脚，能够养活自己。你就放心吧。"

长长的沉默。屋子里静得只能听到厨房里烧水的声音。我的呼吸有些不畅，但是我告诫自己，必须坚持。

"或许是我的意思表达得比较委婉吧，这么说吧，我们高家，不可能要一个和前男友发生过关系，并且，言谈举止粗鲁的女人做媳妇，现在不可能，以后更不可能。子健从小是要什么有什么，所以主动送上口的，他也不稀罕，但是我相信，他很快就会看明白，自己真正需要的是什么，外面经营得困难，会让他学得乖一点的。女人不能和男人比，多少还是要懂得自爱的，不然，等后悔的时候，就来不及了。”

每一个字，每一句话，都像利剑一样直接插入了我的心口，我轻轻地咽了一口口水，想要说点什么，却一个字都说不出来，最后，变成了长长的沉默。

我告诫自己，陈玉佳，是一个坚强的人。

可是没办法控制自己的眼泪，它还是不争气地从眼眶里流了出来，一滴滴地滑落，落在了地板上。

我猛吸了一口气，靠在床脚，看着头顶的水晶灯，长长地叹了一口气。

手机响了，是孙一清的电话，或许是与他并不十分熟悉的原因，我和孙一清说了今天的事。

他说，或许他应该鼓励我，努力争取属于自己的幸福，不必在意父母的想法，可是，这样明显是自欺欺人，父母和晚辈的关系本就存在，不可能被掩饰，更不可能割舍，他的一个朋友也曾遇到和我一样的问题，那个时候他的确也鼓励她去争取，可是，现在，他后悔了。

我问他后悔的原因，他说，三年时间，那个女孩忙着和父母斗，忙着做婆婆心目中的好儿媳，完全忘了享受自己的生活，失去了真我。与其如此，又何必委屈自己？

我问孙一清是否要坚持，他说，门第观念只是其次，主要问题在于你和高子健，他如果处理得好，你就能少受一点苦；反之，你们会走得曲折。

高子健？高子健现在要处理的问题很多，我舍不得他，舍不得。

我的哭声越来越大，哭完之后，我去准备了晚饭。

等到晚上八点钟，门开了，高子健拖着疲倦的身体回来了。

他的脸色有些难看，头发也有些凌乱，衣领处似乎被扯开过，整个人看上去很是狼狈。

我急忙走了过去，将拖鞋放到他的脚边，问：“怎么了？”

高子健这才抬起头看了看我，说：“陈玉佳，出事了。工作室被砸了。而且，从大厦的监控录像里看不出任何线索。小佳，我什么都没有了。”

“不会的，你还有我。”

我握着高子健的双手，心里面一阵不安，先是北一环装修的店面出了问题，又是工作室莫名其妙地被砸了，这一切，有什么联系吗?

低下头，看着高子健重重的黑眼圈，白天阿姨过来的事情哽咽在喉咙，一个字都说不出口。

“装修的事情怎么样？李树能够帮上忙吗？”我心疼地看着高子健，问。

高子健摇了摇头，说：“昨天我们说的那个投标工程，李树失手了，他现在的问题比我多得多，只是小佳，我可能要一无所有了。”

“高子健，别乱说，那家店面不是下个月才收工吗？别这么急着下定论，我们再想一想办法。”我搂着高子健，声音温柔地说。

高子健抬起头看着我，张了张口，说：“小佳，装修问题已经有了答案，负责给我们提供水泥的供货商是临时的，现在，找不到人了。”

这一次，我终于知道，什么叫作屋漏偏逢连夜雨了。

我俯下身，在高子健的唇瓣上轻轻地落下一吻：“损失我们一起赔偿，大不了就苦个几年，高子健是谁，我不信他会穷一辈子。”

“小佳……”

“高子健，别灰心，就算工作室被砸了，那又怎么样？房子的租金是付了一年的，咱们明天过去好好打扫，稍微整理整理，还可以继续。店面房子的损失，我们先找一个靠谱的装修公司帮忙完成，将损失降到最小，我会陪着你。”

我当然知道，这几件事情已经让高子健心力交瘁，他看似成熟，实际上，我知道到目前为止，今天的挫折，可能是他长这么大经历得最为深刻的挫折了。他现在没有依赖，没有依靠，没有父母准备的银行卡，只有我一个人。

我明白他的脆弱，我必须比他坚强。

“小佳，我刚才粗略地算了一遍，这一次，我可能要背负大概五十万的外债。”

五十万？虽然我已经做足了准备，但是没想到，竟然要这么多。

“李树那边为了投标也投了不少资金，恐怕这一次抽不出来多余的资金帮我，我们……”高子健的话语里只能听到嘶哑的声音。

“我知道……”我握着高子健的手，说，“我们慢慢想办法，不急，不能着急。”

高子健伸出胳膊，像以前那样将我拥抱在怀里，长长地叹了一口气，说：“陈玉佳，跟我在一起，你没问我要过一分一毫，这一点，我一直看在眼中。现在，反而要跟着我吃苦，会觉得委屈吗？”

这个声音哪里是高子健的声音？他的声音洪亮、悦耳，哪里是此刻嘶哑无力的声音？

他变了，可是他的变化，受的这些委屈，都是因为我，我又有什么资格说委屈？

“子健……”我抬起眼看着身前的男人，问，“如果我现在有个办法可以帮你，你愿意听我的吗？”

高子健脸上一愣，示意我继续说下去。

我垂下双眼，声音平静地说：“高子健，我愿意陪着你，无论前面多么辛苦，我都愿意，我只是想要问你，你怕辛苦吗？如果你怕，可以去跟高叔叔谈一谈，或许，他们可以……”

高子健的食指堵住了我的嘴，他的双眼乌黑透亮，看着我，说：“陈玉佳，我的女人都不怕，我怎么可能怕？我不想去请求他们任何援助，这就是我的答案。”

第二天午饭时间，我和榴莲约好在楼下见面，我开门见山，直接说了借钱的事情。

榴莲问我为什么会这么急着用钱，我将高子健最近遇到的倒霉事跟榴莲简单地说了一遍，她听了也觉得不可思议。

因为昨天晚上，郑凯被李树匆匆忙忙地叫了过去，也是借钱。

李树的投标案失败了，原本百分百中标的事，忽然来了一道晴天霹雳，竟然没中。可是李树已经和承包商签了合同，时间到了无法开工，正在协商赔偿损失。

和高子健相比较，李树也没好到哪儿去。

我问榴莲，能借给我多少。

榴莲看着我，说："陈玉佳，你想清楚了吗？你和高子健现在并不是婚姻关系，欠下的债也不是少数，钱搭进去没有关系，未来呢？高子健的父母那么有能耐，哪里需要你出手？"

我知道榴莲的意思，可我已经做了决定。

榴莲借给我十万。

想要检验你和一个人的感情，就向她借钱。

"加上我银行卡里的五万，一共十五万，应该可以应付一段时间了。"

"陈玉佳，你的钱不是要给叔叔阿姨买人寿保险的吗？不是说已经存了两年了吗？"榴莲看着我，说，"十万块应该可以应付一段时间了，我不让你还，这笔账我会记在高子健的身上，你给叔叔阿姨买保险的钱，还是不要拿出来了。"

"过年回去的时候再跟爸妈解释吧，这个事情不能跟高子健说，明白？"

榴莲看着我，说："陈玉佳，我很佩服你，换作是我，都没有这样的勇气。"

我轻轻地笑了笑，刚准备说话，手机就响了起来，拿起来一看，竟然是李树打来的电话。

"陈玉佳，子健在不在？我找他有些事情要谈。"李树有些急躁的声音传了过来。

"怎么了？很着急吗？"

"昨天子健让我去找负责提供给他水泥的那个商人，我就留心看了看，谁知道事情居然那么巧，早上我去工地时，发现那个商人居然和怂恿工友们恣意闹事的，是同一个人！"

一个人？那说明了什么？

我的心里面却一片凌乱，什么时候，我们的生活变得如此复杂？

又是谁，想要百般刁难，不愿让我们安稳？

等高子健、李树和我到了工地上时，没想到居然遇到了王鹏。而去李树所属的工地的闹事者，居然是王鹏的表弟。本以为事情已经水落石出，谁料高子健却忽然掉头，朝市区奔去。

高子健说，水泥的事情的确是王鹏派人做的，只是时间上对应不上，我们是四月二十号动工的，王鹏动手脚的水泥，却是在三十号才送过来，这个是其一；其二，招标的事情如此隐秘，王鹏那一点能力，怎么能左右结果？

高子健将车子开到了他家门口，我和李树脸上都是一愣。

“待会儿，就站在我的身后，不要说话。”进门之前，高子健嘱咐我们。

他的声音是沙哑的，带着说不出来的魅惑，我知道，他是想要我安心。

高子健背影挺拔，跟在他的身后，我忽然间发现，他身上的气质，与这里的每一寸草木，融为一体。

我忽然想到我第一次仔细看着高子健时的样子，没错，他骨子里透出的傲慢，完全和这里的氛围相得益彰。

这样的高子健，对我而言，是陌生的。我每走一步，就听到心底的一个声音在呼喊：你瞧，这就是你们的差距。

我吸了吸鼻子，抬起头，轻轻一笑，自言自语：我知道，不用你提醒我。

门开了，是一位中年妇女，高子健喊了一声“霞姨”之后，直接走了进去。

“我妈呢？”高子健怒吼了一声，“她现在在哪里？”

大吼之后，阿姨站在楼梯上，让我没有想到的是，刘诗涵竟然也在。

她果然是无处不在。

“子健，怎么越来越没规矩？”阿姨踩着楼梯下来，刘诗涵站在她的身旁，挽着她的胳膊，下巴抬起，扫了我一眼，又看向了高子健。

“妈，你这次太过分了！”高子健抬起头，看着从楼梯上走下来的高贵女人，继续说，“到底是不是你做的？”

“子健，你现在这是做什么？兴师问罪？还带着外人过来看笑话？”

“外人”两个字语气很重，在场的，除了我和李树，谁还算她口中的外人？

“妈！你太让我失望了！”高子健瞪了阿姨一眼，张了张口，说，“刘诗涵，你先去楼上！”

刘诗涵脸上一愣，眼神里的不甘一扫而过，刚准备抬脚，就被阿姨拉住，说：“诗涵是我们高家的媳妇，为什么要走？倒是有些人，站在这里，是不是不大合适？”

我已经做足了心理准备，但是在阿姨这样的羞辱下，我的双颊忽然变得火辣。

“妈！”高子健又大吼了一声，说，“我们之间的约定难道你忘了吗？既然你说了暂时不搭理我的事情，为什么忽然从中作梗？你是我的亲妈，竟然这么跟我过不去！现在你算满意了？工作室被砸了，装修的店面也是我们违约，连李树的投标方案你都要插手，你这是把我往死里逼呀？”

现在的苦难对我而言只是一场经历，可是对于高子健而言，却更为伤痛。父母的脑海里存在着深刻的等级观念，这一点对于高子健来说并无伤害，可是，自己的亲妈居然对自己的事情从中作梗，他伤了自尊，更伤了心。

而这一切，只是因为阿姨不喜欢我。

“子健，从小到大，我有没有舍得打过你一次，骂过你一次？”阿姨的情绪似乎也有些激动，她从楼梯上走下来，缓缓地走到沙发前，继续说，“你自己想一想，这个大院里，谁不知道高司令的儿子是个顽劣鬼？你惹出来的麻烦三天三夜都列举不完。你不想留在部队，你爸爸因为这件事跟我吵过多少回你知道吗？你想做生意，我想方设法地帮忙，两条腿都要瘦了一圈了你又知道吗？现在呢？你居然为了一个女人在家里对我大吼大叫，你觉得，作为儿子，你对得起我吗？”

“阿姨……”刘诗涵拿着桌上的抽纸，递到了阿姨的手上，可见，今天阿姨的情绪也有些激动。

“妈，你爱我，这些我都记在心底，但是，这绝对不能成为你这几天做出这种不理智行为的理由，事已至此，我也无话可说，这些年你在我身上花费的心思我都懂，从现在开始，我会彻底不依附高家一分一毫，大树，我们走！”

“子健！”

阿姨激动地从沙发上站了起来，眼神忽然看向我，说：“难道，你真的要为这个女人，跟我们断绝关系？”

“断绝”两个字好似利剑一样插入我的心脏，我看着高子健隐忍的表情，又看着阿姨脸上露出的失落，我第一次觉得，我是一个罪人。

“子健……”我上前两步，声音里带着一丝丝的哽咽，说，“你留下来跟阿姨好好谈一谈，我让李树送我回去……”

“小佳……”高子健有些难以置信地看着我，我紧紧地握住了他的手，给他一个眼神，表明了我的立场。

爱一个人没有错，但是让自己心爱的男人为了自己和家中闹翻，这也不是我想要的，况且，高子健，他又哪里是薄情之人？今天对阿姨说的那些话，作为一个懂事的儿子，心里面又怎么会不痛？

今天这样的场面，是我们大家都不想看到的，说委屈，在场的又有谁不委屈？纵使阿姨这些天所用的方式我不能理解，可是，那也是对儿子的爱。没被理解，她能不委屈？

可是，高子健心中的苦涩也不少，谁又能说他不委屈？

刘诗涵呢？明明两家人都敲定的婚事，被半路上杀出来的程咬金给破坏了，又怎么会不委屈？

李树呢？他的投标准备了那么久，连带前期的准备都投入了，损失不在少数，他难道不委屈？

相比之下，我这一点委屈，又算得了什么呢？

“子健，阿姨这两天身体不舒服，你……你能不能少说两句！”刘诗涵说。

“闭嘴！”高子健朝刘诗涵大吼了一声，“你以为你是谁？你以为你做的那些事我不知道？我告诉你，就算没有陈玉佳，你刘诗涵在我心中也只是个屁！”

高子健还是顾忌我的感受的，为了避免阿姨和刘诗涵对我的攻击，他让李树先送我出来。

随着车子驶出大院，我忽然觉得浑身无力，眼前一片天旋地转，不知道该怎么办。我让李树先走，自己蹲在人行道上，看着来来往往的人群，看着每一双不同的鞋子，眼前一黑，差点晕了过去。

身旁多了一个人，转过脸，抬起头看去，就看到了一张熟悉的脸。

许久不见，他整个人清瘦了很多，原本不苟言笑的面孔在这一刻，既熟悉又陌生，只是眼神触碰的那一刻，好像心底的一根弦忽然被扯了一次，意外与茫然，都在这一刻席卷心头。

“是不是身体不太舒服？”他的声音沙哑，但是语气里透露的关心，却是一如既往地熟悉。

我摇了摇头，小心翼翼地站起来。

“这么巧，你也在附近。”

“如果我说不是巧合呢？”强势的嗓音传到了我的耳中，“陈玉佳，我们谈一谈吧。”

我当然不知道石磊想要和我谈什么，但是我的世界已经足够混乱，根本不担心他又给我弄出其他问题来，索性点了点头，跟在他的身后，上了车。

车内有浓重的香水味道，我的胃里面一阵翻滚，差点吐了出来。石磊将抽纸递了过来，我小心翼翼地擦了擦嘴，问：“我们要去哪里？”

石磊看着我，说：“你以前从来不会问我这些问题，我去哪里，你都很安心地跟在我的身后，现在不一样了。”

我胃里难受，外加刚才在大院里，看到阿姨那样决绝的态度，不想与石磊争辩，索性保持沉默。

万物皆在变化，何况，我们之间，不是早已经都物是人非了吗？

车子启动，车窗外已经华灯初上，霓虹闪烁，热闹非凡，城市的喧嚣和我心底的静谧形成了鲜明的对比，越是如此，我越是能够感觉到，心底的那份沉重。

车内是沉静的，安静得能让我听到自己的心跳，也能听到车窗外的响动。过了一会儿，感觉到了车子缓慢减速，我睁开眼，看着窗外，就看到了面前闪烁的火红的三个字。我一脸疑惑地看向石磊。

我完全没有想到石磊会带我来到这里，虽然有些记忆已经淡忘，但是再一次来到这里时，被隐藏的东西，就毫不犹豫地浮在了脑海中。

这里，是石磊第一次带我出来过夜的地方。

学生时代，手里面都没钱，去一次星巴克都会觉得奢侈。那个时候总觉得穿着白衬衫的小白领在这里喝咖啡是一件特别幸福的事情，所以才会那么向往。

我不知道石磊为什么会带着我再一次来到这里，隐隐约约中，我有一种不好的预感。于是停下脚步，并未前进。

石磊已经上了三个台阶，转过脸来看着我，说："只是随便聊一聊，晚一点，我会送你回去。"

我看了一眼时间，说："八点半前吧。"

石磊点头，走下台阶要扶我。我摇了摇头，跟在了他的身后。

这里和以前一样，闪烁透亮的水晶灯，舒缓悦耳的小提琴声，干净整洁的地板，以及插在窗口绽放的玫瑰。

不同的是，室内只有我和石磊两人。

第一次过来的时候，我特意选择了窗口的位置，因为每次路过这里时，我总喜欢在窗外，朝室内多看那么几眼。而这一次，我和石磊，依然选择了这个位置。

我感觉到了今晚的石磊有些不同，他穿着大方合体的西服，身上透露着王者的风范，好像当年，他在学生会那会儿，意气风发，自信满满。

我想，他本就是金子，到了机构里，一定是节节攀升吧。

咖啡送了过来，我对侍者摇了摇头，要了一杯花茶，看着石磊，开门见山地说："是不是有什么事要跟我说？"

石磊看着我，抿了一口咖啡，说："我记得，你以前最喜欢咖啡牛奶混在一起。"

"看样子，你是想跟我叙旧，"我瞪了石磊一眼，说，"既然如此，那我先走了。"

"小佳……"石磊制止了我，扯了扯领带，看着我，说，"我听说，高子健这个月末要订婚了，可是和他订婚的那个人，并不是你。"

石磊的声音轻轻的，可是我已经无法承受，问："那个人，是刘诗涵？"

石磊看着我，没有回答，算是默认。

"陈玉佳，你的前男友，从来就没有被抢过，"石磊忽然打断了我的话，一双墨黑的眼睛紧紧地盯着我，说，"你应该能够感觉到，其实，我还爱着你。"

石磊那么沉闷的人，当初和他恋爱时，“我爱你”三个字还是我逼着说出口的，今天他反而有些反常，那么直截了当地说出口，我难以接受。

我吃惊地咽了咽口水，瞥了一眼他的左手，居然没有看到结婚戒指，我疑惑地看着他，问：“你不是结婚了吗？戒指呢？”

“陈玉佳，我爱你，”石磊没有立即回答我的话，说，“我和刘美婷在一起，并不是出于我的本意，我还是那句话，自始至终，我爱的人，只有你一个，现在，高家和刘家就要联姻了，我想问问你，现在的你，还愿意接受我吗？”

我刚准备说话，服务员就将花茶端了过来，我急忙喝了一口，喘了一口气，“嘭”的一声，将茶杯放在桌子上，说：“石磊，你太让我失望了。不错，你和刘美婷的事情我的确是有些记恨，但这已经是过去时了，我爱过你，而且，我一直觉得我爱过的那个人是一个有情有义的男人，所以我并不后悔，但是你呢？刘美婷为你做的一切我都看在眼睛里，别说是别的女人，换作是我，我也没有捐出自己一个肾的勇气，所以，请你以后不要再跟我说这些话了，做一个好丈夫、好爸爸吧。”

话已经说完，我急忙从椅子上站了起来，抬脚欲走，却被石磊抓着手腕，我恼火地转过脸，看到他一脸沮丧地低着头，说：“小佳，我妈的那个肾，不是刘美婷的，她骗了我，而且，她也没有怀孕。”

我震惊了。

“她爱不爱我已经不重要了，我会和她办理离婚手续，刘家的家产我不会动一分一毫。小佳，我最大的愿望，就是和你在一起。”石磊的声音无比笃定，眼神里的光晕更是说明了他的决心。

我知道，劝说已经无用。

“石磊，我想告诉你，现在，我的心底，只有一个人，他的名字是高子健。”我想，回绝一个人是一件残忍的事情，所以我必须果断，“我想和一个人相守一生，这个人不是你，所以……”

“啪”的一声，桌上的咖啡杯掉到了地上，我惊慌地后退，手腕却被石磊紧紧地抓住。他朝我靠近，说：“小佳，在我的心底，你最珍贵。高家不可能接受你，他们需要刘家的帮助，所以，高子健跟刘诗涵，不可能分开，你还是死心了吧！”

我用力地甩着胳膊，恼怒地看着石磊，说：“那又怎么样，高子健是不可能答应他们的！就算高子健答应他们，石磊，我也不可能跟你在一起！”

最后几个字几乎是怒吼出来的，我激烈地甩开石磊的手，刚走一步，他又从身后抱住了我，一字一句地说：“陈玉佳我后悔了，你是我的，所以，不要走，不要逼我！”

“我没有逼你……”

“陈玉佳，你不要逼我，我怕我最后会做出更加不理智的事情。陈玉佳，我爱你！”石磊的两只手臂紧紧地抱着我，我根本扯不开。

忽然，一声刺耳的声音传到了我的耳旁，抬起头看去，就看到了披头散发的刘美婷一脸怒火地站在那里，她的面前是摔碎的高脚杯，一双眼睛紧紧地盯着我和石磊，好像要杀死我们一般。

石磊的手忽然一松，我本能地朝右边侧了侧身，刚准备迈出脚步，就听到刘美婷大喊：“石磊，你怎么能这么狠心？你怎么能背着我和这个贱人约会！石磊，你瞒得我好苦！”

我张了张口准备解释，可是我也明白，现在，根本无法解释。

很久没见刘美婷，她似乎是瘦了，我本能地将目光落在她的肚子上，果然是一点鼓起来的感觉都没有，想到某一次我看到她喝咖啡的样子，似乎已经验证石磊说的那句话，或许，刘美婷根本就没有怀孕。

“石磊，你告诉我这是什么？你告诉我这是什么！”刘美婷站在两步之遥处大吼大叫，手臂一甩，一个东西就朝我们甩了过来，石磊伸出胳膊去挡，只听到“哗”的一声，什么东西掉到了地上。

我好奇地睁开眼，就看到了地上散落的白色药丸，我疑惑地看着刘美婷，她的眼泪已经流了出来。

“石磊，我们在一起十个月零三天了，我一直觉得，即使你不爱我，至少还会陪着我，我相信我们相处的时间里，你的心会慢慢地被我焐热，但是我没有想到，你居然！你居然……”

刘美婷的声音已经哽咽了，我看了一眼石磊，他的脸上神色如常，并无多大变化。视线慢慢下落，落在了脚边的药瓶上，蹲下身，拿起药瓶，我的心顿时沉了下来。

“石磊，你这么做，是不是因为……你从来没有爱过我？”刘美婷缓缓地靠近，一双大眼紧紧地盯着我和石磊，问，“你和我在一起，只是因为那个案子？自始至终，你对我，是不是，只有……利用？”

是绝望的声音，是绝望的眼神，可是绝望中，明明还是带着一丝丝的希望。

“美婷，既然你都知道了，”石磊的声音依然是沉静的，我听到他说，“不如，我们去把手续办了吧！”

“你要跟我离婚？”刘美婷甩了甩头发，一脸惊愕地看着石磊，说，“石磊，你竟然真的对我如此狠心？哈哈哈哈哈哈，你真的……就这么残忍？”

石磊没有说话，我更没有任何资格说话，更不能给刘美婷一丝丝的安慰。我知道，她一定恨我。

“只可惜，”刘美婷又开口了，说，“只可惜，石磊，你千算万算，就是没有算到一点！还记得我们在泳池的那一次吗？我们都要融为一体了，你知不知道我……”

“够了！”石磊一声呵斥，一双眼睛里好像带着尖刀，说，“刘美婷，你够了，这些事我们回去再说，不要在这里闹了！”

“石磊！”刘美婷看着石磊，抬起脚直接朝我们奔了过来，大骂，“你居然为了这个贱人骂我，你知不知道，她已经被高子健睡了很多次了，你……”

“噼里啪啦”的声音顿时响起，刘美婷脚下一滑，居然倒在了餐桌上，没有扶住，重重地摔了下去，场面混乱，咖啡厅的侍者都跑了出来。

“流血了！”不知道谁惊慌地喊了一声，我急忙低下头，顿时胃里一阵翻滚，不停地干呕起来。

可是，为什么血会从刘美婷的腿部流淌下来，难道……我忽然有种不好的预感，急忙上前拉着刘美婷的手，问：“美婷，你怎么了？是不是孩子……”

“滚开！”刘美婷推着我，一双眼睛看向了石磊，她的脸色已经苍白，绝望地说，“石磊，现在你满意了？为了不让我要孩子，你居然吃药克制，你没有想到吧，我是骗了你，可是……孩子的事情，我没有骗你……”

“你……”石磊平静的面孔上闪过一丝惊慌，看着刘美婷腿间流出的血液，顿时大喊一声，“救护车！给我叫救护车！”

刘美婷的眼睛瞥向了我，嘴角扯出了一丝冷笑，说：“陈玉佳，我不幸福，你也别想好过！想都别想！”

我浑身一个战栗，眼神再看向刘美婷时，她已经晕了过去。

救护车的声音在我的耳旁响了又响，我呆愣地站在咖啡店的门口，心里面一阵惊慌，张了张口，第一个喊出的名字，就是高子健。

高子健要订婚了吗？为什么这件事他从来没有跟我提过？这个月的月底？他……

迎面一阵冷风吹过，我不禁打了个冷战，将手机拿出来，给高子健打电话。我不知道他在家中的事情处理得如何，更不可能去质问他订婚的事情，我相信，我爱的那个男人，不会辜负我。

半个小时后，高子健开车过来接我，看到了我之后，他的脸上露出了笑容，我们开车回了小窝，进了门，他将我按在门上，用力地吻了起来。

他的唾液与我的唾液融合在一起，缠绕，吸吮，滚动，最后，几乎窒息。

昏暗的房间内，他将我压在门上，我们紧紧地拥抱在一起，他看着我，我也看着他，小心翼翼地问：“和阿姨，是不是……”

高子健用明亮的眸子看着我，说：“小佳，我以后真的只有你了。”

我惊讶地看着高子健，想要说话，最后，都变成了紧紧的拥抱。我们抱得很紧，似乎是要把彼此融合在一起。

我拉着高子健的手走到了床前，将两张银行卡拿了出来，放到了他的手中。

高子健有些惊讶，他看着我，说：“这是什么？”

我知道高子健爱面子，只好耐心解释：“高子健，这里面有十五万，明天我们可以去店里，装修的问题可以用这笔钱来解决。钱是我开口向榴莲借的，她已经算在了你的账上，她说了，你要是携款潜逃，就让我吃牢饭。”

“小佳，我懂你的意思，但是我高子健，不能花女人的钱。”高子健的声音十分坚定，说，“欠下的钱，我会想办法的。”

我假装生气地看着高子健，撒娇说："你什么意思呀，什么叫花女人的钱？你高子健是我的男人，我陈玉佳是你的女人，彼此依赖，哪里分你的我的，跟我分得那么清，是想跟我分家呢？"

高子健怔住了，忽然翘起嘴角，捏了捏我的脸，说："好，都听老婆大人的，只是……小佳，你怕吗？"

"怕什么？"

"现在我没有任何依靠，还欠了一屁股的债，未来都不知道在哪里，你……"

我堵住了高子健的嘴，声音温柔地说："我自己的男人，我了解，高子健，用行动来证明我没有选错，还有，一个女人和一个男人在一起，如果最初不是为了爱，那么，她就没有资格享受他的爱。只有和他经历一切，才有资格享受他的宠爱。我相信你，子健……"

高子健看着我，一只手忽然伸到了我的背上，缓缓地，将我按在了床上，笑着说："现在，让我好好地爱你……"

我点了点头，脑海里忽然闪现出了餐厅发生的那一幕，红色的血液出现在我的脑海中，胃里忽然一抽，忍不住干呕起来。

高子健慌张地看着我，问："怎么了？陈玉佳你别吓我！"

我拉着高子健的手，将晚上遇见石磊和刘美婷的事情说了一遍，最后，我轻轻地咳了一声，问高子健："高子健，刘美婷和石磊争吵的时候说到了一个案子，你知道是什么吗？"

我没有跟高子健说石磊对我说的那些话，也没有跟他说我已经知道阿姨准备让刘诗涵和他订婚的事情。

高子健看着我，有些不满地说："陈玉佳，这些与你无关，你知不知道，我听到这些，心里面有种酸溜溜的感觉？"

"啊？"我不可思议地看着高子健，果然，他是在耍脾气。于是，我伸出手，在他的脑袋上揉了揉，"好了好了，不说这些了，早点休息，明天还要开工呢！"

"早点休息？陈玉佳，这个，你可得问问……"

高子健和我的笑声融入这黑暗的空间里，在这段最为艰苦的时光里，我们彼此的关爱成了继续走下去的理由。爱让一个人变得幼稚；爱让一个人变得蛮横；爱，也让一个人慢慢地成长，变得更加坚韧。

我是，高子健也是。

但是，刘美婷晕倒前的表情告诉我，石磊一定隐藏了什么秘密，那个秘密重要吗？和高子健有没有关系？还有，阿姨会放手吗？类似前面的事情，会不会再次发生？这一切的未知，都让我觉得害怕。

我请了假，组长的脸上明显地带着不高兴，我也懒得解释，匆匆地拿着包包去了电梯，电梯门刚开，就看到了里面站着的孙一清。

我淡淡地笑了笑，走了进去。可是孙一清没有出去，直到电梯门关上。

他问：“最近两天怎么了？是不是遇到什么难解决的问题？脸色太难看了。”

我点了点头，自信地说：“问题能够解决，只是时间问题，会好的。”

我的目光与孙一清的目光触碰，他看着我，眼神十分犀利，不禁让我觉得有些心虚。

电梯里静悄悄的，只能听到电梯一层层下落的声音。孙一清站在我的身后，我一直没敢回头。

“如果信得过我，有问题，第一时间找我。”孙一清的话一字一顿地传到了我的耳中，铿锵有力。

我点了点头，笑着说：“谢谢你，孙经理，我不会跟你客气的。”

孙一清浅浅一笑，说：“这么久了，你居然还叫我孙经理……”

他的声音里带着淡淡的苦涩，我愧疚地转过头，正巧迎上了他的目光，他的目光里包含的东西过于暴露。

电梯的门开了，我笑着点了点头，转身走了出去。

关于某些事情，我不想去捅破，更不想有任何的衍生。或许，这样的距离，才是让我觉得最为舒服的吧。

过了天桥，享受着五月的日光，我轻轻地吸了一口气，自言自语道：“陈玉佳，苦难都会过去的。”

高子健比我想象中的恢复得更快，我不知道他在家中到底和阿姨说了些什么，但是我知道，他心里肯定是苦的。作为一个男人，他有他的自尊，所以我也不必多说。在楼底下买了一份鸡汤面，上了电梯，去了高子健的工作室。

工作室被打砸的情况还不算太坏，六台电脑其中一台屏幕坏了，高子健将电脑放置在一起，一个个地检查，或者躺倒，或者抬起来，十分仔细。

他的十指修长，做起事情来魅力十足，我从门口走进来，笑着说："老公，准备开饭。"

他笑着抬起头看着我，说："你怎么过来了？"

我拿起笤帚，在室内扫来扫去，说："怕老公太辛苦，过来帮忙。"

李树有自己的事情要做，郑凯在医院更是走不开，高子健没有找人，一个人辛苦地在这里上班，我看着心疼，怎么可能不过来？

"好，谢谢老婆大人！"

下午两点多，工作室的问题总算解决了，高子健要去装修现场，而我，准备去一趟医院。

我在路边买了一点水果，直接去了医院。昨天刘美婷的话的确让我好奇，我有预感，这其中一定有什么问题。

到了医院，稍微一打听，就找到了刘美婷的病房。

专属病房内十分安静，我轻轻地敲了门，就推门进去了。

病床上，刘美婷脸色苍白，原本的青春靓丽不复存在，只有一副病秧子的模样。我轻轻开口道："身体怎么样了？"

病床上的她猛地睁开眼，怒视着我，说："你怎么在这里？你是来看我笑话的吗？"

我拿出一个苹果，淡淡地说："我现在的情况不比你好到哪里去，怎么会看你笑话？"

"哼！怎么了？知道诗涵要跟高子健订婚了是吧？心里面不好受？"刘美婷沙哑的声音里透出了一丝得意。

我看了刘美婷一眼，说："昨天石磊找我，只是跟我说了你的近况，我看得出来，他还是很在乎你，只是他这个人慢热，还没有察觉出来。"

刘美婷没有说话，但是正在打着点滴的手忽然抓紧了被单，最后，又松开了。

她说："我们刘家，在本市也是有头有脸的。知道为什么李淑媛那么想要跟我们联姻吗？哈哈哈哈哈……"

刘美婷笑得惨然，让我有些害怕。

"因为，高家要完蛋了。"刘美婷放低了声音，双眼怒瞪着说。

我转过脸不看她，但是削苹果的手还是忍不住颤抖了两次，说："美婷，其实，我是有自知之明的，遇到这种情况，很多人都会选择放弃，如果高子健稍微对我有一点点不用心，我也会放弃。我明白，爱一个人，不是光有爱就行的，彼此生活圈、生活概念的交织融合，都不是一件容易的事情。我很感谢大学的那段时间里你对我的照顾，我还是祝福你。"

将削好的苹果递到了刘美婷的手中，她看了我一眼，用力一甩，苹果就飞了出去。

"你以为你在这里装好人我就会原谅你们了？别做梦了，我的孩子没有了……我的孩子没有了，都是拜你们所赐，所以……你们必须付出代价！"

刘美婷的声音太过笃定，让我感到深深的害怕。

我迎上了她的目光，吸了一口气，问："昨天在餐厅，你说了石磊的案子，是什么案子？"

刘美婷的脸上果然露出了震惊的表情，看着我，一秒，两秒，忽然哈哈大笑起来，笑的声音越来越大，越来越响亮。

我想，她疯了！

"陈玉佳，听到你这么说，我的心里面忽然好受多了，我当你和石磊是知无不言言无不尽呢，没想到，你居然和石磊之间也有秘密，哈哈哈哈哈哈……你等着吧，你会明白的！我现在偏偏不告诉你，哈哈哈哈哈！"

手心被自己掐得通红，我恨我自己，恨我自己为什么不能帮助高子健，为什么？刘美婷一定是知道石磊的秘密的，那个秘密，难道和高家有关？

坐在医院的木椅上，我掏出手机，犹豫再三，没有给石磊打电话。

我想，我必须断得一干二净。

如果真的要有重大的事情发生，兵来将挡，水来土掩，和高子健共同承担，绝不后退!

四点多，高子健的电话打了过来，电话刚接通，我就听到了他兴奋的声音。

他让我去公司楼下一趟，现在很想见我。我听出了他声音里的喜悦，应允之后，让他在下班时间等我。

果然，高子健兴奋地跟我讲述了他新找到的一个赚钱方法。简而言之，就是做游戏。

游戏的利润很大我是知道的，但是他做的是一款韩国游戏，据说，要利用外挂软件。

这些就比较专业了，我有些听不懂，但是听着高子健口若悬河的介绍，我只为他开心。

忙碌会让人忘记不快，我希望高子健能够忘掉。

高子健说完，拉着我的手，说："老婆，你觉得这个项目能做吗？"

我简单地问了两句，说："你觉得可以，那就可以，我相信你。"

高子健看着我，脸上露出了一点点的难色，说："办公室的电脑可以用来做游戏，只是，其他软件需要一大笔资金，我……我想听听你的意见。"

我知道高子健的意思，我们现在手里面的资金本不足，他去了一趟北一环就花了八万多，装修的事情他可以不用操心了，剩余还有四十万的欠债，他也是必须考虑的。凡是投资，都是有风险的，高子健说的这个游戏，肯定是想拿着我们剩余的资金去投资，想听一听我的意见。

我有些苦恼，只恨自己懂得太少，不能给予高子健帮助，我们现在已经欠了钱，再去冒险，需要勇气。

我问高子健："这个项目没有做过，你有把握吗？"

"老婆，我已经将整个过程摸得一清二楚，我不需要一次性获得多少钱，只要能够有个十分之一，你就不用跟着我吃苦了。"

我知道，高子健脑袋灵活。

"我不怕吃苦，"我笑着说，"既然你决定要去冒险，我愿意和你一起，我们不是还剩下六万多元吗？都交给你了。"

高子健摇了摇头，说："不，我还需要十五万。"

高子健是习惯大手大脚的人，所以在他说出十五万时，语气轻描淡写。实际上，我是震惊的。我们的情况他也了解，所以我提出了疑惑。高子健说，他会想办法。

那就是去借钱。

十五万对我们而言，并不是小数目，投资成功，可能会将所有的欠款还上；投资失败，只怕会雪上加霜。

只是高子健的言语中主意已决，我不想打击他。赢了，我们有福共享；输了，大不了我们再多过几年苦日子。这样说或许是不理智的，却是我最为真实的想法。

如果我不同意，几十年后，谁知道高子健心里面会不会有丝丝的失落。我信任他，就应该支持他。

"所以，你同意了？"榴莲听了我和高子健之间的决定，在电话那头露出了惊讶的声音，"陈玉佳，他高子健有高家撑着没事，可是你不一样，五十万，至少要三年才能还上，一个女人，有几个三年，你这个笨女人！"

我轻轻一笑，说："我想支持他。"

"你支持他可以，但是我不能跟着你们一起疯！"

"谢谢你榴莲，钱的事情我会想办法，我爱你。"挂掉电话，迎着窗口的凉风，心里面一阵坦然。

我是女人，我也想过踏实的日子，可是，我也是高子健的女人，所以，我愿意和他一起奔波。

听榴莲说，李树现在自身难保，他家的老爷子逼着他将手上一些业务转手，他不愿，两个人闹翻了。

钱的问题，我思来想去，只有一个人能帮我了。

我对高子健撒谎了，说爸爸妈妈听说了我的情况，要给我汇一笔钱来，让他暂时不用开口借钱。高子健不愿，在我细心解释了很久之后，终于答应。

第二天中午吃饭，在一楼食堂，我就找了孙一清。

我笑着问他："昨天在电梯里说的话，还作数不？"

孙一清看着我，说："你说呢？"

我将事情的来龙去脉说了一遍，最后，将话题停在了借钱上。

孙一清点了点头，从公文包里取出支票，说："多少？"

"二十万。"

高子健上下打点不可能不需要钱，既然开口了，自尊什么的，都忘掉吧。

孙一清低下头，在支票上勾勾画画了一番，最后，递给了我。

我低下头看去，顿时愣住了。

"孙……"

孙一清制止了我，说："既然你把我当朋友，这个钱，就不必多说了。但是小佳，我很好奇的是，以高子健的能力，还要让你出面吗？"

我将自己撒的谎说了出来，末了，加了一句："你如果觉得不太保险，我……"

"小佳，我们是朋友，我信你。你是个好女孩，只可惜……"

一张支票，重量轻若鸿毛，可是拿在手中，却觉得万般沉重。

孙一清欲言又止，让我觉得歉疚，我没有想到他会如此慷慨，承担一份情义，远远比承担巨额的欠款更加沉重。

好在，高子健需要的资金，我终于拿到手了。

高子健欢快的声音从电话那头传了过来："老婆，最近你辛苦了，等我忙完这段时间，一定陪你好好度度假。"

我只是笑了笑，很多言语，都卡在了嗓子里。其实我知道，高子健是大手大脚惯了。他能够在这么短的时间内找到商机，说明他本身很有能力，当然，也是为了我。

至于我，只要做一个在他背后默默支持他的人就好。

高子健太忙了，一连两天，都是半夜十二点才到家，那个时候我已经跟周公约会了一会儿。起来热饭，然后一同睡觉。

第三天，我在公司加班，九点下班，刚走出大厅，就看到了站在那里的刘诗涵。

这段时间我的性格里的泼辣也被磨灭了不少，所以看到刘诗涵时，我还算比较淡定。

她三步并作两步走到了我面前，眼神里充满敌意，说：“陈玉佳，你一定要跟我抢吗？”

浓浓的酒精味扑面而来，外加刘诗涵脸上的浓妆，我估摸，她是在哪里玩着喝多了，我不想争执，开口说：“是你的，谁也抢不走。”

刘诗涵发出了一声轻轻的冷哼，脸上露出了冷笑，说：“我和高子健月底要订婚，你知道吗？”

我点了点头，没有说话。

“那你知不知道，今天晚上原本应该高子健陪着我去应付家里面的那些长辈，现在呢？就我一个人在场，我的脸都被丢光了！”刘诗涵有些激动，高跟鞋踩在地砖上，发出了清脆的响声。

不知道为什么，这两天我总是觉得很累，瞥了一眼刘诗涵，说：“很晚了，我先回去了，你要是一个人，建议你也早点回去。”

“不许走！”刘诗涵霸道地挡在了我的面前，“李淑媛是不会让你跟高子健在一起的，他们高家现在需要我们刘家，所以，我劝你早一点退出，这样伤害也会降低一点。”

我抬起头看着刘诗涵，说：“你说的这些我都知道，我不会代替高子健做决定，他的决定，我也管不了，请你让开。”

刘诗涵依然挡着我，激发了我体内的愤怒分子，我转过了脸，躲开了她，直接朝前走，听到她在身后大喊一声：“陈玉佳，高子健不会跟你在一起的！我会让他来求我！求着我跟他在一起！”

胃里面一阵难受，头也有点晕，脚下一滑，直接倒了下去，忽然，一只手紧紧地抓住我。

我长嘘了一口气，抬起头，就看到了孙一清温和的面容，刚准备道谢，胃里的翻滚更加严重，转过脸，小声地干呕起来。

孙一清给我递了纸巾，他的手在我的嘴边轻轻地擦拭了两下，我尴尬地后退，接过纸巾，急忙说没事。

“这两天我看你脸色蜡黄，是不是……”孙一清低沉的声音传到了我的耳中，欲言又止。

我疑惑地转过脸，孙一清看着我，上下扫了一眼，再去看刘诗涵，人已经不见了。

“正常工作八小时，你这样加班，并不能解决问题，身体要紧，”孙一清看着我，指了指隔壁的快餐店，“去吃点东西吧。”

到了店里，我随便吃了一点，胃口却不是很好。

五分钟后，我让服务员打包一份夜宵，准备去对面看高子健。

孙一清将我送到天桥底下，笑着说：“我就不送你上去了，你自己要注意身体。”

我点了点头，直接朝电梯口奔去。刚走两步，口袋里的手机响了起来，拿起来一看，是高子然打来的电话。

我拿起电话靠到耳边，问：“子然，怎么了？”

“小佳姐，我哥呢？他的电话怎么打不通？”

高子然的声音告诉我，一定发生了什么大事，我急忙安慰她，说：“我现在正在朝他办公室走，出了什么事？”

“小佳姐，我爸出事了，我爸出事了！”高子然的声音里带着无措，传到了我的耳中，只觉得手上东西一滑，就掉到了地上。

从电梯上下来，急忙将电话给了高子健，高子健和高子然简单地说了几句，脸色也变得十分难看，末了，他冷冷地说了一句：“我知道了。”

不仅仅是高子健的爸爸出事了，连远在京城的三叔也出了问题，这边，李淑媛还忙着跟刘家应酬，那边，高子健的爸爸和叔叔，一夜之间，都被关了进去。

官场风云变幻，哪里是我们这些普通人能够懂的，但问及具体原因，还没有透露出来。唯一知道的是，两个人被抓走的时候十分狼狈，事情恐怕涉及很广，很难解决。

我已经察觉到了事情的严重性，两个亲人，同一个时间被抓，难道这其中，不能说明什么吗？

我忽然想到了刘美婷在医院里说的那句“高家要败了”，难道，是跟这个有关系？

高子健这两三天都在忙着游戏的事情，已经是启动阶段，他一个人已经筋疲力尽，现在他的亲人又出了这个问题，我真的担心他会受不住。

我想安慰他，可是他却一个人躲到了卫生间。

出来时，他的身上是浓浓的烟味，眼睛里布满了红色的血丝，我走到了他的面前，刚一靠近，胃里面又是一阵翻滚。

我急忙冲向卫生间，才发现梳洗台上烟灰缸里的四五支烟头。

我走出来，拉着高子健的手，说：“现在不是怄气的时候，家里面需要你。”

高子健叹了一口气，说：“游戏现在才刚刚开始，停下来一天，损失不可估量。再说了，我跟他们……”

“我都看到了，”我指了指卫生间，说，“阿姨和子然都需要你，回去吧。”

高子健看着我，说：“小佳，上一次，我妈说了那么重的话羞辱你，你不生气吗？”

我瞪着高子健，说：“怎么可能不生气？但是，她是你的妈妈，也是我妈妈，所以，回去吧。”

高子健在我的额头上轻轻地一吻，说：“好。”

这一夜，我做了两个噩梦，凌晨的时候醒来一次，只觉得心里面慌慌的，眼前全是高子健那双累得布满红血丝的眼睛；三点多又醒了一次，梦见刘诗涵拿着刀放在我的脖子上，冷得让我发颤。

暴风雨，是要来临了吗？

上班时听到有同事说起了高家事，这才得知问题的严重性。

高子健的三叔在某市下派时，曾经破了一个大案，十几年后，案件忽然被翻出来重新调查，居然涉及贿赂问题，负责此案的人员前途茫然。

而高子健的爸爸牵涉其中，影响很大。

因为涉及面太广，郑凯的父亲想要插手，都是无济于事，李树家中行商，更不可能参与这些问题，如果所查属实，高家在劫难逃。

榴莲说，让我做好最坏的打算。

下班之前高子健的电话终于打通了，他声音嘶哑，受到的打击一定很大。

“小佳，我很累。”

“我知道，”我轻轻地吸了一口气，说，“我买点吃的给你们送去，到了打电话。”

“好。”

我要沉住气，我要坚强，现在高子健是最需要我的时候，我不能倒下，一定不能！

到了大院门口，远远地就看到了高子健靠着院墙抽烟，看到了我之后，他踩灭了烟头，径直朝我走来。

只是一夜未见，高子健却更加狼狈了，头发很油，整张脸上写满了疲倦，身上的衣服也是皱皱的，哪里能和印象中那个意气风发的他相比？

见我过来，他急忙走过来，紧紧地抱着我，说：“老婆，有你真好。”

依然是那个庄严威武的大门，有些事情，却已经变了。

门开了，上次站在门口的用人过来给我们开了门，瞥了一眼楼上，说：“太太还在休息。”

高子健点了点头，将我拉到了厨房，准备晚餐。

门铃响了，我和高子健同时从厨房探出脑袋，是刘诗涵！

她瞥了一眼室内，最后，目光落在了我和高子健的位置，脸色顿时变了。

我本以为她会扭头就走，没有想到，她居然上前一步，朝我们走了过来。

“你怎么在这里？”刘诗涵看着我，眼神又看向了高子健，说：“高子健，高家现在的情况你比我清楚，让她离开。”

我疑惑地看着高子健，不太明白刘诗涵的意思。

高子健看着我，说：“刘诗涵，高家怎么样与你无关，该走的是你吧？”

“你！”刘诗涵生气地跺了跺脚，指着高子健，说，“高子健，你记住了，这可是你自己说的，千万别后悔！”

忽然之间，我似乎明白了什么，直接追了上去，急忙喊住了她。

刘诗涵转过脸来看着我，一脸不屑地说：“陈玉佳，我说过，我会让高子健求着娶我，我一定会做到！”

“事情……和你有关？”我大胆地说出了自己的猜测。

刘诗涵看了一眼我的身后，说：“我不妨告诉你，高家的事情的确有人在暗中操作，可是这个人不是我，但是，现在能帮高子健的人，只有我。陈玉佳，我要是你，我就会去劝一劝高子健！”

我张了张口，话还没有说完，刘诗涵就走开了。

高子健跑过来，拉着我的手，恼火地说：“跑那么急，连我都不要了？”

我深深地吸了一口气，抬起头看着高子健，认真地问：“子健，你是不是有什么事情瞒着我？”

高子健脸上一愣，摇了摇头，说：“想什么呢？没有的事，过来吃饭，乖！”

不对，高子然不在家中，阿姨又在楼上休息，刘诗涵又说了一些莫名其妙的话，这一切混杂在一起，都在告诉我，一定有问题发生。

我刚踏进屋子，就听到了一声怒斥。

“她来做什么？子健，你糊涂了吗？”阿姨头发凌乱地站在楼梯上，一双眼睛死死地盯着我，哪里还有平日里半分的端庄，“诗涵刚才过来了？诗涵是不是看到她了？她在这里做什么？让她走！！”

我看了一眼高子健，说：“阿姨情绪不太好，我先回去了。”

高子健看了一眼阿姨，拉着我的手，走了出去。

一来一回，还真是个笑话。如果不是阿姨的举动，或许，我还猜不出问题的所在，现在，我算是清楚了。

我没让高子健送我，高家现在更需要他，拿出手机，打电话给了高子然，电话接通了，我这才知道，原来她去了北京。

“子然，你跟小佳姐老实说，刘家是不是允诺你们什么了？”我问得直接，并无隐藏。

“小佳姐，你听谁说的呀？”

“我刚才遇到刘诗涵了，想在你这里确认下。”

“小佳姐，你不要听那个女人胡说，刘家的确能帮我们，但是被我哥拒绝了，我哥才不会用他和那个女人的婚事来做文章，你不要多想，我哥心里面只有你。我现在快到北京了，看看能不能找朋友帮帮忙，事情很紧急，我晚点再给你电话！”

我明白了，我都明白了。

现在是非常时期，一般人怎么愿意去蹚这摊浑水，阿姨那么着急地让刘诗涵过来，肯定是为了高叔叔的事情……这么一想，所有的事情，就明显了。

怎么办？除了刘家，还有人愿意帮忙吗？

脑海里忽然闪现了一个身影，对了，石磊是在机构工作，他或许知道有什么方法，他或许可以帮助高子健！

想到了这一点，我急忙翻出电话簿，给石磊打了电话。

我们约在护城河边见面。

石磊笑着问：“小佳，你是不是想好了？”

我吸了一口气，问：“石磊，我想请你帮一个忙，你愿意吗？”

“你的事情就是我的事情，说吧。”

石磊的手伸到了我的手上，我不动声色地收回手，说：“高家的事情，你知道了吧？”

石磊的脸色瞬间变了，他恼怒地说：“这么晚了，你打电话给我，就是为了高子健那小子？陈玉佳，高子健现在什么都没有了，可是我不同，我现在什么都有了，只要你开口，我都可以满足你。”

我摇了摇头，说：“不是这个问题。石磊，美婷对你是真心的，请你不要辜负她。至于高家的事情，我知道你们内部消息肯定更加灵通，就算你不是为了我，想一想大学四年，你们也算是兄弟吧？再想一想当初你进入机构，也是高子健帮的忙，你也不能眼睁睁地看着他出事，对吗？”

石磊怔怔地看着我，说：“陈玉佳，你对我，难道就一点感觉都没有了吗？在学校里，一份鸡汤你都会给我，你那么喜欢吃雪糕，都要留给我，知道我衬衫破了你跑到步行街连续两天打工给我换了新衣服，我不信，我绝对不信！我想听一句实话，你的心里面，到底还有没有我？”

“算了，你不愿帮忙我也不勉强，我……”我看了石磊一眼，将没有说出的话留在了嗓子里，准备离开。

“陈玉佳！”石磊在身后叫着我，说，“你不敢回答我的问题，说明你的心底根本就没有把我忘掉，你为什么不愿意承认？只要你承认，我就可以考虑你说的事情。”

我转过脸看着石磊，轻轻地叹了一口气，说：“石磊，不管怎么样，我还是谢谢你。我能说的，只有这么多。”

“好！”石磊的神情有一点扭曲，笑着看着我，说，“好，陈玉佳，你果然变了！你那么决绝，我已经确信了你的态度，那么，我现在也告诉你，对于高家的事情，我是什么态度。”

我满怀期望地看着石磊，想要抓住最后一丝丝的希望。

他咧嘴一笑，墨黑的眼睛里忽然充满杀意，说：“陈玉佳，我不会帮助高子健，我不仅不会帮他，我还要看着高家一天天地从这座城市里消失。哈哈哈哈哈！”

“你疯了！”我憎恶地看着石磊，浑身抖得厉害。

“我没疯！”石磊看着我，脸上的笑容好像魔鬼般狰狞，“我没疯，陈玉佳，因为……举报他们的人，是我！”

我惊愕地转过脸，难以置信地看着石磊，问：“为什么？你为什么要这么做？”

我忽然有些害怕。

漆黑的房间，除了门外走廊上偶尔传来的声音之外，一点响动也没有。

晚上十一点，我一个人在家，高子健没有回来，我只能抱着枕头，默默地发呆。

石磊一字一顿跟我说的那些话，让我恐慌。

石磊是个可怜人，我第一次这么感觉。

我后悔自己那段时间没有真正地走入他的内心，后悔自己为了所谓的自尊所做的挣扎，却没有真正地了解，他所做的一切背后的意义。

他的每一个字、每一句话，都在我的耳旁一次次地响起，让我情不自禁地为此感到难过。

那一年，他只有十岁。一个十岁的孩子，已经有了孩子的自尊心，也懂得了荣辱。所以当从妈妈口中得知爸爸在外面养了女人的时候，他为自己有这样的爸爸感到羞耻，他心疼妈妈，毅然决然地和妈妈站在了同一战线。

他怎么可能不恨呢？在那样边远封闭的一个地方，邻里之间最看重的名誉，却被自己的爸爸败坏得彻彻底底。

离婚，是他妈妈的选择。原本石磊也以为，妈妈离婚，是因为承受不住婚姻的背叛，是因为对爸爸的记恨，直到妈妈查出了尿毒症之后，他才明白事情的真相。

石磊的妈妈之所以带着他离开，是因为他妈妈已经预见到，她的丈夫，距离死期不远了。

贪污，养另外一个女人，这本就是不允许的，石磊的妈妈想到了自己的丈夫会死，却没有想到，他会和那个女人，死在家中。

有的人说是自杀，有的人说是他杀，时间久了，好多人都快忘记这件事了，包括石磊本人。

尿毒症，一贫如洗的家庭根本没有办法承担昂贵的医药费，石磊的妈妈已经做好了一个人上路的准备，在选择自杀之前，她说出了那个让她惦记的男人的死因。

是他杀，而且，是为了灭口。

年前，石磊就是因为阿姨的病回到家中，和他一同回去的，还有刘美婷。后面的事情，也就顺其自然地发生了。

一份爱情，在母亲的病重前或许微不足道，但是并没有到了背叛的地步，真正让石磊下定决心和我分手的，是因为他父亲的死。

我想到石磊跟我叙述这一段时，他的眼中饱含着的泪光，他说："小佳，妈妈这辈子，只有爸爸一个男人，即使那个男人背叛了她，可是她的心底，根本割舍不下。妈妈已经做好了必死的打算，所以才将他的死因，告知于我。"

父仇。复仇。

我们的生活本该是那么简单，平淡则是幸福，我一直觉得，找一个人，携手一生，生儿养女，孝敬父母，就是人生最大的幸福。

可是生活何尝对石磊公平过呢？那么多人中，不幸的，偏偏就是他。

换作是我，一定也会纠结吧？

他的妈妈是一个值得尊敬的女人，但是也是一个可怜的女人，她不该让石磊发誓为父报仇，对待石磊，也是一样不公平。

可想而知，当他被撞倒进了医院之后，他的心里，会有多么纠结。

我害怕石磊脸上狰狞的笑容，因为那个笑容背后，他的心，早已经如石头般坚硬，不懂得爱了。

这样，所有的问题就通了。石磊不顾一切地想要报复高家，也有了最合理的解释。

最后，当我被这个事实冲击着内心时，我还是有了私心，我问石磊，你可不可以放过高家？

石磊笑着看着我，说：“那谁放过我？”

我怕了。第一反应就是告诉高子健，可是石磊说，如果高子健知道了这个事实，一定会来找他算账，他不怕高子健找他，只是高子健如果动了手，他可以趁机让他也进去。

他的极端，我已经没有办法说服。可是怎么办？高子健的爸爸和三叔，又有谁能帮忙救出来？

还有石磊临走时说的那句话，现在想起来，我觉得，我的血液都要凝固了。

他说，有些事，必须有一个了结。

我知道，他说的了结，最坏的可能就是杀人偿命。

我紧紧地抱着怀中的枕头，看着冒着亮光的手机屏幕，想要告诉高子健，却害怕正如石磊所说，于是只能克制自己。

忽然，一阵铃声在我的耳旁响起，我紧张地朝床头退去，低下头一看，竟然是手机铃声。

是孙一清的电话。

“喂？”我听到了自己声音里的颤抖。

“晚上看你下班走得挺早，没事吧？”依然是温和沙哑的声音，可是对我而言，已经是最大的安慰。

“没事。”我简单地回答。

“哦，我正好路过你楼下，这家烧烤，味道……味道还是挺不错的。”

他吞吞吐吐地说，口齿不清晰。

“不方便的话，那就等下次吧。”

“行，十五分钟后见。”

套了一件外套，穿上鞋子，就去了楼下。

到了烧烤店，我将石磊的事情一五一十地告诉了孙一清，末了，我补充道：“实际上，这段时间，我自己也在反省，爱是相互的，我的付出太少了。如果我稍微注意一下石磊的动向，或许有些事情就不会发生。”

孙一清叹了口气，说：“他爸的冤案，的确惊动了不少人。媒体也得到了消息，只是被上面压住没有公开罢了。”

我没有想到，石磊居然策划得如此周密，可见，他已经下定决心。

“我这么说吧，牵涉这次案件的，都会得到相应的惩罚，做错事情本就该负责。”

“可是高子健……”

“小佳，做了错事、坏事，当事人的心里不可能无动于衷，如果事实被曝光，或许，对他们而言是一种解脱。你觉得呢？”孙一清意味深长地看着我说。

心里的负担微微地减少，我又问了另一个问题：“如果高子健解决不了这件事情，他会不会按照他妈妈的要求，跟刘诗涵……”

孙一清果断地摇了摇头，说：“高子健虽然年少气盛，但绝不是薄情之人，不会的。”

我很庆幸自己能有孙一清这样的朋友，今晚他的一席话让我很有感触，或许正如他所说，事情的真相浮出了水面，给曾经被冤枉的死者一个交代，对活着的人，反而是一种解脱。

午夜十二点，波动的情绪终于渐渐稳定下来，我编辑了一条短信给高子健，短信的内容只有三个字。

等了很久都没有回复，我瞥了一眼窗外，该睡觉了。

我以为，我和高子健目前已经是最坏的情况了，但是万万没有想到，居然还有更坏的情况。

第二天早上十点，我还在计算着手中的数据，高子健给我来了电话，他的声音十分沙哑，说："小佳，我想见你。"

一种不好的预感立即朝我席卷而来，也没有来得及跟组长说一声，我就直接奔向了电梯。从电梯里出来，走到了大厅门口，就看到了高子健一个人坐在楼梯上，神色黯然。

我急忙走了过去，问高子健："怎么了？"

高子健面色苍白，一脸憔悴，一双眼睛里布满了血丝，张了张口，竟然没有说出话来。我蹲下身，紧挨着他坐下，问："发生了什么事？"

高子健手一抬，将手中的钥匙放到了我的面前，说："小佳，我的投资失败了。"

我只觉得心底猛地一沉，顿时不知道说些什么。

"上次去考察的公司明明答应给我的物资，全部作废了，从韩国那边买来的软件，也作废了，小佳，我真的……"高子健说到最后，竟然一个字都说不出来了。

也就是说，我们背负的债务更多了？

看着高子健狼狈的模样，我轻轻地笑了笑，说："哎呀，那完蛋了，看样子我得多吃两年茶叶蛋了。"

高子健没有笑，面对之前的失败，他的眼神里还露着一点点希望的光芒，而这一次，他似乎已经绝望了。

高子健只有二十四岁，和石磊最大的不同是，石磊早已经尝遍了人间疾苦，而他，才刚刚开始。

我从来没有像现在这么害怕过，我怕我只要稍微不用心，高子健就会变得更加脆弱。

我安慰他吃饭，一步都没离开，哄着他睡觉，忽然手机一个震动，看到上面显示的名字，我瞬间变得不安。

刘诗涵发短信给高子健做什么？她又是什么目的？好奇心驱使我盯着屏幕，紧张地倒吸了一口气，手指按下去，短信打开，内容立即闪现在我的眼前。

“这是我最后一次给你选择，高子健，想想在里面的伯父和叔叔，我认真地提醒你，你的选择，要慎重。”

我的心口猛地一紧，这是什么意思？难道刘诗涵所说的都是真的，现在这个时候，只有刘家愿意伸出援手？

我握着手机的手掌是颤抖的，猛吸了一口气，将短信稍微地朝上翻了几行，全是类似的短信。这样看来，目前，只有刘诗涵能帮高子健这个忙了？

她用订婚和结婚作为条件，用高叔叔和三叔此刻的遭遇作为要挟的砝码，要的是什么？如果说之前高家的辉煌能够给刘诗涵带来虚荣心的满足，那此刻，她这么说，是因为……爱吗？

我被自己的想法吓了一跳，都说善恶乃一念之间，原来对一个人的感觉，也可以在一念之间有所改变。

我不知道高子健会做出什么样的选择，但是我知道，我应该为此做点什么。

于是，我回了短信，跟她约了见面的地点，给高子健留下了一个纸条，关上门，走了出去。

地点在一个酒吧里，推开门，暖色调的光晕在室内挥洒，沙哑的嗓音伴随着吉他伴奏传到了我的耳中，扫了一眼室内，就看到了坐在窗口的刘诗涵。

说句实话，我心里面是惧怕的。但是为了高子健，我也只能豁出去了。

“怎么是你？”刘诗涵果然是一脸惊讶地看着我，转过脸扫了一圈门口，忽然拍案而起，冷笑着说，“你玩我呢？短信也是你发的？”

我没有说话，表示默认。

人生，最轻松的时候，就是一无所有，而现在的我和高子健，就是一无所有，和刘诗涵对话，我也没有任何顾忌了，“刘家真的愿意帮忙吗？”

刘诗涵“咯咯咯咯”地笑了出来，细白的手指捏着精致的小勺子在咖啡杯内缓缓地搅动，说：“陈玉佳，你是真的蠢，还是天真？现在这个案子反响这么大，谁敢轻易插手？”

“抱歉，我看了你和高子健的短信，我知道，你不会袖手旁观。”刘诗涵笑得越开心，我越是觉得她会帮忙。

果然，她那捏着小勺子晃动的手忽然停了下来，抬起眼看着我，说：“这个忙，帮与不帮，就要看你的表现了。”

我心下一凉，问：“请问我该怎么表现？”

“很简单，离开高子健，让他忘了你。”刘诗涵不假思索地说，“只要做得到，他家里的事情，我会让爸爸帮忙，你家里的事情，我也会让他们停手。”

前一句我是明白的，但是后一句？

“我家里有什么事情？”我疑惑地看着刘诗涵，忽然之间心里一沉，问，“你对我爸爸妈妈做了什么？”

刘诗涵一脸平静地看着我，并没有直接回答我的问题：“不然呢？你以为我找高子健是为了什么？我这个人就是这样，得不到的，更想要，他越不想跟我在一起，我越是要跟他绑在一起一辈子！高伯伯的事情或许不会让他低头，所以，我就将事情弄得稍微复杂了那么一点，我相信，和你有关的，他的语气就会自然而然地改变了。”

我慌张地看着刘诗涵，并未料到她竟然拿我父母做文章，越是如此，我越是害怕，我的手有些抖，轻轻地拿出手机，准备给家里打电话。

“是要跟家中二老确认吗？”刘诗涵一只手托着下巴，笑着看着我，说，“不如我来告诉你吧，他们在黄山旅游时，遇到了一个商人，正在步行街做门面房，你的妈妈很有兴趣，怂恿你爸爸借点钱来买，你也知道你那个爸爸，借不到钱，就去了赌场，所以……”

“刘诗涵！”我有些激动地站了起来，胸前起伏不定，说，“你太过分了！”

“我过分？因为高子健我被家族姐妹笑成什么样了，订婚一拖再拖，最后当着我父母的面连谎言都懒得说了，这些都是因为你，要不是因为你，我能成为家中笑柄吗？”刘诗涵看着我，吸了吸鼻子，说，“现在，我只想拿回属于我的……”

“可是高子健不爱你……”我将心底最后一丝希望说了出来，声音里却已经没有了底气。

“爱是什么？你以为在我们这种家庭长大的孩子会有爱？说句难听点的，只不过是彼此利用罢了。我老实跟你说吧，高家现在的样子根本不需要我去倒贴，但是不行，丢的脸，丢的人，我都要找回，所以陈玉佳，现在，就看你怎么办了。”

我又坐回了位置上，心里面一阵惊慌，双手抖动得厉害，浑身上下好像被抽空了一样。

“你放心，你父母那边，只要你点头，明天立刻能够解决，至于高家，虽说费点事，但还是可以解决的。”刘诗涵声音平淡地劝慰我。

我的手依然在抖动，尽量控制着自己不要拿起咖啡杯砸向刘诗涵。

“你不是爱他吗？既然你爱他，在他家破人亡之前，就应该帮他做出选择，高子健狠不下心的事情，需要你狠心，他的家人，你的家人，他们的命运，都掌握在你的手中。”刘诗涵一边晃着咖啡杯内的小勺，一边轻描淡写地跟我说。

我猛吸了一口气，说：“我要去一趟洗手间。”

刘诗涵也没有说什么。跟着侍者一路走进了洗手间，我拿出手机，给爸爸妈妈去了电话，我需要确认他们的情况。电话接通了，妈妈的声音有些沙哑。

“小佳，现在打电话……”

“妈，我有些话想要问你，你要老实跟我说。”我吸了吸鼻子，蹲在马桶上，差点就哭了出来，“爸爸，是不是，又输钱了……”

妈妈没有回答我，直接在电话那头大哭起来，一边哭一边说：“小佳啊，妈妈也是一时鬼迷心窍啊，现在你爸爸被对方告了，这个事情你爸让我瞒着你，小佳啊，妈妈该怎么办啊！”看样子，刘诗涵说的都是真的。

胃里一阵翻滚，我对着马桶干呕，脑海里忽然一惊。莫名其妙地感觉到困乏，经常会干呕，算一算距离上一次例假的时间……难道是……

回到座位上，我镇定地看着刘诗涵，说：“我需要一点时间考虑。”

刘诗涵看着我，轻轻地笑了笑，说："我可以给你时间考虑，不过高子健的思想工作也需要你好好地配合，时间上我不会限制你，但是想一想你的父母和高子健的父母，你……"

"我会尽快给你答复。"我打断了刘诗涵的话，尽量控制着自己不要吐出来。

"可以，"刘诗涵笑着看着我，说，"你记住一点，时间拖得越久，对于受害者的损害，就越大。"我点了点头，走出了咖啡厅。

第一件要做的事情，就是去附近的药店，买一个验孕棒。

都说母子连心，在使用验孕棒前，我就已经有了强烈的预感，我想，我是有了。低下头看去，事实告诉我，我要做妈妈了。这一刻，泪水再也无法控制，我抚摸着肚子，直接哭了出来。高家危在旦夕，孩子的外公外婆也身处困境，我到底该怎么办？舍弃？或者，留下？如果留下，这些问题又该怎么解决？

高子健做了噩梦，一夜都处于半睡半醒状态，我一直小心翼翼地躺在他的身边，紧紧地抱着他，看着他憔悴的面容，心里面的担忧更加严重。思来想去，怀孕的事情不能立即告诉高子健。他的性格我太了解，刘诗涵用他的爸爸和叔叔威胁他，他都毫不妥协，如果知道孩子的事情，他又怎么可能轻易妥协？我敢用性命担保，高子健不会背叛我们母子。

他不会背叛，就可能背上不孝的罪名，他的内心，煎熬比我更多。我决定找孙一清谈一谈，有一线希望，我都不能轻易地放弃。

晚上八点多，加班之后，跟着孙一清去了一楼的食堂。简单地跟他叙述了找他的目的，目光不敢与他对视。

孙一清缓缓开口，说："这事，真的很难办。"

心底的希望顿时破灭，我用力地吸了一口气，手指情不自禁地放在肚子上，咬着下嘴唇，说："那算了，我再想一想办法。"

孙一清看着我，双眸澄澈，说："这件事情不是一天两天能够解决的，你不用这么着急。"

“我怎么能不着急，我和孩子根本等不及！”我惊慌地看着孙一清，一瞬间口无遮拦，话说出口后，顿时紧张得无语伦次，拿起桌上的包包，说，“对不起，真的对不起，我先走了……”

“小佳……”孙一清也站了起来，他的右手放在我的手腕上，声音嘶哑地说，“你的意思是……你怀孕了？”

刚才我的声音不大不小，但是口齿却是一点都不清晰，偏偏，孙一清却听得真切，我急忙摇头，说：“没有……你听错了。”

“我没有……”孙一清笃定地说，手腕的力气有点大，将我拉到了座位上，我听到他问，“高子健知道这件事了吗？”

“不能告诉他！”孙一清看着我，轻轻地点了点头。

“刘家跟你谈了什么条件，离开高子健吗？”孙一清看着我，严肃地问。

我点了点头，说：“我很痛苦，我不知道如何选择。”

孙一清也沉默了，他的双眼一直盯着面前那碗面，没有给我正面回答。

石磊爸爸的事情涉及面太广，而且还是压了十几年的冤案，造成这种结果的当事人必须受到惩罚，这是大势所趋，无法挽回。但是高家不能败了，我知道。

“谢谢你听我倾诉，我先回去了。”我不想为难任何人，孙一清已经帮了我很多。

“小佳，”孙一清终于开口，“这件事我记在心上了，只是，你不要抱太大希望，我只能尽力……”孙一清这么说，基本上是在告诉我，高家的事情，恐怕，只有刘家能够帮忙了。

我点了点头，径直朝大厅走去，刚走两步，忽然心里一慌，抬起头一看，就看到了站在两步之遥的高子健。他的脸色十分难看，眉角下垂，双眼已经燃起了愤怒的神色。

我担心他会误会，小跑两步，走到了他的面前，拉着他的手，问：“怎么忽然过来了？”

高子健冷哼了一声，目光依然盯在我的身后，为了避免他和孙一清的冲突，我拉着他，直接朝大厅外走去。

一路沉默，电梯门打开的那一刹那，高子健忽然转过脸，冷冷地说道：“陈玉佳，你瞒得我好苦！”

我的脚步停滞了几秒，想着我和刘诗涵的谈判，轻轻地问：“你都知道了什么？”

“小佳，为什么不告诉我，你说的咱爸咱妈给我们汇来的钱，实际上是你从孙一清的手中借来的？”

我倒吸了一口气，说：“你都知道了。”

“是，我都知道了，这么大的事情，为什么自己一个人承受？”

刚才的失落瞬间从心底消失，我上前一步，站到了高子健的身旁，搂着他的脖子，说：“这哪里算委屈，一点都不委屈。”

“陈玉佳，我有些怕。”高子健抱着我，他的脸贴在我的脖子上，声音细微地说，“现在的我一无所有，你会不会，忽然嫌弃我……”

“怎么……”

“听我说完，”高子健紧紧地靠着我，说，“在爸爸这件事没有发生之前，我是目中无人的，我挥金如土，我以为我高子健算是人中龙凤，自命清高，可是这件事之后，我才忽然发现，其实我什么都不是。小佳，我现在面对你，真的会觉得有些自卑，我高子健何德何能，让你跟着我吃苦，为我受累？如果一辈子我都不能翻身，岂不是……辜负了你？”

这是我爱的那个男人，骄傲如他，竟然会说出这样的话，的确是让我意外的。难道，高子健已经知道了关于高叔叔的内部消息？

“子健，你是不是知道了什么？难道高叔叔……”

“小佳，我是不是很没用？三叔他，会被判死刑。爸爸现在也……”

居然这么严重！

“小佳，我真的一无所有了，我有的，只有你一个人了。看到孙一清，我更加害怕，我怕你嫌弃我，我现在觉得，是我配不上你……”

高子健的话一直徘徊在我的耳旁，直到深夜十二点，他妈妈打来电话，让他回家一趟，我一个人在这空荡荡的屋子里，看着黑漆漆的四周，心慌，手抖。

直到这个时候，高子健居然对刘诗涵给他的条件一个字没提，这说明，他不会背叛我。

那么陈玉佳，你呢？你会怎么做？

我轻轻地吸了吸鼻子，抚摸着肚子，挤出了一个笑容，说：“宝宝，如果是你，你会怎么做……”

两天之后，高子然在电话里告诉我，三叔的问题已经有了初步的定论，下午到达本市。我和高子健坐在法院门口等，按照规定，是不允许探视的。

我给刘诗涵打了电话。我从来没有想到，在这个时刻，能够帮助高家的，居然是刘诗涵。

被人掌握命运的感觉十分糟糕。

见面之后，我开门见山地说：“子健的三叔已经送到了本市，我想问你，之前你说的那些话，都还算数吗？”

刘诗涵点了点头。

“行，”我吸了一口气，直截了当地问，“你要我做什么，才愿意帮忙？”

刘诗涵看着我，说：“不是我要你做什么，而是你自己要做什么。五月二十八号应该是我和高子健订婚的日子，在那之前，你觉得，你能做点什么？”

五月二十八号。也就是说，刘诗涵已经给我限时，在这之前，让我滚蛋。

我握紧了拳头，指甲已经掐到了肉里，依然控制着自己的情绪，说：“在那之前，我会和高子健分手。”

“不，三叔的事情我已经让爸爸调查得很清楚，他只有两天的时间。”刘诗涵不依不饶。

两天！我在心底暗自叫了一声。

“怎么了？你觉得两天太短了？那行，三叔的事情，你自己看着办吧！”刘诗涵一脸不耐烦地看着我，将手包一拿，起身准备离开。

“别……”我委曲求全地喊了一声，说，“我知道了，我回去就准备，你也准备。”

“陈玉佳，别怪我没有提醒你，李淑媛现在对我都是毕恭毕敬的，高家差不多倒了，我能把三叔弄出来，就能把三叔弄进去，千万别跟我耍花招！”

我点了点头，直接朝马路对面奔去。

我和高子健相处的时间，只有两天半了。

两天半，我该做一点什么来道别呢？默默地离开，这是行不通的，高子健的烦心事已经够多，我要是默默离开，他不仅会来找我，还可能会耽误更多的时间。

唯一能做的，就是直接说出口。

只要一想到这个，我的心底就是一阵抽搐，疼，很疼。

给妈妈打了电话，交代之后，便朝小窝奔去。

我想，长痛不如短痛，孩子的事情，更是要隐瞒吧。

晚上八点，高子健按时回来，拉着我的手，笑着说：“小佳，三叔的事情有眉目了！”

刘诗涵动作倒是挺快的，上午才答应的事，现在已有了眉目。

“小佳，你怎么都不高兴？”高子健有些疑惑地看着我，眼神停留在地上的行李箱上，问，“你这是在做什么？收拾衣服干吗？”

“哦，就是……家里面太乱了，”我拉着高子健的手，说，“来，今天我烧了好几道你喜欢的菜，一定要多吃点。”

高子健这才略微放松了一点，笑着拉着我的手，说：“小佳，有你真好。”

我背对着高子健，并不敢直视他，我怕只要我多看一眼，就无法下定决心。转移话题问：“阿姨怎么样？身体好不好？”

“我已经打了电话给妈了，”高子健从后背抱住了我，下巴搁在我的肩膀上，双手紧紧地环着我的腰，说，“小佳，只要三叔的事情能解决，爸爸这边也没有多大问题，我们的苦难，会过去的。”我知道，我都知道，只可惜，我不能陪着你了。

“小佳，这些天真的辛苦你了，过段时间我要好好补偿你。”高子健的声音里透着欢喜。

“你看你，抱得我这么紧，我都没办法端菜了。”我轻轻地吸了吸鼻子，示意高子健松开我。

“不要动，”高子健继续抱着我，声音里的兴奋已经减少，鼻尖贴着我的颈部，痒痒的，温热的，“小佳，如果没有你，我一个人，怎么面对这些，如果没有你，我想，我也没有现在这么坚强。”

我猛地一怔，转过身看着高子健，挤出了一个笑容，说：“高子健，能不能答应我一件事？”

我的声音有些哽咽，因为泪水已经被我逼了回去。我咬了咬唇，说：“如果我们……不能在一起……”

我的话没有说完，高子健已经抱着我，将我抵到了墙上，霸道地说：“不许说这种话，怎么可能不在一起！”

我的脸贴着他的胸膛，能够感受到他胸膛里火热的心跳，明天，后天，我就要离开他。

而且，还要用最残忍的方式。

晚饭高子健吃得很多，足足吃了三大碗，末了，还不忘在我的嘴边蹭一蹭。我喜欢这样的高子健，喜欢他没有压力，喜欢他爽朗微笑，当然，我想，经过了高家这一次的变故，他也会越加成熟。只可惜，这个即将成熟的男人，我不能陪着你朝前走了。

第九章 谢谢你，陪我走过这些路

三叔的事情需要办理很多手续，第二天一整天，我都没有看到高子健，我去公司办理了辞职手续，从人事部出来时，看到了站在不远处的孙一清。轻轻地点点头，准备离开，却被他叫进了办公室。

“陈玉佳，刘家这两天动作很大，据说还在准备订婚仪式，和你有关吗？”办公室门才刚刚关上，孙一清就冷不丁地问了我一句。

有些事情，不在其中，看得更加清晰，我不否认孙一清是不是听到了什么，索性低着头，没有承认，也没有反驳。

“高子健知道孩子的事情吗？”孙一清见我不回答，又冷冷地问了一句。

我当然不知道他为什么会这么火大，难道，我不该是那个最火大的人吗？

“陈玉佳，你说你的脾气怎么那么倔呢？刘家能够心甘情愿地帮助高家，你知道里里外外需要多少打点？现在还在预备酒店宴席的事情，我不信你一点都不知道，老实说，高子健是不是要背叛你？他是不是要辜负你和孩子？”

这是我第一次看到温润如玉的孙一清发火，他靠在办公桌上，双眼冒火，嘴角下沉，身上的气势也是咄咄逼人的，他的气场和高子健不同，高子健身上的是那种爆发的霸气，而孙一清，则是由内而外爆发出来的气场。

这个时候，他比高子健冷漠。

我轻轻地叹了一口气，说："高子健不会背叛我，没有的事。"

孙一清似乎也有些呆愣，上前一步走到了我的面前，说："陈玉佳，我不信！高子健没有背叛你，那刘家准备订婚仪式是怎么回事？你不要告诉我，高子健不知道。"

"你不要问了，"我吸了一口气，说，"我先出去了。"

"陈玉佳！"我刚转过身，孙一清已经大吼出来了，我有些惊愕地转过脸，他的双眼已经变得猩红，说，"我就那么不被你信任吗？到底发生了什么？你就不能告诉我吗？"

我有些无奈，至少对孙一清此刻毫不理智的行为感到无奈，但是也很欣慰，因为，他也是关心我的。

我执拗地摇了摇头，说："总之，这件事你不要管了，和高子健无关。"

话说完，我转身朝办公室的门口走，身后忽然一阵动静，等我反应过来时，孙一清已经将我压在了门上。我惊愕地看着孙一清，他和我的距离近在咫尺，一只手臂在我的肩膀上方，将我包围在他的臂弯里。鼻尖是他身上的味道，我们距离太近了，呼吸甚至都有些交织。

"孙……"

"陈玉佳，让我和你一起分担，行吗？"孙一清打断了我的话，说得理直气壮，霸气十足。今天，我见识到了这个温柔男人的另一面，霸气侧漏。

我不敢与孙一清对视，别过脸去，小声地说："我不能说，我……"

孙一清又逼近了我一点，而且，还扼住了我的手腕，更加霸道。

"你……"

"陈玉佳，孩子的问题不是小问题，高子健有权利知道，如果你不告诉我到底发生了什么，我马上就打电话告诉他，你自己看着办吧！"

我紧张地看着孙一清，忽然鼻子一酸，眼泪就流了出来。

"别告诉他……"我哽咽地说，"我们今晚就会分手。"

孙一清的手终于放了下来，而我，也脚下一软，直接倒了下去。他拉住了我，抱着我坐在了椅子上，慌张地问："怎么样了？现在怎么样了？"

我慌张地甩开孙一清的手，眼泪已经从脸上滑落，说："你觉得刘家会随便帮忙吗？你觉得他们是那种让人占便宜的笨蛋吗？孙一清，我要和高子健分手了，没有我，高家的问题都能解决！"

孙一清怔住了，目瞪口呆地看着我，最后，长长地叹了一口气，说："这么说，高子健的前程，还得靠你？"

"不要这样说他！"我扶着扶手，恼火地看着孙一清，又觉得自己的语气里的攻击力太强，压低声音，说，"他什么都不知道，而且，我永远都不想让他知道。"

孙一清说，他不会说出去，并且，愿意帮我。我说不用，我的事情，我自己能解决。

可是，我又不敢了。所以只能在晚上七点钟之后，一个人拖着行李箱，走出了小区。

高子健的电话正巧打了过来，我瞥了一眼，挂断了。

"陈玉佳！"一个声音传到了我的耳中，转过脸，就看到了高子健怒气冲冲地朝我走来。

我拖着行李箱朝后退了一步，见他阴沉着脸看着我，又看向行李箱，我知道，有些事情，根本无法避免。

"你要做什么？"高子健的声音有些阴冷，"挂了我的电话，拖着行李箱，你要做什么？"

我吸了一口气，说不出话来。

"陈玉佳，你到底怎么了？"高子健又逼近了我一步，说，"有什么问题你可以跟我说，为什么要不声不响地离开？走，跟我回家。"我后退一步，躲开了他的手。

他有些恼火地将手悬在半空，继续说："我知道这段时间我的确是忽略了你，可是你也知道我根本走不开，小佳，别闹了，有什么事情你可以直接跟我说，不一定……不一定要离家出走的，是不是？"

我垂着头，不敢看向高子健，双腿抖得不行，想好的话，一句都说不出口。

“陈玉佳，我让你觉得讨厌了？”高子健吸了一口气，问我。

我摇了摇头。

“那……是不是因为，我现在一无所有了？”高子健试探着问我，“因为，我欠的钱？”

我又摇了摇头。

“我也觉得不可能，陈玉佳不是那种人。”高子健嘘了一口气，又过来拉着我的手，说，“既然这些都不是，我们乖乖回家，外面凉，回去再说。”

我粗鲁地夺过了高子健手里的箱子，问：“三叔的事情怎么样了？”

高子健笑着看着我，说：“如果不出意外的话，后天应该就能见到了。”

刘诗涵说话果然是算数的。

我咬了咬唇瓣，吸了一口气，将最初想好的那些话在脑海里回转了一遍，说：“高子健，既然你家里的问题都已经解决了，那么，你也没什么可担心的了，我们还是分手吧。”

“小佳，你说什么呢？”

“我说，你可以滚了，我们分手！”

高子健惊愕地看着我，问：“陈玉佳，你脑袋被驴踢了吗？说什么胡话呢，走，跟我回去……”他说着话，一只手直接伸了过来，夺过我手中的行李箱，就要朝前走。

我有些着急，扯着行李箱不愿松手，声音里带着一丝委屈，说：“高子健，求你了，让我走吧。”

高子健后背一僵，转过脸疑惑地看着我，说：“陈玉佳，那么多苦难我们都熬过来了，为什么要现在离开？别跟我开这样的玩笑，我……”高子健指了指胸口，说，“我……心疼……”

我何尝不心疼呢？高子健，心疼的又何止你一个？

“我……”我吸了吸鼻子，说，“高子健，我……我不能和你在一起。”

“为什么？”高子健抬起脚，用力地朝行李箱上踹了一脚，瞪着我说，“陈玉佳，你说，你给我一个理由，只要你是出自真心，我……我绝对不缠着你。”他的眼角已经湿润，瞪着我，声音沙哑。

“我不喜欢你了。”我伸出手去拿行李箱，大吼一声，“高子健，我不稀罕你了！我不想我的下半辈子一直过还钱的日子，我累了，我要走，你不能阻止我！”

高子健愣了一秒，抓着行李箱的手瞬间松开，饱含怒火的桃花眼紧紧地盯着我，我听到他说：“不，陈玉佳，你不是这种人，你不要骗我，给我一个真正的理由，给我！”

寂静的小区内，一阵凉风吹到了脸上，几个行人从我们身旁匆匆而过，漠不关心地离开，根本没有人了解我们为什么会这样，爱到最后，竟然成了彼此折磨。

可是高子健，我还是爱你的啊。

又是一阵风刮来，在我的脸庞扫了一下之后，细密的雨丝从天空落下，落在我的脸上、胳膊上、鞋子上。

原来，下雨了。

我看了一眼站在两步之外的高子健，生硬地拿起行李箱，说，“下雨了，你快点回去吧，对不起。”

高子健没有回答我，我顺势提起了行李箱，雨水在箱子上落下，散开，慢慢地滑落。整个过程里，我不敢抬起头看他一眼。

我告诫自己不要多看高子健一眼，可是眼神还是有意无意地想要瞥过去，吸了一口气，拎起箱子，就要朝前走。

“陈玉佳！”高子健在我的身后怒吼了一声，“我不信，我不信你和那些女人一样！我不信！”

雨点越来越大，落在我的脸上。此刻，我再也不用顾忌想要流下的泪水，恣情地哭了出来。雨水和泪水混合在一起，在这暗黑的夜色下，在这行人稀少的路口，我不得不残忍地开口，说出那一声再见。

再见了，我的最爱。

“陈玉佳！”我刚提起行李箱走了一步，身后的高子健又追了上来，他的手抓着我的手臂，我听到他说，“陈玉佳，你别走，我知道错了，我知道自己没本事，我会努力的，我一定会让你过上最好的生活，陈玉佳，我不能没有你。”

我的眼泪在眼眶里流转，我不能回头，我只要回头看他一眼，我知道，高家的事情，可能就没有希望了。高子健，对不起。

我甩开高子健的手，冒着雨，继续朝前走。

“陈玉佳！”高子健又怒吼了一声，“你不要走……你不要走……”

我咬了咬唇，闭上眼，深吸了一口气，冷冷地说，“高子健，我不爱你了。”

高子健又从我的身后蹿了上来，一只手捏着我的下巴，让我的视线与他相对，不知道是雨水还是泪水，模糊了我的双眼，让高子健的轮廓，也变得模糊。

“我最后问你一次，陈玉佳，你真的……要走？”几乎是咬着双唇发出来的声音，已经让我忘掉了，他此刻捏着我的下巴粗暴地对待我。

身体上的疼痛，哪里及心底的十分之一呢?

“放开！”一个声音忽然传到了我的耳中，捏着我下巴的那只手也被甩了出去，我睁开眼，就看到了身后站着的孙一清。

他的头发也淋湿了，米色的西服已经被雨水打湿，一脸怒火地看着我，接过我手中的行李箱，说：“我们走！”

孙一清什么时候出现的我不知道，还没有来得及跟他说话，高子健已经蹿了过来，直接给了孙一清一拳。

这一拳，又狠，又毒。

“滚开！”高子健已经怒火中烧，一只手抓着我的胳膊，直接朝身后扯。

另一只手被孙一清拉着，他看着我，说：“我们走。”

我知道孙一清是来帮我的，看了高子健一眼，还没有来得及缩回胳膊，他猛地一拉，就将我拉了过去，雨天地滑，一不小心，我就摔到了地上。

“啊……”膝盖处传来了一阵刺痛，我深深地吸了一口气，手掌本能地抚摸在肚子上，有惊无险。

“小佳……”高子健冒着雨过来扶我，忽然被身后的孙一清扯了过去，用力一甩，甩到了地上。

孙一清大吼：“你算不算男人？你要是男人，你就应该保护好她，你知不知道她已经……”

“孙一清！”我担心孙一清说出孩子的事情，急忙制止，伸出手臂，说，“带我走……”

雨越下越大，天也越来越黑，孙一清扶着我缓缓地朝前走，直到走到两侧满是梧桐树的街道上，我才稍微地缓过神来，抬起头看着身后，除了黑漆漆的街道，什么都看不清。

黑漆漆的街道，好像我和高子健的未来，没有希望。

“站在这里，别动。”孙一清看着我，两步走到路旁，伸手去拦车。我没有力气说话，我觉得累了，非常累。上了出租车，我就睡着了。迷迷糊糊中，只觉得一只强健的手臂紧紧地扶着我，我想要开口说话，浑身却没有了力气。我真的很累。

再一次醒来时，鼻尖是消炎水的味道，十分刺鼻。四周都是白色的，我想，我应该是在医院。

“孕妇营养不良，外加心理压力极大，这样下去会影响胎儿的生长……嗯，对，按照这个说明，好。”

“谢谢医生。”

声音不大，但是能够听得出来，两人是在病房外对话。接着是走廊上长长的脚步声。

“对，我是孙一清，”门口再一次响起了声音，“是的，不惜一切代价。”

他要做什么？我有些好奇地朝病房门口张望，接着，病房门就被推开了。孙一清看着我，咧嘴一笑，说：“有没有哪里不舒服？”

我摇了摇头，说：“我怎么到这里了？”

孙一清没有立刻回答我，将手里的东西放在桌子上，打开之后，立即飘来了一阵香味，他看着我，说：“前段时间觉得你忽然变得温柔了，开始以为是错觉，后来才知道，原来是要做妈妈了。”

我笑了笑，问：“有吗？”

孙一清将食物端到我的面前，说：“既然知道肚子里有个小家伙，咱们是不是应该好好地照顾照顾自己？”

我低下头，看着并无多大变化的肚子，问："医生说，我怀柔多久了？"

"四十天左右。"孙一清看着我，目光柔和，"你这又是何苦呢？"

我当然知道他话里的意思，不过没办法，这都是我自己选择的。我保持沉默，没有多做解释。

"唉，明明比高子健早出生了几年，怎么就没有这个福气呢？"孙一清歪着脑袋，自言自语。

我笑了笑，说："不，你要相信我，江山易改，本性难移，我的本性是不会变的。"

"那也不错。"孙一清不假思索地说。

我尴尬地转过脸去，看了一眼时间，我竟然睡了一夜。想到高子健的事情，小心翼翼地张口，问："高家现在怎么样了？"

孙一清看着我，眼里面带着一丝无可奈何，说："自己都成这样了，还有心情关心别人？"我知道他说的是气话，毕竟高子健最后的动作，的确有些粗鲁。

"陈玉佳，你说，如果哪一天我也奋不顾身地疼爱一个人，那个人，会不会像你这么死心塌地？"孙一清问得认真，眼神里忽明忽暗。

我笑了笑，说："我哪里知道，每个人都不同。"

孙一清轻哼了一声，立即转移话题，说："高家的事情你不用担心，这两天就会解决，只不过，问题虽然解决了，恢复之前的光彩，恐怕需要一段时间。"

听孙一清这么一说，我的心里面总算有了丝丝的安慰，抬起头看着他，笑着说："这两天麻烦你了。"

"既然这么愧疚，不如以身相许？"

我瞪了他一眼，说："这个玩笑，一点都不好笑。"

孙一清一双墨黑的眼睛却盯着我，笑着说："也对，后天高家的问题不出意外就能解决，到时候，你就可以安心回去做你的高太太了，我不该开这种玩笑的。"

"不可能，"我失落地看着孙一清，说，"高太太，怎么可能是我？"

"别灰心，凡事到了最后才知道有没有机会。"

我疑惑地抬起头，看着孙一清，越加不解……

我在医院一共待了半个月，时间过得缓慢。每一分钟，都在忙着刷微博，看新闻。每一分钟的等待，也都是漫长的。不想跟任何人联系，只怕听到“高子健”三个字，就忍不住想要靠近。

躲起来，对我而言，或许是最好的选择。

午饭过后，一个人坐在窗口刷微博，终于看到了那条新闻。高子健的三叔被放出来了。根据上面显示的信息，高家算是在鬼门关前走了一遭，好在现在平安无事。我总算放心了，可是距离高子健和刘诗涵订婚的时间，也只有两天了。想要心态平和，那还真是一件困难的事情。

病房门开了，抬头看去，是孙一清。他的手中捧着一束粉色的玫瑰，笑着看了我一眼，说：“看到了？”

我知道，他说的是高家的事情，于是点了点头，说：“看到了。”

“准备准备，待会儿我送你过去。”孙一清看着我，将花儿放在一旁，声音平淡地说。

我当然不知道他说的是去哪里，开口问：“去哪里？”

“还能去哪里？你现在最想去哪里？”孙一清白了我一眼，问我。

他明知道我现在最想要去的地方就是某人待着的地方，还要这般揶揄我，真是可恶。

“外面太阳那么好，我们速度快一点，高子健貌似不是一个有耐心的人。”孙一清收拾东西，声音淡淡的。直到我们上了车，他才向我解释了事情的经过，他说得轻描淡写，简单到只有那么一两句话。高家现在已经没事，我没有必要再去看任何人的脸色，简而言之，我可以去找高子健了。但是，毕竟刘诗涵和我有言在先，万一我现在过去，引起了什么波动，岂不是问题更大？

孙一清看着我，笑着说：“刘家不会为难你，除非他们想为难自己。”

不，刘家为难我是小事，为难高家，为难我爸妈，那才是大事。所以，我还是不敢靠近。

“我这么跟你说吧，我有个朋友，正好在京城工作，有些事情的影响只是一时的，风头过了，他帮了点忙，问题就解决了。”孙一清耸了耸肩，说，

“问题是现在，你到底要不要过去？”

我信了。孙一清说的不像是假话，所以我信了。最重要的是，我需要这样一个信息，告诉我，还可以跟喜欢的人在一起。

我吸了吸鼻子，看着孙一清，说：“你费了不少心吧？”

孙一清摇了摇手，说：“没多大的事，你别放在心上，其实，我更想看到之前你那凶巴巴的样子，岁月会将一个女人的美磨灭，你可千万不能输给岁月。”

我脸上一愣，吸了一口气，说：“我现在，想去见他。”

“你还可以将孩子的事情一并告诉他，我相信他会开心的。”孙一清瞥了一眼我的肚子，说，“这段时间，你比你的男人还辛苦。”

我摇了摇头，拿出手机，看了看自己的面庞，又看向孙一清，问：“会不会有些憔悴？”

“不会，挺好看的。”

我咧嘴一笑，再一次确认，说：“高家真的没事？刘诗涵她……”

孙一清摇了摇头，朝我的脑袋上敲了一下，说：“你要是再犹豫，信不信我直接掉头了。”

我赶忙摇头，说：“那麻烦你了，把我送到……他那里吧。”孙一清点了点头，启动了车子。

我转头看向车窗外，晴朗的午后，夏日的阳光如音符一样灿烂地流动。阳光从密密层层的枝叶间透射下来，地上印满大大小小的粼粼光斑。阳光、绿叶、行人，一切的一切，都被挂上了幸福的符号。

车子一路行驶，很快就到了大院门口，门卫不让我们进入，我只能给高子健打电话。

手机响了两声，通了，但是无人接听。再次响起时，我还没有来得及说话，就听到电话那头传来的声音。

“陈玉佳，你竟然还有脸打电话过来？”是刘诗涵，高子健的电话，怎么会在她的手中？

“我找高子健。”我瞥了一眼孙一清，声音平静地说。

“呵呵，你以为找了个姓孙的帮忙就万事大吉了？我劝你还是不要过来自取其辱。”刘诗涵声音清冷，继续说，“你和姓孙的之间的事情，子健现在已经清清楚楚了，你觉得他会选择一个在最苦难的时候离开他的女人吗？别傻了。”

我的心瞬间变得冰凉，猛吸了一口气，问：“我现在想跟高子健说两句，麻烦你把电话给他。”

“陈玉佳，高子健马上就要跟我订婚了，你想跟他说什么？你知不知道他因为你的事情差点被车撞死，那个时候你在哪里？现在高家恢复了原样，你就想回来，你以为这里是菜市场，你想来就来想走就走吗？”

“别装了，你这么装下去，累不累？”我有些无奈地看了一眼电话，说，“你那么确定高子健不肯见我，不就是担心你的谎言会被拆穿吗？刘诗涵，你连这一点自信都没有？”

当初让着她也是因为高家的事情，现在事情解决了，还让我宠着、让着，只有三个字，不可能。

“行，”刘诗涵冷笑了一声，说，“陈玉佳你行，不过今天我倒是要看看，到底是你行，还是我行！”

刘诗涵让我在大院门口等着，可是我却只看到了她一个人的身影，瞥了一眼她的身后，并没看到高子健。她穿着一件白色的小礼服，娇俏可爱。

“高子健呢？”

“我带你过去……”刘诗涵看了一眼孙一清的车子，笑着说，“哟，没看出来啊，你这脸皮，可真够厚的。”

我瞥了她一眼，说：“一般，和你比起来，还差了一大截。”

刘诗涵没有理会我，淡淡地说：“跟我来吧。”

我跟在刘诗涵的身后，一路走去，直到我们两人走到了一座房子的后面，刘诗涵才忽然停下脚步，看着我，说：“孙一清帮了你的忙，所以，你想毁了我们之间的约定？”

“刘诗涵，为什么你一定要去选择一个根本不爱你的男人，以你的资本，完全可以选择一个更好的男人。”

“你闭嘴！”刘诗涵瞪着我，说，“要不是你，子健早就跟我订婚了，不过现在，你在他的心底已经形象大毁，我不让你见他，也是为了你好。”

“如果你把我叫到这里来只是让我听你说这些废话，那么不好意思，我要先走一步了……”

“你去哪里？”刘诗涵慢悠悠地伸出她雪白的胳膊，说，“为了钱和孙一清在一起，背叛了你和子健的感情，不是说很爱他吗？为什么在最苦难的时候离开他？现在高家稍有起色，又想着回来，你觉得你对得起子健哥哥吗？你和孙一清睡在一起的时候，你怎么就没有想到这些？”

“啪！”我伸出胳膊，直接给了刘诗涵一巴掌，只听到“啊”的一声，就朝一旁倒了下去。

“你打我？”刘诗涵一脸难以置信地看着我，“就算你打我，我也不会让你见子健哥哥的，呜呜呜……”

“见与不见，你说了不算！”

“子健哥哥……”刘诗涵看着我，哭着喊了出来。

我转过头，就看到了站在身后的高子健，半个月不见，他似乎瘦了，头顶上还贴着纱布。所有的尖锐在这一刻都化作柔软，我还没开口，却见高子健已与我擦身而过。我惊讶地转过身，看了一眼面前的两人，刘诗涵正好朝我看来，却已经躲到了高子健的怀中。更重要的是，高子健居然没有任何抗拒。

“子健哥……”

“子健……”我张了张口，声音却小得可怜。

高子健轻轻地拍了拍刘诗涵的后背，说：“你先回去，我跟她说两句。”

刘诗涵有些不满，瞪了我一眼之后，还是抬脚朝前方走去。屋后，只剩下了我和高子健两人。日光充足，植被翠绿，一切都是那么生机勃勃，可是我却觉得，有些东西在慢慢地枯萎。高子健的侧脸忽明忽暗，眼神也十分冷淡，让我觉得陌生。

他到底经历了什么，会对我如此冷漠？

“子健……”我想，我们之间，一定有误会。

“有什么话就直说吧，我还有别的事情要忙。”

我惊慌地看着高子健，说："我们之间有点误会，那天我要走，并非……"

"那天的事情我已经忘记了，"高子健打断了我，说，"你和我现在已经分手，如果你想要从我这里获取没有给你的好处，我可以给你，你开个价吧。"

我吸了一口气，双眸紧紧地盯着高子健，问："这是你的真心话吗？"

"真心可以变成假意，对于我们两人，没有必要纠结太多。"高子健目不转睛地看着我，冷哼了一声，说，"纠结到最后，还是一样现实的结果。"

"高子健，刘诗涵说的那些都不是真的，我需要你给我一个解释的机会，"我急忙上前一步，捂着肚子，说，"我已经有……"

"陈玉佳，你觉得现在跟我说这些还有用吗？拎着行李箱跟别的男人义无反顾离开的，又是谁？你现在回来，难道不觉得自己像一个小丑吗？"高子健决绝地说完，后退一步，不屑地看着我，说，"如果你早点说出口，我也不会勉强你跟着我吃苦，何必给了我希望，又让我失望？"

"高子健，你心里面难过，我理解，可是难过的人不止你一个，你难道，非要用……用这种方式来羞辱我吗？"我咬着唇瓣，声音断断续续的，盯着高子健冰冷的面孔，视线毫不退缩。

高子健也是一样看着我，他的脸色越来越冷，最后，露出了一抹嘲讽。

"陈玉佳，如果我告诉你孙一清的背景，我估计你一定会后悔过来找我，我劝你还是回到他的身边吧，他的钱，比我多。"

每一个字，都像一把刀深深地插入了我的胸膛里，我的手不停地颤抖，还是不甘心地看着高子健，试图捕捉一点点，他对我的关心。

但是，没有，什么都没有。

"高子健，后天，你要订婚了？"5月28日，我记得清楚。

高子健抬眼看了我一眼，说："这不是你该关心的事。"

我轻轻地耸了耸肩，说："看样子，是真的……"

我爱的那个男人，他最终是要订婚了。可惜，和他共同戴那对钻戒的人不是我。

"钱如果不要的话，我先走了。"高子健说着，抬脚就朝前走。

我吸了一口气，笑着说："要！怎么会不要呢？"

高子健转过脸，眸子里闪过了一丝惊讶，进而变成了厌恶。他说："多少？"

"五万。"我轻轻地哼了一声，说："榴莲知道我父母的账号，把钱转给他们。"

"呵！"高子健冷笑一声，"我知道了。"

冷漠的背影，一点点地消失在我的视线之外，我腿部发软，心里面更慌张。再抬头，就看到了刘诗涵得意地朝我看来，继而转身。我只能说，命运弄人。他不爱了，那么我还能怎么办呢?

五月二十八日，对我而言，无比特殊的日子。在这一天，我爱的男人，要订婚了。

从大院出来的时候就觉得浑身乏力，一直到现在，还是使不上劲，可是看到桌上的请柬之后，心痛再一次席卷而来。是高子健派人送来的吗？不听解释，然后将订婚的请柬送过来，还将我和孙一清的名字写在一张请柬上，这就是他想要做的吗?

我咬了咬唇，深呼吸，却忍不住想要撕掉请柬的冲动。

"或许，这只是刘诗涵的恶作剧。"孙一清神色淡漠，开口说。

我知道他在安慰我，轻轻地冷笑了一声，说："不，我知道，他在跟我较劲，你不了解高子健，他就是喜欢用这一招。"

"他出招了，你准备怎么接招？"孙一清看着我，笑着问。

"以毒攻毒。"我的手放在了肚子上，"我不信，他真的舍得伤害我们孤儿寡母。"

孙一清又轻轻地笑了一声，提着购物袋去了厨房，笑着说："你已经做了决定。"

"是。"我将手中的请柬放在桌子上，看了一眼照片中站在刘诗涵身旁的高子健，用拳头用力地砸在他的脸上，冷冷地说，"他绝对不是那么无情的人。"

晚上七点，圣皇酒店门口。华灯初上，万物升平，数十间豪华的KTV包房隐没在夜色之中，这家五星级豪华酒店，论外观，论品位，别说在本市，在全国都是数一数二的。在这样豪华的酒店内，今晚，我爱的那个男人和我讨厌的那个女人，要订婚了。订婚是一种形式，它可以不论场合，不问豪华级别，却是一种神圣的形式，身体上的背叛我不能接受，精神上，亦是如此。

孙一清顾忌到我的身子，给我准备了一条披肩，流苏落在腰上，看不出身体的变化。其实我也在想，如果我把怀孕的事儿告诉高子健，他会不会对我更加恨之入骨？但是又觉得，爱一个人，最后竟然要用类似于条件的方式去挽留，挽留回来的，是真心呢，还是敷衍呢？到时候，只怕，我自己都分不清。

我觉得，还是需要用最理智的方式，跟高子健谈一谈。

脚上穿着坡跟的鞋子，我的手挽在孙一清的胳膊上，抬脚走了进去。水晶灯闪烁，歌舞升平，一切的一切，都是那么和谐、那么美好。我的目光在舞池内搜寻，终于在大厅中央的舞池旁，看到了高子健。他的身旁，是挽着他的刘诗涵。和我想象中的不同，他的脸上，没有看到任何的不情愿，反而十分平淡。

“现在过去吗？”孙一清转过脸来看着我，问。我低着头，朝小腹看了一眼，忽然有些想要退缩。

“过去吧，原本就该争取争取，说开了，对谁都是一种解脱。”孙一清见我止步不前，声音温和地说道。

我抬起眼看着他，说：“好。”

高子健似乎意识到我今晚过来的目的，见我走了过去，直接推开后门，去了舞池后面的后花园，我看了孙一清一眼，也跟着走了过去。

月色明朗，微风徐徐，喷泉旁边，幽径小路，不愧为谈情说爱的好地方。高子健站在那里，背影孤寂，让人看不透。

我的心里面隐隐约约地升起了一阵不安，朝前走了两步，问：“高子健，今晚这个婚，能不能不订？”

高子健转过身看着我，说：“你相信我吗？”

“我相信你，不会订婚。”我将自己的想法说出，十分坦然。

高子健看着我，最后，叹了一口气，说：“陈玉佳，我要让你失望了。”

我的心猛地一惊，忽然间觉得现在高子健的话伤害性没有那么大了，挤出一个笑容，说：“虽然觉得不甘心，但是还是想要问一问，你是不是有什么苦衷？”

高子健看着我，眼睛里看不到一丝光亮，墨黑，看不清虚实。

我没有想到这一刻我们会如此理智地对待彼此，我以为我会挣扎、尖叫，最后恸哭着，乞求他留下。我也以为，他看到我和孙一清前来，至少会有情绪上的波动，至少会拉着我的手，紧张地问，陈玉佳，你是不是真的不再爱我了？

可惜，这些都是我以为。最为悲剧的是，我们之间的感情，到了最后，我在他的眼中，看不到关于我的那一点点的波动。

“我知道了。”高子健长长的沉默之后，我耸了耸肩，淡淡地说，“是我想多了，高大帅不愧是高大帅，是我想多了。”

“子健，我说怎么到处找你都没有找到，原来你在这里呀！”刘诗涵不知道什么时候出现在我的身后，没等我转过身，她已经从我的身旁走了过来，挽住了高子健的手。

她喊他子健，她挽着他的手，她甚至故意将脑袋靠在他的肩膀上，我知道，这只是为了做给我看。

“啊呀，这不是小佳姐吗？今晚你挺漂亮的，和孙先生一起过来的？”

我没有说话，一双眼睛还是不争气地看着高子健，看着他的脚步跟刘诗涵一致地离开。

“高子健，”我看着高子健的背影，手掌放在小腹上，问，“任何理由，都不能改变你的主意吗？”

高子健没有回头，反倒是刘诗涵一脸不屑地看着我，最后，我听到他冷冷的声音，说：“既然做了决定，当然不会改变。”

两个人的背影在我的眼前慢慢走远，我的胃里忽然一阵翻滚，忍不住吐了出来，可是除了酸水之外，什么都没有。眼泪在眼眶里打转，又被我忍住了。一只手伸到了我的面前，手掌上放着纸巾。

我抬起头，看着孙一清的面孔，忽然忍不住哭了出来。

我以为，高子健不会退缩的，我以为，高子健一定会相信我的。可是呢，他却挽着别的女人的手，从我的身旁走开了。真正的爱情，或许我从来都没有经历过。

两天之后，医院门口，孙一清将车停了下来，我看了他一眼，径直走了进去……

逝水东流，叶落纷纷，荏苒的时光就这样悄悄地、慢慢地消逝了，一年，一岁；一年，又一岁。又是一年芳草绿，捉不住时光毫不留情地溢出手指的缝隙，又向前迈进了一步。

第十章 我还爱着你

一眨眼，四年了。云水镇。

我还是陈玉佳，却已经不再是四年前的陈玉佳。

没有再回那座令我伤心的城市，只是一个人静静地待在这依山傍水的镇上，过着属于我们两个人的生活。

夕阳西下，晚霞染红了半边天，和往常一样，收拾着店内的物品，现在是旅游淡季，大多数游客都是过来写生的，来得匆匆，去得匆匆。

桌上的手机忽然剧烈地响动起来，我轻轻地放下手中的餐盘，两步走上前，看了看号码，是老师的电话。

“小豆子妈妈，你现在需要来学校一趟。”罗老师的声音有些急躁，估计是出了大问题，“豆子和同学打架了。”

到了学校，我把豆子领到了荡秋千的地方，问：“去玩荡秋千好不好？”

豆子没有说话，一只小手拉着我朝前走，走到了木椅旁，转过脸来看着我，黑漆漆的大眼睛，长长的睫毛，嘴角一勾，笑着说："妈妈，你先坐。"

看着豆子那双眼睛，我轻轻地叹了一口气，回想到上次心理医生说的那些话，乖乖地坐了下来。

豆子拉着我的手，说："妈妈，你不生气吗？"

我瞪了他一眼，伸出手，将他抱到了我的怀里，说："妈妈现在还不知道事情的来龙去脉，为什么要生气？对不对？"

豆子看了我一眼，长长的睫毛忽闪忽闪的，在我的下巴上蹭了蹭，说："今天豆子不是因为尿裤子，也没有和花花抢东西……"

花花是豆子的同桌，邻居家的小美女，比豆子高，比他大二十天。

"那是因为什么？"我的手轻轻地抚过豆子的脸颊，克制着自己的情绪，笑着问。

"小豆子，要不，明天妈妈带你去坐旋转木马，好不好？"见豆子没说话，我又问了一句。

小豆子抬起头看着我，我顿时愣住了，记得上一次看到他哭，还是在去年的运动会上摔倒的时候，眼看着要拿第一名，结果因为摔倒只得了个第四名，当场就哭了起来，现在，他黑溜溜的眼睛里蒙上了一层水雾，让我心疼。

豆子说："妈妈，我不是故意踢到同学的画板的，因为他说我……"

"同学说了豆子什么？"

豆子吸了吸鼻子，抬起眼看着我，说："他说我没有爸爸，他说我是野孩子。"

我的手忽然定住，笑了笑，说："走，妈妈带你去玩旋转木马！"

一个小时后，车子终于到达了市中心，游乐场在市区中部，抱着豆子我是不去挤公交的，打了车，就奔了过去。今天是周五，听司机说西街门的位置正在修路，就换了一个方向，谁知路上更堵，豆子有些烦躁，噘着小嘴不说话，我拿出玩具熊给他，他竟然来了一句："那都是小班的小不点儿玩的，我不要。"豆子入学考试满分，直接上了大班，他一直以此为荣。

我无奈地摇摇头，抬起头看着窗外，忽然一愣，顿时惊住了。

高子健。是他，没错。

视线触碰的那一刻，我就知道，我完了。

我还没有来得及说话，车窗外就响起了剧烈的声音：“开门，给我开门！”

番外

我爱你，过去、现在和未来

我时常会想起那一年的情人节。

当鲜花和巧克力将宿舍的桌面都堆满时，我一个人躲在被窝里，看着手机里那张模糊的照片，心里面一阵酸涩。

喜欢一个人是什么感觉，在我十四岁时，我就十分清楚，喜欢她，就想跟她去床上，然后做我自己想做的事。

我以为这就是喜欢一个人的感觉，可是我错了，当我的心被一个人占据，想要掏出来扔掉，扔不掉，想要咽下去，藏起来，也藏不起来时，我就明白了，这才是喜欢一个人的感觉。

她和其他的女孩子不同，前两个周末去了养老院，二楼有几个老人，手脚不灵便，她一个人，一边给他们讲故事，一边给他们洗头发。她不做作，说话的时候会带脏字，开起玩笑来有些男孩子都扛不住，她的经典名句：这年头什么都靠不住，只有我自己靠得住。简称：我靠！——每次想起来，我都会发笑。

学校组织了去山区支教，她第一个冲上去报名，站在图书馆下面吆喝，人家过去都带着日用行李，她装着一大堆的零食、玩具、教科书。别的女孩子拎着一个水瓶都喊着累，她扛起那蛇皮袋一个顶两个。嘴角总是挂着笑，没事就会哼小曲，跟在面瘫脸的身后，嘻嘻哈哈。

有的男生把她当男生，有的女生把她当男生，有时候我甚至怀疑，我对她那么一丁点的好感，是不是因为，我也把她看成了同类?

你问我她是谁，以前，她是我的同学，后来，她是我兄弟的女朋友，再后来，她被我软磨硬泡追到了手，现在，她是我孩子的娘。对了，她叫陈玉佳。李树曾经一度告诉我，我之所以在意她，是看中了美色。实际上，我也觉得她美，但是美得又与众不同。

长长的睫毛，大大的眼睛，虽然穿着宽松的衣服，明显地能够感觉到S形的身材，乌黑长直的秀发，无烫染，纯天然。偶尔会擦唇膏，却没有用过任何彩妆。她的确是特别的。

特别到对一个人有了好感，都不知道有所保留。

一个聪明的女人，一旦对某个男生有了好感，就会有这样那样的诉求，聪明的女人会让那个男人慢慢地靠近，而不是一味地倒贴。陈玉佳不是个聪明的女人，所以她喜欢面瘫脸，就只会一味地倒贴。面瘫脸是个表面清冷内心火热的人，他不会轻易地对谁好，但是一旦认定，却也是谁都改变不了的温柔。

最初的时候，陈玉佳会在每天下午上完课之后找借口来宿舍，她来的时候，手里面会拿着一本书，假装来学习。面瘫脸那么聪明，怎么可能不了解她的心思，开始，他只会拒绝，用这样那样的理由，后来被她追得烦躁了，就一次性地跟她讲解了十几遍，她红着脸跑着回去，在走廊上，傻不啦唧地说了一句：他终于跟我说话了。殊不知，那是一个男人被烦得无法拒绝的表现。

第二天，陈玉佳又来了，我看到她的手里捧着一盒新鲜的草莓，不出我所料，放在了面瘫脸的桌子上。任何水果都是有季节性的，这个季节的草莓，肯定不便宜。她是下了血本，但是她不知道，面瘫脸将草莓分给了大家。

当然，我没吃。不是妒忌，更不是羡慕，只是觉得吃不下。

一个女孩子三番五次朝男生宿舍跑，开门大妈都被她的精神感动了，每次一过来，大妈还送一瓶爽歪歪给她，真不知道是中了什么邪。后来我才知道，陈玉佳每个星期都会在女生宿舍收集饮料瓶，送给大妈。一次两次，面瘫脸是冷漠的，三次四次，面瘫脸是不理会的，五次六次，面瘫脸就烦躁了，再来个十几次，面瘫脸忍不住了，当着另外几个哥们的面，直接大吼了一声："陈玉佳，以后能不能别再来找我了？"

当时我打篮球回来，黑子嘲讽我最近留校时间比出去久了，殊不知，我就在等着这么一天，虽然对于陈玉佳而言，面瘫脸的拒绝，是冷漠了一点。

第二天下雨，了解我的人都知道，我最为烦躁的，就是雨天。

早上第一节课，陈玉佳旷课了。面瘫脸负责点名，喊了两次陈玉佳的名字，都无人应答。

我看出陈玉佳室友脸上都带着仇恨，我估摸着，这几个女人，是看面瘫脸不爽啊。果然，课间时间到，面瘫脸还在座位上看题目，刘美婷就带着几个室友过去了，也没准备给面瘫脸留面子，直接摔了他的书。从刘美婷的口中，我得知了一件事，陈玉佳昨夜在外面吹了一整夜的风，那个外面不是别处，就在我们宿舍楼下。

据说，面瘫脸是知道的。

女孩说，你不跟我说清楚，我就赖在这里不走。

男孩说，你爱走不走。

结果女孩真的站了一夜，淋了一身雨，走回了宿舍。

他妈的，老子长这么大，怎么没见到哪个女孩为我在宿舍外面站了一整夜的？

这一刻，对于面瘫脸，我有种羡慕的感觉。

但是我想，羡慕不是喜欢。

我给陈玉佳发了一条短信，没有署名，也没有自我介绍，只写了几个字，让她注意身体。

结果，刚刚下课，陈玉佳就冲了进来。她以为那条短信是面瘫脸写的，一脸酡红地看着他，说："你放心，我身体倍儿棒。"

老子最讨厌的就是，给他人做嫁衣。喜欢就喜欢，不喜欢就不喜欢，可是陈玉佳和面瘫脸的事，全班人都是心知肚明，我也没有跑出来说那条短信的事。

这厢才刚刚说完身体棒，一分钟不到，就晕了过去。奇怪的是，一直冷漠的面瘫脸，居然第一次冲了过去，抱着陈玉佳，就去了医务室。这件事情，算是我大学里最为恼火的一件事。

说实在的，曾经有段时间，我试图不想不问，找了一个小学妹，没事逛逛操场，唱唱歌，顺便谈个小恋爱。我以为，我已经忘了那个笨女人。后来李树告诉我一个词，叫自我催眠。去你二大爷的自我催眠！我恼火地挂掉电话，这才想到，哎呀，陈玉佳最喜欢的，就是求你二大爷。他妈的，老子压根就没有二大爷！

自那之后，全班同学似乎默认了这两人之间的关系，当然，我以为，这是跟我没有关系的。大二上学期，面瘫脸家中忽然有事，回家了几天，陈玉佳似乎之前不知道，周五的时候，大大咧咧地跑来了我们宿舍，那时候我还窝在被窝里睡觉，她远远地一嗓子就把我喊醒了。

我的身上只有一条裤衩，原本我也不是保守的人，那一刻我的确是想恶作剧来着，谁知道我还没从被窝里蹿出来，陈玉佳的脚就踏了进来。

现在想一想那一幕，我的心跳都慢了半拍。

我必须解释一点，陈玉佳很少穿裙子，唯独一次，还是我们大一联欢会的时候，再后面，就没有见她穿过裙子了，而这一天，她穿着小碎花裙子，披着长发，卡着发卡，脸上还带着一团酡红，直接就将我击中了。那一秒，我那不争气的小弟弟直接很不要脸地鼓了起来，我只能盖着被子。

"石磊在不？"

"回老家了。"

“不是吧？他没跟我说啊。”

废话，要跟你说你还会来宿舍找他吗？“走得急，这会儿应该到家了。”

“哦，谢谢你啊，再见！”

“再见。”

等我将蒙着被子的脸暴露在空气里时，陈玉佳穿着小碎花裙已经走远了。

我想，我是喜欢这个女人了。如果面瘫脸不懂得珍惜，我要不要去争取争取？

脑子里冒出这个想法时，李树说我脑抽了，脑抽也好，没抽也罢，总之那几天，我总是想起那条小碎花裙。

面瘫脸回来那一天，陈玉佳又穿上那条小碎花裙子了，她站在校门口的白桦树下面，绿叶丛中的那个她，仿佛降临在人间的仙女。我忍不住拿出手机，偷偷地拍了一张她的照片。

破天荒地，面瘫脸带了特产回来，板栗啊、花生啊之类的，给宿舍的哥们儿留了一点，也给陈玉佳准备了一个小包裹。面瘫子给陈玉佳准备了东西，这说明，面瘫脸，他知道怎么爱人了。

一方面，我为陈玉佳感到高兴；另一方面，我又为自己感到悲哀。在女人这方面，我很有原则，朋友的女人，我是不会动的，为了女人伤和气，这种事情，在萌芽阶段，我就会解决。唯独这个陈玉佳，这颗心，怎么就是控制不住。

控制不住也不算憋屈，憋屈的是，当晚自习下课，看着面瘫脸将手里的东西递给陈玉佳，她那张脸上洋溢的幸福感，那一刻，才是对我最大的讽刺。她都不知道，某个角落，还有一个人，为她难过为她开心，梦到她，偷偷地伤心。

幸运的是，最后，我的老婆，就叫陈玉佳。

印象最深刻的，还是2011年的情人节，漫天大雪，冷得让人心寒。

在那之前，陈玉佳和面瘫子不知道因为什么问题闹得很厉害，陈玉佳好几天都没有来男生宿舍，也没有再给面瘫脸打热水，有一个词语叫作光明磊落，可是那个时候，除了幸灾乐祸，我还是幸灾乐祸。

正如我看到的那样，两个人在闹别扭。

情人节的前几天，李树找了妹子去度假，而我，在反复的思索中，想着如何走到陈玉佳的面前，告诉她，有我这么一个人观察了她很久。追女孩子的方法我有很多，送花、送卡片，搞浪漫，自己实践过，也当过军师，唯独在陈玉佳这里，我有些畏首畏尾。最后，在某些人的嘲笑下，我写了一封情书。开什么玩笑，信息时代，居然写情书？！真是……狗血。

可是我那么认认真真地，写了整整十二张纸的告白，最后，才战战兢兢地署上名字。

我是高子健，陈玉佳，我喜欢你。

有些事情，你不得不信，它是存在命运这一说的，因为2011年的情人节，我爸忽然进了医院，我在精心准备的情人节告白和老爹之间，果断地选择了后者。

结果，情人节后的第二天，当我顶着熊猫眼回到宿舍时，才知道，就在这一天，石磊和陈玉佳，正式确定了男女朋友的关系。我不喜欢老天的恶作剧，撕了情书，删了照片，以为这样我就会忘记。

这是一个男人在面对第一个让他心神不宁的女孩时的心情，这份心情，是私密的，也是幸福的，更是酸涩的。这也是在那份青春里，我唯一坚定的一种感觉。

当孙一清选择从房顶跳下去时，我想，他和我一样，也是抱着这种感觉的。唯独有一点不同，在那之前，他还有机会和陈玉佳相处，而我，愣是观察了她四年。

这个笨女人，让我怎么放心？

每一个人的青春里都有一份祭奠，无论这个人知与不知，都没有关系。你不去争取，就不知道结果，你去争取，至少，自己不后悔。我庆幸自己努力去争取过。为了你心中的她，你努力了吗？

今天，是我和这个笨女人结婚一周年的纪念日，实际上，暗恋四年，追求大半年，等待四年，加上结婚一周年，陈玉佳，你这个笨女人，知道不知道？